데이트 어 라이브 19 미오 트루엔드

DATE A LIVE True End MIO

〈라타토스크〉 해석관— 무라사메 레이네

"……아, 미안. 물에 들어가면 이렇게 뜨네."

"이게 최악의 타이밍이었다는 걸 똑똑히 알려주겠어."
고교생— 이츠카 시도

"『남매가 사이좋게』라면,
한 명 빠진 것 같지 않아?"
〈라타토스크〉 사령관— 이츠카 코토리
"우리 남매의 힘을 보여주죠."
시도의 친동생— 타카미야 마나

“정말, 기분 좋아.”
“마음에 들었다니 다행이야.”

"잠시…… 걷지 않을래?"
"……마치 거울에 비친 것 같아."

CONTENTS

DATE
데이트

A
어

LIVE
라이브

19

글 : 타치바나 코우시
그림 : 츠나코
옮긴이 : 이승원

THE SPIRIT

정령(精靈)

인계(隣界)에 존재하는 특수 재해 지정 생명체. 발생 요인, 존재 이유 둘 다 불명.
이쪽 세계에 모습을 드러낼 때, 공간진(空間震)을 발생시켜 주위에 심각한 피해를 끼친다.
또한, 엄청난 전투 능력을 보유하고 있음.

WAYS OF COPING1

대처법1

무력을 통한 섬멸.
단, 위에서 말했듯 매우 강대한 전투 능력을 보유하고 있기 때문에 달성 가능성이 극도로 낮음.

WAYS OF COPING2

대처법2

——데이트를 해서, 반하게 만든다.

미오 트루엔드

True End MIO

SpiritNo.0
AstralDress-DeusType
Weapon-FlowerType[Ain Soph Aur] TreeType[Ain Soph] SeedType[Ain]

제1장 생환자의 책임

“레이네 씨. —내일, 저와 데이트하지 않을래요?”

텐구시 상공, 고도 15000미터.

그곳에 떠 있는 거대한 공중함 〈프락시너스〉 안에서, 이츠카 시도는 결의에 찬 목소리로 그렇게 말했다.

그런 그의 눈앞에는 〈라타토스크〉의 군복을 입은 스무 살 가량의 여성이 서 있었다. 대충 묶은 머리카락과 창백한 얼굴, 그리고 눈 밑에 있는 두꺼운 다크서클—.

그런 특징만 열거해 보면, 그녀는 불치병을 앓고 있는 환자 같아 보일지도 모른다. 하지만 그런 점을 고려하더라도, 그녀는 보는 이들이 무심코 한숨을 토할 만큼 아름다웠다. 오똑한 콧날, 우수에 찬 듯한 두 눈동자……. 아까 언급한 특징 또한, 그녀의 덧없는 분위기를 조성하는 데 힘을 보태고 있는 듯한 느낌마저 들었다.

—무라사메 레이네.

정령을 보호하는 조직 〈라타토스크〉의 해석관이자, 시도의 반 부담임.

그리고— 모든 정령의 근원인 시원(始原)의 정령, 타카미야 미오.

그렇다. **지금으로부터 30시간 후**, 정령들을 몰살**했던** 정령이다.

"……."

레이네는 시도의 말을 듣더니, 눈을 가늘게 뜨면서 시도를 응시했다.

"……깜짝 놀랐네. 신, 갑자기 무슨 소리를 하는 거야?"

그리고 잠시 후, 말과는 다르게 딱히 놀란 것 같지 않은 차분한 목소리로 그렇게 대꾸했다.

시도의 데이트 신청을 받아들이지도, 거절하지도 않았다. 아마 시도의 의도를 알 수 없어서 저러는 것이리라.

하지만 무리도 아니다. 친한 사이라고는 해도 — 아니, 그렇기 때문일까 — 느닷없이 이런 말을 듣는다면 놀라는 게 당연했다. 설령 시도가 레이네의 입장이더라도 비슷한 말을 했을 게 틀림없다.

그러나 레이네의 경우, 마음속에 생겨난 감정은 그게 전부가 아닐 것이다. 시도는 자신의 생각을 읽으려는 듯한 레이네의 눈을 지그시 응시하면서 마른 침을 삼켰다.

"안 될까요? 내일— 아니, 날짜가 바뀌었으니 정확하게는 오늘이네요. 아무튼, DEM의 습격이 시작되려면 아직 하루가 남았잖아요."

"……그건 그렇지만, 이럴 때 훈련을 할 필요는 없지 않을까? 몸이 회복되도록 휴식을 취하거나, 하고 싶은 일을 하며 기분전환을 하는 편이—"

"훈련 같은 게 아니에요."

"……"

시도가 레이네의 말을 끊으며 그렇게 말하자, 그녀는 입을 다물고 한순간 고개를 돌렸다. 시도의 눈을 쳐다볼 수 없다기보다, 주위에 누가 없는지 확인하는 것 같았다.

"……신, 이런 데서 농담을 하면 어떻게 해. 누가 듣기라도 하면 네가 곤란하잖아?"

"농담 삼아 한 말이 아니에요. 레이네 씨가 방금 말했죠? 하고 싶은 일을 하라고요. 저는 결전을 앞둔 바로 이때, 당신과 데이트가 하고 싶어요."

"……"

시도의 말에 레이네는 또 침묵에 잠겼다.

"……다른 애들에게는 말했어?"

"물론 말하지 않았어요. 다른 애들 몰래, 비밀 데이트를 하죠."

"……우선 이걸 물어봐야겠는걸. 왜 나와 데이트를 하려는 거야?"

"저와 데이트를 하는 게 싫으세요?"

"……그런 뜻으로 하는 말은 아냐. 하지만, 만약 데이트가 하고 싶은 거라면, 더 적당한 상대가 있을 거잖아. 다들 네가 데이트 신청을 하면 기뻐하며 받아줄 거야."

"그래선 안 돼요. 저는 레이네 씨와 데이트를 하고 싶거든요."

"……."

세 번째 침묵이 찾아왔다.

잠시 생각에 잠긴 듯했던 레이네는 이내 작게 한숨을 내쉬었다.

"……너는 약아빠졌어."

"예……?"

"……그런 식으로 말하면, 내가 거절할 수 없잖아."

"아! 그럼……."

시도가 눈을 크게 뜨자, 레이네는 살며시 고개를 끄덕였다.

"……시간을 만들어볼게. 내가 어디로 가면 돼?"

"고마워요……! 그럼 아침 열 시에 텐구역 앞에서 봐요."

"……알았어. ……그럼 이만 실례할게. 그때까지 잔업을 마쳐두지 않았다간, 코토리가 화낼 테니까 말이야."

시도는 그 말에 어깨를 부르르 떨었다. 레이네의 말을 듣고서야, 전날도 아니고 당일 자정 즈음에 데이트 신청을 한 자신의 행동이 얼마나 비상식적인지 깨달은 것이다.

아니, 정확하게는 거기까지 생각이 미치지 않았던 것은 아니다. 그저 방금까지 시도에게는 그것을 신경 쓸 여유가 없었던 것이다. 그렇다고 해서 지금은 여유가 있느냐고 누가 묻는

다면, 고개를 저을 수밖에 없지만 말이다.

"느닷없이 이런 무리한 소리를 해서 죄송해요."

"……괜찮아. 내 입장에서 이런 소리를 하는 건 좀 그렇지만, 나도 너한테 데이트 신청을 받아서 기쁘지 않은 건 아냐. 뭐, 코토리에게 양해를 구하기 힘든 일이라는 점이 문제이기는 하지만 말이야."

"하, 하하……."

시도가 식은땀을 흘리며 쓴웃음을 짓자, 레이네는 가볍게 손을 흔들면서 다시 〈프락시너스〉의 복도를 걷기 시작했다.

이윽고 레이네가 모퉁이를 돌자, 그녀의 등이 시야에서 사라졌다.

"푸하—."

그 모습을 확인한 순간, 시도는 마치 물속에서 얼굴을 내민 것처럼 크게 숨을 들이마셨다.

어느새 등이 땀에 흠뻑 젖어 있었다. 손가락 끝 또한 떨리고 있었다. 기세와 결의로 억누르고 있던 극도의 긴장이 온몸에서 단숨에 뿜어져 나오는 것만 같았다.

시도는 비틀거리며 복도의 벽에 등을 기대더니, 그대로 미끄러지듯 바닥에 주저앉았다.

"……일단, 제1관문은 돌파……한 거지?"

그리고 누구에게도 들리지 않을 만큼 작은 목소리로 그렇게 중얼거렸다.

일단 레이네와 데이트하기로 약속하는 데 성공했다. 물론 이제부터가 본격적으로 중요하니 긴장을 풀면 안 되겠지만, 안도의 한숨 정도는 내쉬어도 될 것이다.

하지만 사실 시도는 성공할 거라고 어느 정도 예측하고 있었다.

레이네가 시도의— 아니, 미오가 신지의 데이트 신청을 거절할 리가 없다는 것은 시도도 알고 있었던 것이다.

그렇기 때문에 시도는 데이트 신청을 하기에 여러모로 무리가 있는 타이밍이라는 것을 알면서도, 이렇게 강행한 것이다.

"……."

하지만— 시도는 마음을 고쳐먹으려는 듯이 양손으로 볼을 때렸다.

내일 데이트는 물론이고, 그 전에 해야 할 일이 남아있는 것이다.

상대는 시원의 정령이다. 그 어떤 수를 쓰더라도 절대 마음을 놓을 수 없는 상대다. 그렇다면 한정된 시간 내에 자신이 쓸 수 있는 모든 수를 다 쓸 수밖에 없다.

그렇지만, 문제는 순서다. 만에 하나라도 레이네가 시도의 목적을 눈치챈다면 그것으로 끝이다. 그 순간, 계획은 와해되고 말 것이다. 그렇다면, 가장 먼저 써야 할 수는—.

"—아! 그래. 우선 **그 녀석**부터 어떻게 해야 해."

시도는 잠시 생각에 잠겼다가, 다리에 힘을 주고 몸을 일으켰다.

그리고 그대로 복도를 나아가 함 내에 있는 남자 화장실에 들어갔다.

〈프락시너스〉 함 내에는 수많은 카메라와 마이크가 존재하지만, 화장실 안까지 기록하고 있지는 않을 것이다. 그러니 너무 큰 소리만 내지 않는다면, 대화가 기록으로 남지는 않으리라.

화장실 칸 안으로 들어간 시도는 문을 잠근 후, 주머니에서 스마트폰을 꺼내 『M』이라고 적힌 어플리케이션 아이콘을 터치했다.

그러자 스마트폰 화면에 『MARIA』라는 다섯 글자가 표시되더니, 스피커에서 귀에 익은 목소리가 흘러나왔다.

『—어플리케이션 가동 확인. 무슨 일이죠?』

방울소리처럼 맑은 목소리였다. 그것은 바로 현재 시도가 타고 있는 공중함 〈프락시너스〉의 관리 AI인 마리아였다.

그렇다. 시도의 스마트폰에는 마리아와 직접 통신을 주고받을 수 있는 어플리케이션이 — 시도도 모르는 사이에 — 설치되어 있었다. 이것을 사용하면, 함 내의 기기를 통하지 않고도 마리아와 의사소통을 할 수 있다.

"아, 실은 마리아와 할 이야기가 있어."

『무슨 일이죠? 결전 직전에 여교사에게 데이트를 신청한 이츠카·무절조·시도.』

"……."

시도는 언짢은 기분이 묻어나는 듯한 마리아의 목소리에 그대로 침묵에 잠겼다.

……아무래도 아까 대화도 기록된 것 같았다. 확실히 그 장

면만 따로 떼어놓고 본다면 시도는 절개나 지조 같은 게 눈곱만큼도 없는 사람 취급을 받아도 이상할 게 없었다.

"……아, 저기 말이야, 마리아."

『아, 딱히 비난할 생각은 없어요. 아마 이번 전투는 지금까지의 전투와는 비교도 되지 않을 만큼 격렬할 테죠. 물론 시도를 죽게 둘 생각은 없지만, 후환을 남기지 않는 것도 나쁘지 않을 거라고 생각해요. 게다가 생명이 위기에 처했을 때 자손의 보존을 생각하는 건 생물로서 지극히 당연한 본능이죠. 레이네라면 첫 경험 상대로 안성맞춤일 거랍니다. 분명 상냥하게 리드해주겠죠. 시도가 연상 취향인지는 몰랐지만 말이에요. 참고로 구체적으로 어떤 점이 결정타가 된 건지 가르쳐주시겠어요? 포용력인가요? 가슴인가요? 안도감인가요? 가슴인가요? 아니면 역시 가슴인가요? 쳇.』

"마, 마리아?"

『아무리 크다고 해봤자 겨우 95센티미터 정도밖에 안 되는데 말이죠. 저의 함체(보디)에서 가슴에 해당하는 부분은 250미터가 넘어요.』

"아니, 가슴에 해당하는 부분이 대체 어디인데?! ……그게 아니라, 일단 내 말 좀 들어봐……!"

시도가 애원하듯 그렇게 말하자, 그제야 마리아는 마음을 가라앉히면서 다음 말을 해보라는 듯이 입을 다물었다.

"……잘 들어, 마리아. 믿기지 않을지도 모르지만, 차분하게 들어줘. 나는 지금으로부터 30여 시간 후— 2월 20일에서 왔어. 아니, 정확하게는 2월 20일의 내 의식만이 지금의 나에게 되돌아온 거야.”

『호오.』

시도가 그렇게 믿기지 않는 말을 했지만, 마리아는 웃거나 어이없어 하지 않았다. 그저 차분한 목소리로 이렇게 말했다.

『쿠루미의 〈각각제(刻刻帝)[자프키엘]〉에 의해서— 그렇게 된 건가요?』

“……응. 맞아. 금방 이해해줘서 고마워.”

『과거의 사례를 통해 추측해 볼 때, 다른 가능성은 존재하지 않으니까요. 물론 레이네와의 데이트를 저에게 들켰다는 사실을 안 시도가 이런 허황된 변명을 늘어놓고 있다는 가능성을 제외하면 말이에요.』

“너, 너어…….”

『농담이에요. 유머는 마음의 완충재죠. 궁지에 처했을 때에도 유머러스한 조크를 날릴 수 있을 만큼 시도가 여유를 가져줬으면 좋겠군요.』

“……최선을 다해볼게.”

시도는 쓴웃음을 지으면서 고개를 끄덕였다. ……정말 믿음직한 인공지능이다. 가장 먼저 자초지종을 이야기할 상대로 마리아를 택한 것은 정보의 관리와 통제를 위해서지만, 그뿐만 아니라 따끔한 질책과 따뜻한 격려까지 받았다.

『—아무튼, 우선 이야기를 계속 해보세요. 참, 안심하세요. 이 이야기는 기록으로 남기지 않겠어요. 일부러 이런 장소를 선택한 것도 그걸 위해서죠?』

"응……."

시도는 고개를 깊이 끄덕인 후, 이야기를 시작했다.

—DEM과 한창 전투가 벌어지고 있던 와중, 쿠루미의 가슴을 찢으며 시원의 정령 미오가 나타났다.

레이네의 정체가 바로 미오였다.

정령들이 차례차례 미오에게 당해 영결정(세피라)을 빼앗겼다.

미오의 힘을 빼앗은 토카마저도 소멸당하고 말았다.

그리고, 시도의 몸에 봉인되어 있던 【여섯 번째(바브) 탄환】를 사용해, 결전이 시작되기 이틀 전의 밤으로 되돌아왔다— 여기까지 모든 사실을 밝혔다.

『……그렇게 된 거군요.』

시도가 설명을 마치자, 마리아는 가늘게 숨을 내쉬는 듯한 소리를 내며 그렇게 말했다. 물론 AI는 한숨을 쉬지 않겠지만, 일부러 저런 반응을 보인 것이다.

『상황은 이해했어요. —시도.』

"응? 왜?"

『살아남아서, 정말 다행이에요.』

"……윽."

마리아의 그 짧은 말을 들은 순간, 시도는 눈물이 핑 돌았다. 하지만, 지금은 눈물이나 흘릴 때가 아니다. 시도는 소매로 눈가를 훔친 후, 일부러 밝은 목소리로 입을 열었다.

"……그래. 다른 애들 덕분이야."

『네. 다들, 정말 최선을 다했군요.』

그렇게 말한 마리아는 잠시 생각에 잠긴 후, 말을 이었다.

『—자, 그렇다면 이러고 있을 때가 아니군요. 내일을 위한 준비를 해야 해요. 우선 코토리에게 협력을 받도록 하죠. 제가 연락을 해둘 테니, 시도는 먼저 코토리의 집무실로 가세요. 자세한 이야기는 거기서 하죠.』

"응, 그래. 우선…… 코토리에게 상황을 이야기해야 해."

시도는 무거운 어조로 그렇게 말했다.

이츠카 코토리는 시도의 여동생이자 〈라타토스크〉의 사령관이다. 〈라타토스크〉에게 도움을 받으며 작전행동을 펼치려면, 그녀에게 협력을 받아야만 한다.

하지만, 코토리는 레이네와 매우 친하다. 절친한, 혹은 단짝 친구라고 해도 과언이 아닌 사이인 것이다. 그런 코토리에게 진실을 밝혀야 한다고 생각하니, 솔직히 가슴이 아팠다.

『예. 마음이 아프지만, 어쩔 수 없어요. 혹시 레이네가 기록을 확인해도 들키지 않도록, 함 내의 대화 기록 및 영상은 조작해두겠어요. 하지만 레이네도 〈프락시너스〉 안에 있으니 그것만으로는 안심할 수 없어요. 레이네가 대화를 엿듣는 상황만큼은 절대 벌어지지 않도록 주의해 주세요.』

"알았어. 집무실로 가면 되지?"

『예. 집으로 돌아가서 이야기를 나누는 편이 레이네가 들을 가능성이 낮아질 테지만, 지금 상황에서 코토리가 함에서 내리는 건 지나치게 부자연스러우니까요. 레이네가 의심할 여지를 최대한 줄이고 싶어요.』

"그래. 알았어. 먼저 가서 대기하고 있을게."

『예. 하지만, 기록이 남지 않는다고 해서 코토리의 방 의자 쿠션에 볼을 비비거나, 양말 냄새를 맡지는 말아주세요.』

"어이……."

뭐라 입을 열려던 시도는 아까 마리아가 했던 말을 떠올렸다.

"그거 유감이네. 코토리가 아끼는 컵에 키스 정도만 할게."

『후후— 뭐, 합격인 걸로 쳐드리겠어요.』

시도가 과장스럽게 어깨를 으쓱하며 그렇게 말하자, 마리아는 즐거운 듯이 웃음을 흘렸다.

◇

"으음…… 잠기운이 싹 달아나버렸구나."

토카는 〈프락시너스〉의 복도를 걸으면서 「으음……」 하고 가볍게 기지개를 켰다. 그 동작에 맞춰 칠흑빛 장발이 살랑이며 그녀의 등을 쓰다듬었다.

시계를 보니 어느새 자정이 지났다. 평소 일찍 자고 일찍 일어나던 토카답지 않게, 늦은 시간까지 깨어 있는 것이다.

하지만 토카 또한 좋아서 함 내를 어슬렁거리고 있는 게 아니었다. 원래 다른 정령들과 함께 수면실에서 잠을 청했지만, 옆에 있던 미쿠의 다이나믹하기 그지없는 잠버릇 때문에 깨고 만 것이다. 그래서 따뜻한 음료라도 마실까 해서 함 내에 있는 휴게 에어리어로 향했다.

하지만 휴게실에는 뜻밖의 손님이 먼저 와 있었다. ―바로 시도였다.

아니, 시도가 있는 것 자체는 딱히 이상한 일이 아니었다. 좀 놀랍기는 하지만, 그도 밤늦게 음료를 마시고 싶을 때가 있을 것이다. 오히려 토카는 이 우연한 만남이 기쁘게 느껴졌다.

하지만 시도는 토카를 보자마자 감격한 표정으로 그녀를 꼭 끌어안았다. 그 탓에 마음이 뒤숭숭해진 것이다.

"꿈……이라……."

토카는 시도와 나눈 포옹의 감촉을 떠올리듯 자신의 어깨를 손으로 꼭 끌어안으면서 그렇게 중얼거렸다.

그렇다. 시도는 꿈을 꿨다고 말했다. 내일 전투에서 다들 당하고 마는 꿈을…….

그것은 분명 무시무시하기 그지없는 꿈이었으리라. 시도조차도 그렇게 두려움에 떤 것이다. 만약 토카가 같은 꿈을 꿨다면, 분명 눈물로 베개를 적시며 화들짝 잠에서 깼을 게 틀림없다.

하지만― 아니, 그렇게 때문에…….

"……."

토카는 어깨를 움켜쥔 손에 힘을 줬다.

"그 꿈대로 되게, 두지는 않겠다."

그리고, 그 결의로 온몸을 가득 채우려는 듯이 단호한 어조로 그렇게 말했다.

시도의 말에 따르면, 꿈속의 토카는 시도를 지키기 위해 엄청 활약한 것 같았다. 꿈속의 자신이지만, 정말 자랑스럽다.

그렇다면 자신이 꿈속의 자신에게 질 수는 없다. 토카는 「좋아」 하고 기합을 넣듯 자신의 볼을 손바닥으로 때린 후, 약간 빠른 걸음으로 수면실로 돌아왔다.

코앞까지 다가온 결전을 위해 지금 토카가 해야 할 일은 충분한 휴식을 취하는 것이리라. 우선 푹 수면을 취하고—.

바로 그때였다.

"……음?"

수면실로 돌아온 토카는 의아한 표정을 지으며 눈썹을 찌푸렸다.

수면실 입구에 몸집이 조그마한 소녀 두 명이 있었던 것이다.

한 사람은 왼손에 토끼 모양 퍼핏 인형을 낀 소녀였다. 그리고 다른 한 사람은 지면에 닿을 것만 같을 만큼 긴 머리카락을 단정하게 땋은 소녀였다. 그녀들은 바로, 토카와 같은 수면실에서 자고 있던 정령, 요시노와 무쿠로였다. 두 사람은 현재 잠기운이 완전히 달아났는지 경악을 금치 못하는 표정으로 수면실 안쪽을 쳐다보고 있었다.

"요시노, 무쿠로. 뭐하고 있는 것이냐."

"……아! 토카 씨!"

"오오, 무사했느냐."

『이야~, 이미 잡아먹힌 줄 알았어~.』

토카가 말을 걸자, 요시노와 무쿠로, 그리고 토끼 퍼핏 인형인 『요시농』이 깜짝 놀란 것처럼 어깨를 부르르 떨었다. 그리고 토카를 보고 안도의 한숨을 내쉬었다.

"……음? 무슨 일 있었느냐?"

"그, 그게 실은……."

토카의 물음에 요시노는 머뭇거리면서 방 안쪽을 손가락으로 가리켰다.

"음……?"

토카는 요시노의 손가락이 향한 곳을 쳐다보았다. 그러자, 조명이 꺼진 방 안쪽에서 뭔가가 꿈틀거리고 있는 것을 알아챘다.

이윽고 눈이 어둠에 익숙해진 토카는 그것의 정체를 알아봤다. 그것은 바로—.

"아, 아아아……."

바닥에 널브러진 채, 힘없는 목소리로 신음을 흘리고 있는 나츠미와…….

"쭈웁~, 쭈웁……."

그런 나츠미의 배를 쪽쪽 빨고 있는 미쿠였다.

"뭐…… 뭐가 어떻게 된 것이냐……."

눈앞에 펼쳐진 영문 모를 광경을 본 순간, 토카의 표정이 당혹감으로 물들었다. 그리고 바로 그때, 미쿠의 몸이 꿈틀대자 나츠미는 고통스러운 듯이 「끄아아아……!」 하고 신음과 절규가 뒤섞인 목소리를 흘렸다.

"나, 나츠미 씨……!"

"도, 도망쳐, 요시노……. 이 녀석이 나한테 정신이 팔려 있는 틈에…… 이제, 더는 못 버티겠어……."

"나, 나츠미 씨를 두고 도망칠 수는 없어요……!"

요시노와 나츠미는 그런 대화를 주고받았다. 진땀이 난 토카는 완전히 몬스터 취급을 당하고 있는 미쿠를 쳐다보았다.

"미쿠, 이게 무슨 짓이냐! 나츠미에게서 떨어져라!"

"부질없는 짓이니라. 토카, 잘 보거라."

"뭐……?"

토카는 무쿠로의 말을 듣고 미쿠를 유심히 관찰했다.

그러자 미쿠가 눈을 감은 채, 가라앉은 목소리로 뭐라고 중얼거리고 있는 것을 알 수 있었다.

"……흠냐……. 어…… 진짜로 전부 다 먹어도 될까요……? 배가 터질지도 모르겠네요……."

토카는 그 모습을 본 순간, 경악을 금치 못하며 눈을 크게 떴다.

"아닛……! 설마, 미쿠는……?!"

"음……. 믿기지 않는다만, 미쿠는 아직 잠들어 있느니라. 즉, 저건— 잠버릇이니라!"

무쿠로가 미쿠를 손가락으로 가리키며 그렇게 외쳤다. 그러자 마치 무쿠로의 말이 들리기라도 한 것처럼, 미쿠의 손발이 꿈틀거렸다.

"으음…… 후우……."

"끄악……!"

"나츠미 씨!"

『와우~, 정열적이네~.』

“큰일이구나……. 이대로는 나츠미가 미쿠에게 모든 정기를 다 빨릴지도 모르니라.”

나츠미가 절규를 토하고, 요시노와 『요시농』, 무쿠로가 당황할 대로 당황했다.

“으음…….”

이 광경을 본 토카는 각오를 다진 것처럼 고개를 끄덕이더니, 요시노와 무쿠로의 어깨에 손을 얹으며 수면실 안으로 들어갔다.

“앗! 토카 씨……?”

“토카, 위험하니라. 잠들어 있다고 해도, 저 녀석은 후각이 좋아. 함부로 다가가면 나츠미와 똑같은 꼴이 될 것이니라!”

“괜찮다. 전에 니아에게서 이럴 때의 대처법을 배웠지. 나만 믿어라.”

힘차게 고개를 끄덕이면서 그렇게 말한 토카는 신고 있던 양말 한쪽을 벗어서 그 끝부분을 쥐더니, 빙빙 돌리기 시작했다.

“자, 숲으로 돌아가는 거다. 미쿠. 루~ 루루루~.”

“……, ……!”

그러자, 미쿠가 뭔가에 반응하듯 고개를 퍼뜩 치켜들었다.

그리고 그대로 나츠미의 배에서 입을 떼더니, 토카의 양말에 이끌리듯 바닥 위를 느릿느릿 이동하기 시작했다.

“……쿠울…… 쿠울…….”

“—이얍!”

미쿠가 충분히 다가온 순간, 토카는 벽을 향해 들고 있던 양말을 힘차게 던졌다.

"……!"

그러자 미쿠는 그 양말을 쫓듯 그대로 펄쩍 뛰어올랐고—.

"꺄앗?!"

그대로 퍼억 하는 둔탁한 소리를 내며 벽에 격돌했다.

"헉……?! 이, 이게 대체……."

벽에 안면을 찧은 미쿠가 그제야 정신이 든 것처럼 눈을 떴다.

아무래도 이제야 정신이 든 것 같았다. 미쿠는 방금 벽에 부딪힌 이마를 매만지면서 주위를 두리번거렸다. 그 모습을 본 요시노와 무쿠로는 안도의 한숨을 내쉬더니, 나츠미를 향해 뛰어갔다.

"나츠미 씨, 괜찮으세요?"

"괘, 괜찮아……."

"으음……. 배에 문어 빨판이 들러붙었던 것 같은 자국이 잔뜩 생겼구나……."

나츠미는 두 사람에게 부축을 받으면서 겨우겨우 몸을 일으켰다.

바로 그때, 그 모습을 본 미쿠가 「꺄앗~?!」 하고 경악에 찬 비명을 질렀다.

"나츠미 씨, 왜 그렇게 망측한 모습을 하고 있는 거죠?! 약았어요! 제가 잠든 사이에 여러분끼리 대체 뭘 한 거예요?!"

""""……."""

미쿠의 외침에 다들 아무 말 없이 그녀를 쳐다보았다. 미쿠도 그 시선에서 위화감을 느꼈는지, 땀을 흘리며 다른 이들의 얼굴을 차례차례 쳐다보았다.

"으, 으음…… 여러분, 왜 그러시죠? 다들 표정이 무시무시하잖아요……."

미쿠는 볼을 긁적이면서 그렇게 말했다. 아무래도 진짜로 아무것도 기억하지 못하는 것 같았다. 그 모습을 본 나츠미는 엄청 지친 것처럼 한숨을 내쉬었다.

"……미쿠, 너 대체 어떤 꿈을 꾼 거야? ……호텔 뷔페라도 갔어?"

"예? 꿈……? 아, 그러고 보니 꿈을 꾸긴 했어요. 엄청 좋은 꿈이었어요~. 나츠미 씨와 요시노 씨, 무쿠로 씨, 토카 씨와 한 방에서 잠을 자는 내용이었는데……."

"너, 진짜로 꿈을 꾸긴 한 거야?! 아니, 왜 그런 꿈을 꾸는데 왜 그런 잠꼬대와 잠버릇을 한 건데?!"

미쿠의 대답을 들은 나츠미가 더는 못 참겠다는 듯이 비명에 가까운 목소리로 그렇게 외쳤다.

바로 그때—.

"—뭐 하고 있는 거야?"

다들 시끌벅적하게 떠들고 있는 가운데, 누군가가 복도에서 수면실을 향해 쏟아져 들어오는 불빛을 막아섰다.

"음?"

고개를 돌려보니, 입구에 한 소녀가 서 있었다. 어깨 언저리까지 기른 머리카락, 인형처럼 무표정한 얼굴— 다른 수면실에서 자고 있는 줄 알았던 정령, 토비이치 오리가미였다.

"오오, 오리가미. 미안하다. 우리 때문에 깬 것이냐?"

토카는 오리가미를 보고 고개를 약간 숙였다. 오리가미는 소리에 민감하다. 바로 옆방에서 이런 소란이 벌어지면 잠에서 깨는 게 당연했다.

"……."

하지만 오리가미는 토카의 말을 부정하는 듯한 반응을 보였다. 그에 토카는 의아하다는 듯이 고개를 갸웃거렸다.

"으음…… 무슨 일이라도 있는 것이냐?"

토카의 물음에 오리가미는 차분하면서도 열기를 머금은 어조로 말했다.

"다들 깨어 있으니 마침 잘 됐어. 중요한 이야기가 있어. 따라와."

"음……?"

오리가미의 반응에 심상치 않은 일이 벌어졌다는 걸 직감한 토카는 고개를 끄덕였다.

◇

"……………………, 그래."

—기나긴, 침묵이 이어진 후…….

코토리는 그 짤막한 말과 함께, 가슴 속 깊은 곳에 존재하는 무언가를 토해냈다.

시도가 마리아와의 통신을 하고 약 20분이 흘렀다. 마리아의 지시에 따라 집무실에서 코토리와 만난 시도는 납덩이처럼 무거운 기분을 어찌어찌 떨쳐내면서, 코토리에게 미래의 일을 설명했다.

그리고— 코토리는 방금 그 말을 입에 담은 것이다.

지극히 짧은, 그리고 코토리의 속내를 헤아리기에 충분한 두 글자였다.

실은 절규를 토하고 싶으리라. 울음을 터뜨리고 싶으리라. 시도의 품에 뛰어들어 거짓말하지 말라고 외치고 싶으리라.

하지만, 그런 격렬한 감정을 사방에 흩뿌리지 않을 만큼 — 다행인지 불행인지 — 코토리는 강했다. 검은색 리본으로 묶은 머리카락, 그리고 어깨에 걸친 재킷의 자락을 흔들면서, 숙였던 얼굴을 들었다.

"많이 힘들었을 텐데, 이렇게 이야기해줘서 고마워."

코토리는 상냥한 어조로 그렇게 말했다. 하지만 그 말과 달리, 표정에서는 고통이 묻어나고 있었다.

하지만 그것도 당연했다. 코토리가 부하들 중에서도 가장 신뢰하는 레이네가 다름 아닌 시원의 정령이며— 5년 전에 코토리를 정령으로 만든 장본인이니 말이다.

게다가 이 세계에서는 아직 일어나지 않은 일이지만, 코토리를 비롯한 모든 정령을 죽이기까지 했다. 아무리 코토리라도 견딜 수 있을 리가 없다.

"……미안해."

"시도가 왜 사과하는 거야? 그런 위험한 상황에서 용케도 기지를 발휘했잖아. 시도가 없었다면, 우리의 운명은 결정된 거나 다름없었어. 정말— 고마워."

코토리는 그렇게 말하며 미소를 지었다.

"코토리—."

『—자, 그럼 대책을 짜보죠.』

코토리의 비통한 모습을 본 시도가 무심코 말을 건네려는 순간, 그 말을 끊듯 두 사람 사이에 놓인 소형 단말기에서 마리아의 목소리가 흘러나왔다.

"……윽."

시도는 작게 숨을 삼키며 잠시 망설인 후, 이내 고개를 끄덕였다.

"응……. 그래."

그리고 코토리 몰래 주머니에서 스마트폰을 꺼내 마리아를 향해 『고마워. 덕분에 살았어』라는 메시지를 보냈다. 그러자 곧 화면에 『할 일을 했을 뿐이에요……. 답례는 슈퍼 컴퓨터 세 대면 돼요』라는 메시지가 표시됐다.

코토리는 명백하게 무리를 하고 있었다. 하지만 그녀는 강한 사령관답게 행동하려 하고 있다. 그렇다면 시도는 그런 코토리의 노력이 헛되게 될지도 모르는 발언은 삼가해야 한다.

물론 감정을 털어놓는 편이 나을 때도 있다. 나이에 걸맞게 약한 소리를 하는 편이 나을 때도 있다.

하지만, 지금은 그럴 때가 아니다.

지금은 아직— 아무것도 끝나지 않은 것이다.

"……."

시도는 모든 일이 끝난 후, 코토리가 자신의 품속에서 목놓아 울 수 있도록 꼭 끌어안아주자고 결심한 후 이야기를 이어나갔다.

"아무튼 레이네 씨와 데이트하기로 약속은 했어. 문제는 이 다음부터야."

"응. 아침까지 데이트 내용을 얼추 짜야 해. 물론, 최소한의 수면 시간을 확보하면서 말이지."

게다가, 하고 코토리는 손가락 하나를 세우면서 말을 이었다.

"그것과 병행해서 DEM과의 전투 준비도 해야 하잖아. 설령 레이네— 미오를 봉인하는 데 성공하더라도, DEM에게 당해버려선 말짱 도루묵이야. 상대방에게 있어서는 그야말로 어부지리겠지."

"하하…… 맞아."

시도는 메마른 웃음을 흘리면서 어깨를 으쓱했다.

확실히 그는 시간의 천사 〈자프키엘〉의 힘을 이용해서 절망적인 결말에서 과거로 되돌아왔다. 이미 결정되어버린 역사를 바꿀 기회를 얻은 것이다.

하지만 그것은 그 미래에서 해낸 일들 또한 전부 없었던 것이 된다는 사실을 의미했다.

시도를 비롯한 〈라타토스크〉는 오는 2월 20일에 DEM—

데우스 엑스 마키나 인더스트리와 총력전을 벌인다.

그리고 격전을 벌인 끝에 적의 우두머리인 아이작 웨스트코트를 해치우는 데 성공하지만— 이번에도 그때와 마찬가지로 일이 잘 풀릴 거라고 단정할 수는 없었다.

애초에 웨스트코트가 최전선에 나타나는 비정상적인 사태 자체가, 미오가 전장에 나타난 것에 기인하기 때문이다. 만약 전투 전에 시도가 미오의 힘을 봉인한다면, 상대의 작전 행동 또한 대폭 달라질 것이다. 눈앞의 최우선 사항이 미오라는 점에는 변함이 없지만, DEM 또한 절대 방심할 수 없는 상대였다.

코토리가 흠, 하고 낮은 신음을 내쉬면서 턱에 손을 댔다.

"—승무원들과의 정보 공유 타이밍도 고민이네. 서포트를 해야 하니 알려주기는 해야겠지만, 레이네가 함 내에 있는 상황에서 가르쳐줬다간 그녀가 눈치챌 가능성도 있거든……."

『그렇기는 하지만, 그렇게 걱정할 문제는 아니라고 생각해요. 레이네는 이미 자신의 방으로 이동한 데다, 내일 아침에는 급하게 일이 들어오는 것을 피하기 위해 다른 승무원과의 접촉을 피할 거라 예상되니까요.』

"그렇구나……. 그런데 꼭두새벽부터 일이 들어오기도 하는 거야?"

『레이네는 우수하니까요. 자기 일을 끝내지 못한 승무원이 엉엉 울면서 레이네에게 도와달라고 애걸복걸하는 건 일상다반사예요. 그 점에 있어서는 평소 일을 내팽개치고 딴짓에 열중하는 나카츠가와와 미키모토에게 감사해야겠군요. 정말, 뭐가 언제 도움이 될지 모른다니까요.』

"하하하……."

순순히 감사해도 되는 건지 의문이 든 시도는 애매한 표정을 지으며 볼을 긁적였다.

뭐, 미오의 공략 준비와 DEM과의 전투 대책 등, 지금은 일손이 하나라도 더 필요한 상황이다. 레이네가 눈치채지 못하도록 유의하면서도, 가능한 한 자초지종을 파악한 동료를 최대한 늘려야 한다. ……설마 나카츠가와의 피규어 제작과 미키모토의 사적 전화가 이런 식으로 도움이 될 거라고는 꿈에도 생각 못했지만 말이다.

바로 그때— 시도의 눈썹이 희미하게 흔들렸다.

승무원들과 마찬가지로, 레이네의 정체를 알려야만 하는 이들이 있는 것이다.

시도의 표정을 통해 그가 무슨 생각을 하고 있는지 눈치챈 코토리는 표정을 굳히며 팔짱을 끼더니, 한숨을 내쉬었다.

"—정령들 생각을 하고 있는 거지?"

"……응. 이 사실을 알려야겠지만— 그래도 마음이 무거워서 말이야."

코토리와 레이네만큼 오랫동안 알고 지낸 것은 아니지만, 정령들은 레이네에게 신세를 졌다. 아마 시도와 코토리 이외에 정령들과 가장 깊은 친분을 쌓은 기관원은 레이네일 것이다.

그런 믿음직한 언니가 그녀들을 죽였다는 사실을 알려야 하는 것이다. 어쩔 수 없는 일이라 할지라도 시도의 마음이 무거워질 수밖에 없었다.

"맞아……. 하지만 극복해주기를 바랄 수밖에 없어."

"……그래."

시도는 미래의 세계에서 레이네가 자신의 정체를 드러냈을 때를 떠올리며 고개를 끄덕였다.

정령들은 당황하면서도 차분하게 사태를 받아들였다. 물론 한창 싸우고 있는 와중이라 당황할 수 없었던 것이겠지만, 그녀들은— 시도가 생각하는 것보다 훨씬 강했다.

확실히 〈라타토스크〉는 정령들을 보호하는 조직이지만, 그렇다고 강한 마음을 지닌 그녀들에게 정보를 은폐하는 것 또한 모욕이나 다름없을 것이다.

그녀들이라면 분명 이 진실을 극복할 수 있으리라. 시도는 그런 확신을 느끼면서, 다시 한 번 고개를 끄덕였다. 코토리 또한 그에 호응하듯 고개를 끄덕였다.

"하지만, 지금은 다들 잠들었을 거잖아? 마음 같아서는 데이트 계획을 짜는 데 의견을 내줬으면 하지만, DEM과의 전투에서 핵심 멤버라 할 수 있는 정령들의 컨디션을 무너뜨릴 수는—."

코토리가 말을 이으려던 순간, 갑자기 시도의 스마트폰이 떨리기 시작했다.

"응……?"

한순간 마리아에게서 연락이 왔나 했지만— 시도는 이내 그 생각을 부정했다. 마리아라면 단말을 통해 말을 할 것이며, 시도에게만 무언가를 전하고 싶다면 아까처럼 메시지를 보내면 된다. 일부러 전화를 걸 필요는 없는 것이다.

시도가 의아하게 생각하며 화면을 확인해 보니, 거기에는 『토비이치 오리가미』라는 이름이 표시되어 있었다.

"오리가미……?"

시도는 고개를 갸웃하며 통화 버튼을 눌렀다. 그러자 스마트폰에서 차분한 목소리가 흘러나왔다.

『—이야기는 다 들었어.』

"뭐……?"

시도는 그 느닷없는 말을 듣고 어안이 벙벙해졌다. 하지만 오리가미는 그에 개의치 않고 담담한 어조로 말을 이었다.

『데이트 계획 작성에는 우리도 협력할게. 브리핑룸의 사용을 허가해줘.』

"자, 잠깐만 있어봐. 대체 어디서 그걸—."

"잠깐 실례할게."

시도가 당혹스러워하자, 코토리가 손을 쑥 뻗어 그가 쥔 스마트폰을 채 갔다.

그리고 그것을 테이블 위에 둔 뒤 화면에 표시된 『스피커』 아이콘을 터치했다.

"헬로, 오리가미. 지금 어디에 있어?"

『제2수면실.』

오리가미는 코토리의 질문에 간결하게 대답했다.

아니, 그것만이 아니다. 오리가미 이외에도 다른 이들의 목소리가 들려왔다.

『—우리도 있다!』

『크큭, 어둠의 장막은 나의 요람이니라!』

『애원. 유즈루들도 협력하게 해주세요.』

『이야~, 우리가 모르는 사이에 뜨거운 전개가 진행되고 있잖아~. 니아 님은 이런 걸 싫어하지 않거든.』

정령들이 시끌벅적 목소리를 냈다. 게다가 다들 레이네의 정체— 아니, 시도와 코토리의 대화 내용을 파악하고 있는 것 같았다. 대체 무슨 일이 일어나고 있는 건지 파악하지 못한 시도는 당혹스러운 나머지 미간을 찌푸렸다.

하지만 그런 시도와 달리 코토리는 뭔가를 눈치챘는지 도끼눈을 뜨면서 입을 열었다.

"……그런데, 대체 **어디**에 달아둔 거야?"

『위에서 두 번째 단추.』

오리가미가 그렇게 대답하자, 코토리는 시도— 아니, 정확하게는 시도가 입은 셔츠의 단추를 쳐다보았다.

"윽! 설마—."

시도는 방금 대화를 듣고서야 깨달았다.

그는 허둥지둥 고개를 숙이고 자신이 입은 셔츠의 단추를 살펴보았다. 그러자 위에서 두 번째 단추만이 다른 단추들과 조금 다르다는 사실을 알아챘다. 구체적으로 말하자면 다른 단추보다 약간 무거웠으며, 표면에 조그마한 구멍이 있었다.

즉— 마치 도청기 같았다.

"정말…… 오리가미는 진짜 못말리겠네."

『설마 이런 고전적인 수법으로 정보가 새어 나갈 줄은 몰랐어요. 함 내의 영상 및 대화 기록을 세세하게 위장하는 데 들인 제 고생은 전부 물거품이 됐네요.』

코토리는 고개를 내저으며 한숨을 내쉬었고, 마리아의 약간 분한 듯한 목소리가 단말의 스피커에서 흘러나왔다.

그들의 말에 대답하듯, 오리가미는 담담하게 말을 이었다.

『심플한 방법은 이렇게 중요한 순간에 효력을 발휘해. 무라사메 선생님이 같은 수단을 썼다면 이 시점에서 게임 오버가 됐을 거야. 앞으로는 조심해.』

"레이네 씨는 내 옷에 단추 모양 도청기 같은 건 안 달거든?!"

『선입관이나 착각에 사로잡히는 건 매우 위험한 행동이야. 애초에 그녀가 시원의 정령일 거라고는 그 누구도 생각조차 하지 않았어. 항상 최악의 사태에 대비해야만 해.』

"윽……."

시도는 오리가미의 말을 듣고 입을 꾹 다물었다. ……확실히 맞는 말이기는 했다.

하지만 코토리는 그 말을 부정하듯 고개를 내저었다.

"시도, 저런 번듯한 말에 속으면 안 돼. 확실히 선입관은 위험하지만, 그것과 오리가미가 도청기를 설치한 건 완전히 별개의 문제야."

『그건 오해야. 나는 어디까지나 주의 환기를 위해—.』

"……그럼 시도의 다른 옷에는 도청기를 달지 않았겠네?"

『전부는 아냐.』

"달긴 달았다는 거잖아!"

테이블을 쾅 소리가 나게 내려치면서 고함을 지른 코토리는 머리를 긁적이면서 「정말……」 하고 중얼거리더니, 다시 의자에 앉았다.

"……그럼 다들 사태는 파악하고 있는 거네?"

『그래.』

『예……!』

『음.』

전화기 너머에서 코토리의 말을 긍정하는 목소리가 들려왔다. 코토리는 고개를 내저었지만, 왠지 기쁨이 묻어나는 듯한 한숨을 내쉬면서 시도를 쳐다보았다.

시도는 그 말에 긍정하듯 고개를 끄덕인 후, 스마트폰의 마이크를 향해 입을 열었다.

"알았어. 다들, 힘을 빌려줘. 우리의 전쟁(데이트)을— 시작하자."

『—오오!』

정령들은 한목소리로 시도의 말에 대답했다. 시도는 코토리와 시선을 마주한 후, 누가 먼저랄 것 없이 쓴웃음을 지었다.

"……자, 그럼 바로 활동을 시작하자. 브리핑룸에 전원 집합하도록 해. 레이네는 일을 하고 있으니까 복도에서 마주칠 가능성은 낮을 거야. 그래도 혹시 마주쳤을 때 변명을 할 수 있도록, 한 사람씩 이동하도록 해."

『알겠어. 그럼 나중에 봐.』

코토리의 지시에 짤막하게 답한 오리가미는 전화를 끊었다. 시도는 전화가 끊긴 것을 확인한 후 스마트폰을 주머니에 넣었다.

"자……. 그럼 우리도 차례차례 이동하자. 내가 없는 집무실에서 시도가 나오는 걸 남들이 보면 부자연스럽게 여길 테니까, 먼저 가줄래?"

"응. 알았어. 하지만—."

시도는 의자에서 일어서려다 말을 멈췄다. 코토리는 그런 시도를 의아한 표정으로 쳐다보았다.

"응? 왜 그래?"

"……다들 모이려면 시간이 좀 걸리겠지? 그럼 그 전에 마쳐두고 싶은 일이 있는데…… 잠시 나갔다 와도 될까?"

시도가 긴장이 묻어나는 표정으로 그렇게 말하자, 코토리는 희미하게 미간을 찌푸렸다.

"그 전에 마쳐두고 싶은 일……?"

"그래……. 성공할 거라는 확신은 없고, 이게 진짜로 옳은 행동인지도 모르겠어. 하지만…… 이것만은, 꼭 해둬야 한다고 생각해."

코토리의 물음에 시도는 주먹을 말아 쥐며 그렇게 대답했다.

◇

빨려들 것만 같은 밤하늘— 이라는 표현은 장대한 아름다움을 향한 감동과 동경을 나타내는 것이지만, 그 밑바닥에는 한 줌의 공포가 존재하고 있지 않을까.

텐구시 외곽에 있는 언덕에 위치한 공원에서 하늘을 올려다보던 시도는 문득 그런 생각을 했다.

매일 보는데도, 저 하늘 너머에 무엇이 있는지 전혀 알지 못한다. 그런 미지가 이렇게 가까이에 존재하는 것이다. 거대한 괴물의 뱃속. 만약 한 걸음이라도 발을 들였다간 두 번 다시 돌아오지 못하는 게 아닐까— 그런 막연한 두려움이 느껴졌다. 뭐, 두려움을 느끼기에 인간은 그것을 아름답다고 느끼는 걸지도 모르지만 말이다.

구름 한 점 없는 겨울 밤하늘에는 수많은 별이 반짝이면서 몽환적인 광경을 자아내고 있었다. 주위 또한 검은색으로 물들어있기 때문인지 거리감을 파악하기 힘들었으며, 이대로 계속 쳐다보고 있다간 진짜로 저 하늘에 추락해버릴 것만 같았다.

"——."

—일부러 맞춘 것은 아니지만, 그래도 **그녀**에게 어울리는 시간과 장소가 아닐까. 시도는 자조하듯 어깨를 으쓱였다.

그렇다. 시도가 귀중한 시간을 할애하면서까지 〈프락시너스〉 밖으로 나온 이유는 바로 **그것**이다.

시도에게는 함에 있는 승무원과 정령들 이외에도, 진실을 꼭 전해야만 하는 상대가 있는 것이다.

시도는 하늘을 올려다보고 있던 고개를 내린 후, 공원을 샅샅이 훑듯 살펴보았다.

이곳에 딱히 누군가가 있는 건 아니다. 지금은 오전 한 시가 다 되어가고 있는 시각이다. 역 앞 번화가라면 몰라도, 이런 한적한 교외에 있는 공원에 누군가가 있을 리가 없다. 그래서 시도는 전송 장소로 이곳을 선택한 것이다.

꼭 이 장소이어야만 하는 이유 같은 건 없다. 인적이 없고, 그림자가 드리워진 지상이라면, 그 어디라도 괜찮은 것이다.

—**그녀**는 항상 시도를 지켜보고 있을 테니 말이다.

"할 이야기가 있어. —쿠루미, 있지?"

시도는 어둠을 향해 그렇게 말했다. 딱히 큰 목소리로 말할 생각은 없었지만, 정적이 감도는 공원에서 그 목소리는 상당히 컸다.

시도의 목소리는 공간 자체를 물들이듯 공원 전체로 퍼져나갔다.

그러자 몇 초 후, 시도는 기묘한 무언가를 포착했다.

공원 가장자리에 존재하는 가로등 중 하나— 그 아랫부분에 존재하는 어슴푸레한 빛의 중심에 조그마한 검은 점이 나타난 것이다.

그 점은 점점 넓어지더니, 물웅덩이처럼 커다란 그림자가 되었으며— 이윽고 그 안에서 한 소녀가 나왔다.

어둠처럼 검고 윤기가 흐르는 머리카락, 그리고 그것과 대비되듯 새하얀 얼굴. 몸에 두른 드레스 또한 그 두 색깔로 구성되어 있으며, 머리장식과 가슴에 달린 장미 문양, 그리고 요사한 미소를 머금고 있는 오른쪽 눈만이 가로등의 불빛을 받아 붉게 빛나고 있었다.

"—어머, 어머."

소녀— 쿠루미는 상류층 가문의 아가씨처럼, 혹은 익살스러운 광대처럼 공손히 예를 표했다.

그렇다. 최악의 정령, 토키사키 쿠루미.

시간의 천사 〈자프키엘〉을 지닌 정령이자, 시도의 시간 역행에 있어서의 최대 공로자— 그녀와 만나는 것이 시도의 목적이었다.

"시도 씨가 저를 찾다니, 참 드문 일도 다 있군요. —혹시 저에게 영력을 넘겨주기로 마음먹으신 건가요?"

쿠루미가 농담을 하는 듯한 말투로 그렇게 말했다. 그러자 시도는 어깨를 으쓱이며 그 말에 대꾸했다.

"유감이지만, 네가 나를 반하게 만들면 영력을 넘겨주겠다는 약속이었잖아?"

"우후후, 그러고 보니 그랬죠."

쿠루미 또한 애초부터 시도가 영력을 넘겨주려고 자신을 불렀을 거라고는 생각도 하지 않는다는 듯이 가벼운 어조로 웃었다.

시도는 다시 한 번 그녀를 관찰하듯 쳐다보았다. 긴 머리카락은 묶지 않았으며, 그녀의 가장 특징적인 부분이라 할 수 있는 왼쪽 눈은 의료용 안대로 가리고 있었다.

—틀림없다. 그녀는 **토키사키 쿠루미지만 토키사키 쿠루미가 아니다.**

쿠루미의 천사 〈자프키엘〉, 그 【여덟 번째(헤트) 탄환】으로 재현한 분신체— 쿠루미의 과거 모습 중 하나인 것이다.

게다가 저 특징적인 복장을 볼 때, 그녀는 시도가 일전에 만났던 5년 전의 쿠루미로 만든 분신이었다.

본체가 시도를 감시하고 있지는 않을 거라고 생각했지만, 그래도 그녀가 나타날 줄은 몰랐다. 시도는 감개한 느낌을 받으며 말을 이었다.

"……만약을 위해 물어볼 게 있어. 지금 이 자리에 있는 건 너뿐이야?"

"우후후. 글쎄요?"

시도의 질문에 쿠루미는 얼버무리듯이 대답했다. 확실히 그녀의 입장을 생각해보면, 시도에게 자신의 카드를 알려주는 것과 다름없는 짓을 하지는 않으리라.

"부탁이야. 대답해줘. —진짜 쿠루미는 이 대화를 듣고 있는 거야? 만약 듣고 있지 않다면, 진짜 쿠루미는 지금 내가 말한 것을 어떤 식으로 아는 거지?"

"……불가사의한 질문이군요, 시도 씨."

시도의 기묘한 질문을 미심쩍게 생각한 건지, 아니면 범상치 않은 분위기를 눈치챈 건지, 쿠루미는 희미하게 눈을 가늘게 떴다.

그리고 잠시 동안 시도의 눈을 응시한 후, 졌다는 듯이 한숨을 내쉬었다.

"—진짜 『저』는 지금 이 자리에 있지 않답니다. 그리고 제가 진짜『저』에게 정보를 전하려면 말로 알려주거나 뇌 안의 정보를 공유하거나— 뭐, 시간(코스트)을 소모해야 하기에 그 방법은 사용하지 않겠지만, 【열 번째(유드) 탄환】을 쓸 수밖에 없겠죠."

"흐음…… 뇌 안의 정보를 공유하는 것 같은 편리한 행동이 가능하다면, 일부러 말로 전할 필요는 없지 않아?"

시도의 물음에 쿠루미는 과장스럽게 어깨를 으쓱였다.

"그렇지 않답니다. 분신이라 할지라도 저희에게는 사생활이라는 게 존재하니까요. 아무리 미래의 자기 자신이 상대라 할지라도, 속속들이 전부 들키고 싶지는 않아요."

"그, 그렇구나……."

게다가, 하고 쿠루미는 덧붙여 말했다.

"말을 통해 정보를 전달한다면, 정보의 취사선택이 가능하죠. 저희는 숫자가 방대하니까 말이에요. 모든 정보를 공유해선, 아무리 진짜『저』라 할지라도 뇌가 버티지 못할 거랍니다."

"그렇구나……."

듣고 보니 납득이 됐다. 아니, 사생활 운운은 쿠루미의 농담이며, 아마 정보의 취사선택이 진짜 이유이리라.

"뇌 안의 정보를 공유……하는구나. 그럼 혹시…… 아니, 그래도 어디까지—."

시도가 턱에 손을 댄 채 생각에 잠기자, 쿠루미는 불만을 표시하듯 입술을 삐죽 내밀었다.

"무슨 혼잣말을 그렇게 하시는 거죠? 설마 방금 질문이 저를 찾은 용건인 건가요?"

"아, 미안해."

시도는 고개를 숙이며 사과한 후, 쿠루미의 눈을 응시하며 입을 열었다.

"이제부터 내가 이야기하는 내용을 진짜 쿠루미에게 전해도 될지 말지 나는 모르겠어. 그러니까— 부탁할게. 네가 들어보고 판단해주지 않을래?"

"대체 무슨 이야기길래 그렇게 호들갑스러울 정도로 조심하는 거죠?"

쿠루미는 팔짱을 끼고 미간을 찌푸리며 재촉하듯 그렇게 물었다. 그에 시도는 호흡을 가다듬듯 한숨을 내쉰 후, 그 말을 입에 담았다.

"2월 20일……, 쿠루미의 본체는— 죽음을 맞이해."

"……, 어머, 어머."

쿠루미는 시도의 말에 눈을 동그랗게 뜨더니, 곧 그 말이 의미하는 바를 눈치챈 것처럼 인상을 찡그렸다.

"마치— **보고 온 사람처럼** 말하는군요."

"……응. 네 예상이 맞아."

시도의 대답에 쿠루미는 전부 이해한 것처럼 어깨를 약간 으쓱였다.

"【열두 번째 탄환(유드 베트)】…… 아니, 【여섯 번째 탄환(바브)】인가요? 하지만 대체 『저』는 누구에게 당한 건가요? 엘렌 메이저스가 상대일지라도, 『저』라면 간단히 당하지는 않을 텐데 말이죠."

쿠루미는 턱에 손가락 하나를 대면서 물었다.

시도는 희미한 긴장이 묻어나는 목소리로 그 이름을 입에 담았다.

"—타카미야, 미오."

"——."

순간, 쿠루미의 표정이 마치 얼이 나간 것처럼 완전히 풀어지더니— 곧 증오와 전율이 뒤섞인 표정이 그녀의 얼굴을 뒤덮었다.

"시도 씨, 방금, 뭐라고 하셨죠?"

"미오……야. 시원의 정령이 쿠루미를 죽여. 아니…… 정확하게는, 이미 쿠루미의 몸 안에 미오가 있을 거야. 전장에서 갑자기, 쿠루미의 몸을 찢으며 미오가 모습을 드러냈어."

"……."

시도의 말에 쿠루미는 뭔가 짐작이 가는 바가 있는 것처럼 식은땀을 한 줄기 흘리면서 표정을 굳혔다.

"……그래요. 그때군요. 너무 간단히 해치운 것 같기는 했지만, 머리를 좀 썼네요."

그리고 잠시 동안 생각에 잠기듯 입을 다문 후, 가늘고 긴 한숨을 내쉬었다.

"……정보를 알려주셔서 감사해요. 확실히 그 미오 씨가 『저』의 안에 살아있다면, 『저』의 감각기관을 통해 외부의 정보를 얻을 가능성이 있어요. 시도 씨의 판단은 지극히 옳아요."

"어때……? 미오에게 들키지 않고 쿠루미한테 이 정보를 전하는 건 가능해?"

"아마 가능할 거랍니다. —하지만 이 사실을 알더라도, 몸 속에 적이 존재하는 상황에서 생환할 수 있을지는 알 수 없지만 말이에요."

쿠루미는 쓴웃음을 지으면서 그렇게 말했다. 그에 시도는 숨을 삼키며 주먹을 말아 쥐었다.

"그렇……겠지."

"우후후. 그렇게 어두운 표정은 짓지 마세요. 절망적인 상황인 건 분명하지만— 시도 씨 덕분에 『저』는 선택지를 얻었답니다."

쿠루미는 그렇게 말한 후, 치마를 흩날리며 몸을 빙글 돌렸다.

"—그럼, 미래로부터의 이 충언을 『저』에게 꼭 전하겠어요."

"응. 고마워, 쿠루미. —정말, 고마워."

시도가 쿠루미의 등을 향해 깊이 고개를 숙였다. 그러자 쿠루미는 등 너머로 시도를 쳐다보며 웃음을 흘렸다.

"우후후. 너무 호들갑스럽네요. 그렇게까지—."

바로 그 순간, 쿠루미는 시도의 말에 담긴 의미를 눈치챈 것 같았다. 약간 눈썹이 흔들리더니, 시도를 향해 고개를 돌리며 물었다.

"—시도 씨, 미래의 저는 도움이 되었나요?"

"……그래. 정말 멋졌어."

"그랬군요."

쿠루미는 시도의 말에 미소를 지으며 그대로 그림자 속으로 사라졌다.

◇

"……."

〈프락시너스〉 안의 자신의 방에서 단말 콘솔을 조작하고 있던 레이네는 얼추 자신의 일을 마친 후, 의자 등받이에 몸을 맡겼다.

레이네는 모니터 구석에 표시된 시간을 확인했다. ―오전 1시 30분. 뭐, 비교적 일찌감치 작업이 끝난 것 같았다.

레이네는 단말을 대기 상태로 만든 후, 의자에서 일어나며 기지개를 켰다.

"……데이트……."

그리고 그 말을 되새기듯 중얼거렸다.

설마 이 타이밍에 시도가 자신에게 데이트를 신청할 거라고는 생각도 못했다.

레이네가 정령이라는 사실을 알고 있을 거라고는 생각하기 어렵다. 그렇다면―.

"……."

레이네는 자신의 생각을 떨쳐내려는 것처럼 고개를 저었다.

시도가 어떤 생각을 하고 있든, 상관없다.

―레이네가 그의 제안을 거절하는 것은 있을 수 없는 일이니까 말이다.

"……자……."

레이네는 휴우 하고 한숨을 내쉰 후, 속옷과 실내복이 들어있는 가방, 그리고 화장품이 들어있는 파우치를 챙기고 방을 나섰다. 목적지는 〈프락시너스〉를 보수하면서 새롭게 설치된 목욕탕이었다.

지금은 꽤 늦은 시간이다. 내일을 위해 몸을 씻은 후에 잠자리에 드는 편이 좋을 것이다.

물론 정령인 레이네는 그런 행동을 할 필요가 없다. 샤워로 몸을 깨끗하게 하는 정도라면 몰라도, 목욕을 마친 후에 화장품을 쓰지 않더라도 몸의 상태는 적절히 유지된다. 레이네에게 있어서 이런 행동은 시간과 비용의 낭비에 지나지 않는다고 해도 과언이 아니다.

그런데도 왜 이런 행동을 하느냐면, 이유는 단순했다. 그것이 20대 여성의 표준적인 행동이기 때문이다.

자신이 정령이라는 사실을 들키지 않기 위해, 레이네는 세심한 주의를 기울이며 생활을 해왔다. 물론 혼자 있을 때는 그런 행동을 생략해도 되지만, 습관이라는 것은 긴장을 풀었을 때 드러나는 것이다. 레이네는 만일의 사태에 대비해 가능한 한『인간적인 행동』을 취하려 해왔다. ―뭐, 너무 그런 것을 철저하게 지키는 것 또한 비인간적이기 때문에, 몸의 피로도에 맞춰 그런 습관을 의도적으로 생략하기도 하지만 말이다.

그런 의미에서 본다면, 취침도 마찬가지다. 레이네는 약 30년 동안 살면서 단 한 번도 잠이 든 적이 없지만, 매일 밤 침대에 들어가서 아침이 될 때까지 눈을 감고 있다.

아니— 단 한 번도, 라는 말에는 어폐가 있을지도 모른다. 정확하게는 몇 번 수면을 시도해본 적이 있다. 잠을 자지 않더라도 행동할 수는 있지만, 매일 밤 수면을 취하는 편이 에너지 효율이 좋다는 것을 레이네도 이해하고 있다. 그리고 의식을 유지한 채 몇 시간 동안 아무것도 하지 않으며 드러누워 있는 것은 단순히 무료함이라는 고통을 만들어낸다.

하지만 잠이 들 때마다— 레이네는 같은 꿈을 꾸고 만다.

아직도 잊을 수 없는, 30년 전의 광경…….

신— 타카미야 신지가 눈앞에서 죽는, 그 절망적인 광경을 꿈속에서 보는 것이다.

그때마다 레이네는 눈물과 비명, 그리고 심신이 피폐해지면서 초췌해지는 것을 느끼며 깨어나고 만다.

레이네에게 있어 밤은 휴식의 시간이 아니며, 수면은 안식이 아닌 것이다.

그리고—.

"음……?!"

"……어?"

그런 생각을 하며 목욕탕으로 향하던 레이네는 복도 모퉁이에서 누군가와 부딪치고 말았다.

고개를 들어보니, 부딪친 상대는 수면실에서 잠을 자고 있는 줄 알았던 정령, 토카였다. 그녀는 잠옷 위에 카디건을 걸쳤으며, 샌들을 신고 있었다.

"레, 레이네……?!"

"……아, 토카. 이런 시간에 뭘 하고 있는 거야?"

레이네의 물음에 토카는 당황한 듯이 시선을 피했다.

"아, 아니, 그게 말이다……."

"……응? 아……."

토카가 당황한 듯한 반응을 보이자, 레이네의 눈썹이 약간 꿈틀거렸다.

"……야식을 먹을 거면 식당이나 휴게 에어리어에 가봐. 하지만 늦은 시간이니까 너무 많이 먹지는 마. 그리고 자기 전에 양치질을 꼭 해."

"……아! 으, 음…… 그렇게 하겠다."

토카는 레이네의 말을 듣더니, 어깨를 부르르 떨면서 고개를 끄덕였다. 한밤중에 야식을 먹으려다 들킨 것치고는 너무 긴장한 듯한 느낌이 들지만…… 뭐, 그런 일에 수치심을 느끼는 것도 그녀가 획득한 사회성 중 하나이리라. 레이네는 그렇게 판단하면서 다시 걸음을 옮겼다.

"……레이네!"

그리고 몇 걸음 내디뎠을 즈음, 등 뒤에서 토카의 목소리가 들려왔다.

"……응? 토카, 왜 그래?"

"……."

레이네가 돌아보면서 그렇게 묻자, 잠시 동안 아무 말 없이 레이네의 눈을 응시하던 토카가 입을 열었다.

"레이네는…… 시도를 좋아하느냐?"

"……응?"

레이네는 느닷없는 질문에 고개를 갸웃거렸다.

"……그게 무슨—."

"쓸데없는 소리 하지 말고……! 대답해다오. 부탁이다."

"……."

레이네는 잠시 입을 다물었다. 토카답지 않은 질문이다. ……또 니아나 미쿠가 이상한 소리를 한 것일까?

이유는 모르겠지만, 토카의 눈빛은 진지하기 그지없었다.

그렇다면— 대답은 정해져 있다. 레이네는 천천히 입을 열었다.

"……응. 좋아해."

"……, 그러하냐. 음……."

토카는 레이네의 대답을 듣고 진지한 표정을 지으며 고개를 끄덕였다.

"……나도 그렇다!"

그리고 힘찬 어조로 그렇게 말한 후, 다시 복도를 걸어갔다.

"……."

물론 다른 애들도 좋아해, 라는 말을 덧붙이기도 전에 토카는 가버렸지만…… 뭐, 납득은 한 것 같으니 그냥 넘어가기로 했다. 레이네는 그런 판단을 내리며 다시 걸음을 옮겼다.

하지만 바로 그때, 어떤 가능성이 머릿속을 스쳤다. 혹시 토카는 시도가 레이네에게 데이트 신청한 것을 알고 있는 것이 아닐까, 하는 생각이 말이다.

그렇다면, 방금 그것은 토카 나름의 선전포고가 아닐까?

"……아냐. 지나친 생각이야."

레이네는 토카의 등을 쳐다본 후, 다시 자신의 목적지를 향해 걸음을 옮겼다.

제2장 『두 번째』 데이트

2월 19일, 아침. 하늘은 맑았다.

하지만 시도는 이미 이 날을 한 번 경험한 적이 있기에, 날씨 걱정은 하지 않았다. 아무리 사람의 행동에 따라 역사가 바뀔 가능성이 있다 할지라도, 날씨까지는 바뀔 리가 없는 것이다.

텐구역 앞에 도착하니, 꽤 많은 이들이 오가고 있었다. 오늘은 휴일이기 때문인지, 놀러가는 것으로 보이는 가족들, 그리고 평일이라면 학교에 갔을 나이의 소년소녀들의 모습도 눈에 띄었다.

현재 시각은 오전 9시 50분. 약속 시간 10분 전이다. 시도는 역 앞 광장에 설치된 시계를 힐끔 쳐다본 후, 긴장한 탓에 말라버린 목을 침으로 적셨다.

"……이러면 안 돼."

그런 자신의 심경을 눈치챈 시도는 호흡을 가다듬듯이 손을 가슴에 댔다. 셔츠와 니트, 그리고 두꺼운 코트를 걸쳤는데도 불구하고 손가락 끝이 희미하게 떨릴 정도로 시도의 심장은 격렬한 리듬을 새기고 있었다.

긴장하는 게 당연했다. 하지만 그것은 전율이 아니라, 레이네와의 데이트에 대한 기대와 불안이어야만 한다.

확실히 레이네— 미오는 미래에서 정령들을 몰살시켰다. 그 절망적인 미래를 바꾸는 것이 바로 시도의 목적이다.

하지만, 레이네와의 데이트가 그저 수단이 되는 것은 피해야 한다.

시도는 오늘 진심으로 레이네와의 데이트를 즐기고, 레이네 또한 시도와의 데이트를 즐겨줘야 한다. 즉, 시도에게 반하게 — 되지는 않더라도 — 마음을 열어줘야 한다.

그러기 위해서는 그녀를 향한 의심과 두려움을 전부 떨쳐내야만 하는 것이다.

『—시간이 다 되었네. 아까 레이네도 〈프락시너스〉를 나섰어. 곧 그곳에 도착할 거야. —준비는 됐어?』

시도의 마음을 꿰뚫어본 듯한 타이밍에, 코토리의 목소리가 어딘가에서 들려왔다.

하지만, 지금 시도의 오른쪽 귀에는 정령을 공략할 때 착용하는 인터컴이 보이지 않았다.

정령이라면 몰라도, 지금까지 공략에 참가했던 레이네라면 시도가 인터컴을 착용하고 있다는 것을 눈치챌지도 모르는 것이다. 그래서 시도는 최신식 골전도 통신기를 목덜미에 착용했다.

그런 편리한 게 있다면 미리 투입하면 될 텐데…… 하고 시도는 생각했지만, 확실히 사용감이 좀 다른 데다 덕분에 레이네에게 들키지 않으며 통신을 할 수 있는 것이다. 그러니 결과적으로 잘 된 일이라고 생각하기로 했다.

"……응."

시도는 속삭이는 듯한 어조로 그렇게 대답한 후, 작게 한숨을 내쉬었다.

무섭지 않다면 분명 거짓말일 것이다.

하지만— 레이네와의 데이트를 진심으로 즐기는 것 자체는 그렇게 어려운 일이 아닐지도 모른다는 생각이 들었다.

시도의 마음속에는 현재, 미오가 깨운 타카미야 신지의 기억이 있다.

그리고 신지는 미오를 진심으로 사랑하는 것이다.

애타는 사랑이란 이런 것을 말하는 걸까, 하는 생각이 들 정도의 애정. 강렬한 연심. 그것이 노도 같은 감정의 파도가 되어 시도의 공포심을 삼키고 있었다.

아니— 정확하게는 그것만이 아니다. 시도는 눈을 슬며시 감은 후, 무라사메 레이네와의 만남을 떠올렸다.

지금으로부터 열 달 전. 처음으로 시도가 정령과 만난 후의 일이다. 〈프락시너스〉의 의무실에서 정신이 든 시도는 자신의 곁에 서 있는 레이네를 보았다. 지금 생각해보면, 그때 꿈속에서 들었던 목소리는 그녀의 목소리가 분명했다.

처음 만났을 때의 인상은— 『이상한 사람』이었다. 30년 동안 잠을 자지 않았다는 거짓말을 하고, 항상 눈 밑에 다크서클이 있으며, 어찌된 영문인지 항상 주머니에 곰 인형을 넣고 다녔다. 언동도 약간 멍했으며, 졸린지 때때로 뜬금없이 지면에 털썩 쓰러졌다.

하지만 그뿐만 아니라— 아름다운 사람이라고도 생각했다.

단순히 외형적인 부분만이 아름다운 게 아니다. 아까 전의 특징을 메우고도 남을 만큼, 기품으로 가득 찬 분위기를 지녔다. 이지적인 행동거지, 그리고 때때로 표정에서 묻어나는 슬픔…….

신지가 미오에게 느꼈던 그것과는 비교할 여지도 없으며, 사랑과도 다를지도 모르지만— 시도는 분명 레이네를 향한 동경에 가까운 감정을 마음속에 품고 있다.

그래서 — 이런 발언은 불성실할지도 모르지만 — 시도는 마음 한편으로 오늘의 데이트를 고대하고 있다.

그것을 자각하자, 미친 듯이 뛰던 심장이 서서히 진정됐다. 시도는 가늘게 숨을 내쉰 후, 감고 있던 눈을 떴다.

그러자…….

"……기다리게 했나 보네."

"끄아앗?!"

다음 순간, 눈앞에 레이네의 얼굴이 나타났다. 그녀의 얼굴을 본 시도는 비명을 지를 정도로 화들짝 놀랐다.

"레, 레이네 씨……?! 어, 언제 온 거예요……?!"

"……으음. 방금 왔는데, 신이 생각에 잠겨 있는 것 같았거든. 그래서 방해하는 건 좀 그럴 것 같아서 가만히 있었어."

"그, 그랬군요……."

시도는 겨우겨우 그렇게 대답한 후, 마음을 다잡으려는 듯이 헛기침을 했다.

그리고 그제야 레이네의 옷차림에 눈길이 갔다.

그녀는 지금 평소 함 내에서 입고 있는 군복도, 학교에서 입는 흰색 가운도 아닌, 흰색 원피스에 코트 차림으로 그의 눈앞에 서 있었다.

평소 대충 묶고 다니던 머리카락을 아름답게 땋았으며, 입술에도 옅은 립글로스를 발랐다.

〈라타토스크〉의 협력자로서 봤던 비밀 기관원의 모습과도, 학생으로서 봤던 교사의 모습과도 다른— 여자가, 남자에게 보여주기 위해 아름답게 꾸민 모습이었다.

평소의 레이네만 봐서는 상상조차 하기 힘든 그 모습에 시도는 잠시 동안 그녀에게서 눈을 떼지 못했다.

아니— 시도가 눈을 떼지 못하는 이유는 그것만이 아니었다.

그녀가 코트 안에 입은, 흰색 원피스.

계절이 달라 천이 두껍고, 소매도 달렸다. 옷자락 또한 무릎을 가릴 만큼 길다. 신고 있는 것도 맨발에 외출용 샌들이 아니라 검은색 타이츠에 부츠다.

차이점을 꼽자면 셀 수도 없을 만큼 많다. 하지만 레이네는 미오가 신지와 데이트를 할 때 입었던 복장을 의식한 옷차림을 하고 있었다.

"……, ……."

진한 감정이 시도의 폐부를 가득 채웠다. 그의 마음속에서 숨쉬고 있는 신지의 기억이 무심코 목소리를 내려 하고 있었다.

그녀가 그날의 데이트를 기억하고 있다는 사실이, 너무나도 기쁜 것이다.

그녀가 오늘, 이 날에 저 복장을 선택해줬다는 사실이, 너무나도 감사한 것이다.

그리고—.

『—도……, 시도! 내 말 듣고 있어?!』

"……윽!"

시도가 눈물을 필사적으로 참고 있을 때, 목덜미에서 코토리의 목소리가 들려왔다.

『정말……. 첫 접촉 때부터 얼이 나가면 어떻게 해.』

"……."

미안해, 라는 의미를 담아 통신기를 손가락으로 슬며시 두드렸다. 그러자 코토리는 한숨을 푹 내쉬었다.

『뭐, 좋아. 마침 선택지도 나왔네. —다들, 준비는 됐지?』

그러자, 그 말에 답하듯—.

『—오!』

통신기에서 〈프락시너스〉 승무원들과 외부인들의 목소리가 한꺼번에 들려왔다.

〈라타토스크〉 공중함, 〈프락시너스 엑스 케르시오르〉.

그 함교는 평소보다 많은 이들로 붐비고 있었다.

2단으로 된 함교의 하단부분에는 〈프락시너스〉의 승무원들이 있었다. 물론 그들은 이미 레이네에 대한 설명을 들었다. 다들 동료의 정체를 알고 놀랐지만, 상대가 정령이라면 자신들이 해야 할 일에는 변함이 없다며 마음을 단단히 먹고 공략에 참가하고 있었다.

그리고 상층부, 함교의 상단부분에 급조된 예비석에는— 여러 정령들이 자리하고 있었다.

코토리가 앉은 함장석을 둘러싸듯, 토카, 오리가미, 요시노, 카구야, 유즈루, 미쿠, 나츠미, 무쿠로가 앉아 있었다. 그리고 그들로부터 약간 떨어진 곳에 있는 해석관 자리에는 니아가 자리했다. 다들 진지한 표정으로 메인 모니터에 표시된 시도와 레이네의 모습, 그리고 퍼스널 모니터의 선택지를 응시했다.

평소 같으면 있을 수 없는 광경이다. 함교에서 선택지를 고르고, 시도의 데이트를 지원하는 것은 승무원들의 임무이며, 정령들이 그 임무에 참가하는 일은 적어도 지금까지 단 한 번도 없었다. 시도가 다른 정령을 공략하고 있는 모습을 보여주는 것이 정령에게 좋은 영향을 주지 않을 것이기 때문이다.

하지만— 지금은 정령들의 요망에 따라 이 서포트 체제가 실현되었다.

다들, 견디기 힘들었던 것이다.

자신들의 운명이 걸린 데이트를, 시도 한 사람에게만 맡기는 것이…….

자신들을 위해 싸우는 시도의 분투에서, 눈을 돌리는 것이…….

"……."

함장석에 앉은 코토리가 눈동자만 움직여 함교에 있는 정령들을 둘러보며 한순간 미소를 머금더니— 곧 사령관다운 근엄한 표정을 지으며 모니터에 표시된 선택지를 쳐다보았다.

①죄송해요. 레이네 씨를 넋 놓고 쳐다봤네요.

②평소와 헤어스타일이 다르네요. 잘 어울려요.

③그 옷을 대체 어떤 식으로 벗기면 될까요?

"전원— 선택!"

""""예!""""

""""오!""""

코토리의 호령에 승무원들과 정령들이 힘찬 목소리로 그렇게 외쳤다.

참고로 오리가미와 나츠미, 그리고 다른 정령들 앞의 콘솔은 승무원들이 사용하는 것과 동일하지만, 토카나 무쿠로에게는 조작이 어려울지도 모르기에 버튼이 세 개만 달린 간이 조작판으로 개조했다.

잠시 후, 모니터에 집계결과가 표시됐다. 가장 많은 표를 받은 선택지는— ①.

"①이네……. 당연한 결과이기는 해."

코토리가 그렇게 말하자, ①을 선택한 정령들이 그 말에 동의했다.

"예. 역시 상대방이 아무 말도 안 하면 불안함을 느낄 거예요. 하지만 이런 말을 들으면 기쁘지 않을까요……."

"……우와, 배려가 넘치는 이유네. 혹시 여신? 여신 맞지? 우선 상황을 살펴보자는 생각으로 ①을 고른 나는 대체……."

"음, 이거라면 레이네도 납득할 것이다!"

요시노를 비롯한 몇몇 정령들이 그렇게 말하자, 코토리는 고개를 끄덕였다. 확실히 아까 전의 침묵에 대한 변명으로는 적당하다는 생각이 들었다.

"으음…… 무쿠는 ②도 나쁘지 않을 것 같다만, 어쩔 수 없지."

"그러하니라. 데이트에서는 섬세함이 중요하지. 미세한 변화도 눈치채야 하느니라. 하지만—."

"설명. 사람에 따라서는 평소 헤어스타일이 별로라는 뜻으로 받아들일지도 몰라요. 우선 안전한 선택지를 고르며 상황을 살피는 편이 좋겠죠."

무쿠로와 야마이 자매도 그렇게 말하며 동의했다.

코토리는 그런 의견들을 들은 후, 왼쪽을 힐끔 쳐다보았다.

"……그쪽 세 사람은 어떻게 생각해?"

코토리가 반쯤 뜬 눈으로 그렇게 묻자, 왼쪽 좌석에 앉아있던 니아, 미쿠, 오리가미가 입을 열었다.

"에이, 당연히 ③을 골라야죠! 순박한 줄 알았던 소년에게 이런 기습을 당한다면, 그 어떤 누님이라도 벌써부터 오늘밤 일을 생각하며 완전 흥분할 거예요!"

"맞아~! 레이네 씨는 다 큰 어른이니까, 이 정도 농담은 받아줄 거야~!"

"이 영상은 녹화되고 있는 거야? 나중에 복사 좀 할게."

"오리가미, 하다못해 변명이라도 좀 하는 게 어때?!"

코토리는 세 사람의(특히 오리가미의) 대답을 듣고 비명에 가까운 어조로 그렇게 대꾸하더니, 곧 고개를 저으며 한숨을 내쉬었다.

"저기 말이야……. 우리의 미래가 걸린 일이니까, 좀 진지하게 임해주면 안 될까?"

"알고 있어. 그래서 내가 들으면 가장 기쁠 것 같은 선택지를 진지하게 고른 거야."

"……."

듣는 이의 말문이 막히게 만드는 그 대답에 코토리의 볼을 타고 식은땀이 흘러내렸다.

하지만 누구나 그런 갑작스러운 전개에 호의적인 반응을 보일 리가 없다. 코토리는 마음을 다잡은 후, 마이크를 입가로 가져다 댔다.

"—시도, ①이야. 일단 솔직한 반응을 보여 보자."

코토리의 지시가 통신기를 통해 들려왔다. 시도는 슬며시 고개를 끄덕인 후, 레이네에게 말을 건넸다.

"아…… 죄송해요. 이런 복장을 한 레이네 씨를 본 적이 없어서, 뭐랄까…… 넋 놓고 쳐다봤어요."

"……흐음?"

시도의 말에 레이네는 졸린 듯한 두 눈을 아주 약간 치켜뜬…… 것처럼 보였다.

"……그래. 흐음, 그렇구나."

그리고 턱에 손을 대면서 작은 목소리로 입안에서 혀를 굴리듯 중얼거렸다. 표정에는 거의 변화가 없지만, 왠지 기뻐하고 있는 것처럼 보였다.

"……그렇다면 어쩔 수 없지. 네 옷차림도 멋져."

"아…… 고마워요."

시도는 뜻밖의 반격을 당한 나머지 무심코 볼을 붉혔다.

사실 시도의 오늘 옷차림은 어젯밤에 정령들의 의견을 수렴해 고른 것이다. 칭찬을 받아도 딱히 부끄럽지는 않지만, 그래도 모두의 노력이 결실을 맺었다는 기쁨이 느껴졌다.

"……자, 그런데 신, 오늘은 어디에 갈 거야? 꽤 짐이 많아 보이는데……."

레이네는 시도가 가지고 온 캐리어 가방을 쳐다보면서 물었다.

시도는 마치 여행이라도 가는 사람처럼 보일 만큼 짐이 많았다. 적어도 총력전을 하루 앞둔 이의 짐과는 명백하게 거리가 멀었다.

"하하, 안심하세요. 내일 싸움이 무서워서 레이네 씨와 사랑의 도피를 하려는 건 아니니까요."

시도가 농담을 건네자, 레이네는 「……흠?」 하고 신음을 흘리며 작게 고개를 갸웃거렸다.

"……그래? 그건 유감인걸."

"예?"

시도는 뜻밖의 대답을 듣고 눈을 동그랗게 떴다.

"……사랑의 도피를 같이 할 파트너로 나를 선택해준다면 영광이라고 생각했거든. 만약 네가 도망치고 싶다면, 나는 얼마든지 너와 함께 할 각오가 되어 있어."

"으, 으음…… 레이네 씨?"

시도가 당황한 어조로 그렇게 말하자, 레이네는 이내 눈을 가늘게 떴다.

"……네 농담에 농담으로 답한 거야."

"어? 아…… 그런 거예요?!"

시도는 그 말을 듣고 새된 목소리로 그렇게 외쳤다. ……차분하게 생각해보니 농담이 틀림없었지만, 상황이 상황인지라 당황하고 말았다.

시도는 마음을 진정시키려는 듯이 가볍게 헛기침을 한 후, 말을 이었다.

"오늘 저희가 갈 곳은…… 아직 비밀이에요. 레이네 씨를 놀래 주고 싶거든요. ―저를 믿고 따라와 줄래요?"

"……응. 물론이지. 그럼 가자."

레이네는 시도의 말에 주저 없이 그렇게 답하며 고개를 끄덕이더니— 뭔가를 눈치챈 것처럼 눈썹을 약간 찌푸렸다.

"레이네 씨? 왜 그러세요?"

"……이건 일단 데이트지?"

"예. —일단, 같은 건 아니지만요."

"……흐음. 그렇다면—."

레이네는 시도를 향해 돌아서더니, 지극히 자연스럽게 손을 내밀었다.

"……손을 잡는 편이 나으려나?"

"—아!"

시도는 그 갑작스러운 제안에 마음속으로 놀랐다. 레이네의 가늘고 흰 손가락 끝이 시도를 유혹하듯 뻗어왔다.

하지만 시도는 어찌어찌 태연한 척하면서, 미소를 머금었다.

"맞아요. 데이트니까요. —하지만, 실패했네요."

"……실패?"

"예. 제가 그 말을 할 생각이었거든요."

시도가 그렇게 말하자, 레이네는 한순간 눈을 동그랗게 떴다. 그리고 시도와 마찬가지로 작게 웃음을 흘렸다.

"……그랬구나. 좀 미안하네."

"아뇨. 레이네 씨의 흔히 볼 수 없는 표정을 봤으니 됐어요."

시도는 농담 투로 그렇게 말한 후, 레이네가 내민 손을 상냥하게 움켜잡았다.

상상했던 것보다 작고, 힘을 주면 으스러질 것만 같을 만큼

여린 손이었다. 약간 서늘하게 느껴지는 감촉은 2월의 추운 날씨 때문일까, 아니면 그녀의 체온이 낮기 때문일까, 아니면—흥분과 긴장 탓에 시도의 손이 열기를 머금고 있기 때문일까. 솔직히 시도는 무엇이 정답인지 감이 오지 않았다.

하지만 시도는 그런 감정이 얼굴에 드러나지 않도록 조심하면서, 레이네의 손을 잡아끌며 걸음을 옮겼다.

—정령들의, 그리고 시도의 미래가 걸린 데이트가, 시작된 것이다.

"……."

코토리는 함교의 메인 모니터를 쳐다보면서 입에 문 막대사탕의 막대부분을 위아래로 까딱였다.

화면 중앙에는 시도와 레이네의 모습이 비춰지고 있었다. 두 사람은 지금 역 앞에서 택시를 탄 후, 목적지를 향해 한창 이동 중이었다.

물론 이것 또한 계획에 따른 행동이다. 택시도 우연히 잡은 것 같지만, 만일의 사태에 대비해 〈라타토스크〉의 기관원이 운전하는 택시를 준비했다. 레이네가 얼굴을 모르는 기관원을 찾느라 꽤 고생했다.

지금까지는 시도의 움직임에 문제가 없었다. 하지만—.

"……흐음? 코토리, 왜 그러느냐?"

오른편에 앉아 있던 무쿠로가 코토리의 반응이 조금 이상

하다고 생각한 건지 고개를 갸웃거렸다. 코토리는 그쪽을 힐끔 쳐다본 후, 사탕의 막대 부분을 까딱거리는 것을 멈췄다.

"아니, 레이네의 호감도 수치가 좀……."

코토리는 그렇게 말하면서 다시 모니터를 쳐다보았다.

시도와 레이네의 영상이 표시된 화면의 양옆에는 관측 장치가 파악한 다양한 수치가 표시되어 있었다. 그리고— 시도에 대한 레이네의 호감도를 가리키는 수치가 평소와는 다른 형태를 자아내고 있었다.

"너무 불가사의한 그래프라서 말이야. 지금 바로 봉인할 수 있을 것 같을 정도로 호의를 가지고 있는데, 봉인이 가능한 반응을 보이지 않아. 감정치 쪽도 매우 안정되어 있지만…… 거꾸로 말하면 돌출된 반응을 보이지 않고 있어. —답답하네. 목에 가시가 걸린 것 같은 느낌이야. 종잡을 수가 없다니깐."

레이네를 해석하는 것은 이번이 처음이지만, 설마 이런 그래프가 나타날 거라고는 생각도 못했다. 대체 어떻게 공략을 해야 할지 짐작조차 되지 않았다.

매사 한 발 물러선 곳에서 보고 있다고나 할까, 호의를 품고 있지만 항상 거리를 두고 있는 느낌이다. 다른 사람들이 무대에 서 있는 모습을, 무대 뒤편에서 지켜보고 있는 듯한 감정치였다.

굳이 따지자면, 이것은—.

"—어머니, 같은 느낌?"

"……아!"

니아가 그렇게 말한 순간, 코토리의 눈썹 가장자리가 희미하게 흔들렸다.

"……그래. 그게 정답일지도 몰라."

코토리는 그렇게 말하면서 인상을 찡그렸다. 확실히 이것은 자식을 사랑하는 어머니를 연상케 하는 그래프였다.

코토리는 어젯밤에 시도에게서 들은 이야기를 떠올렸다. —미오. 모든 정령을 탄생시킨 부모이자, 타카미야 신지의 유해를 흡수해 시도라는 형태로 낳은 정령. 그러니 어머니라 불러도 되는 존재일지도 모른다.

하지만 그렇다면— 모든 것을 받아들여 보듬어주는 자애로운 어머니이자, 자식을 집어삼켜 파멸시키는 태초의 어머니라고도 할 수 있었다.

"그렇다고 해도……."

코토리는 생각에 잠기며 다시 턱을 매만졌다.

확실히 레이네와 시도, 그리고 정령들의 관계는 부모자식에 가깝다고 해도 과언이 아니다.

하지만, 미오와 신지는 서로 사랑하는 사이라고 들었다. 평소라면 몰라도, 이렇게 일대일로 마주한 상황에서는 그런 반응을 보여도 이상하지 않을 것 같은데…….

"목적을 달성하기 위해 스스로에게 강력한 마음가짐을 갖게 한 걸까……. 아니면, 어디까지나 신지와 시도를 별개의 존재로 인식하고 있는 걸까……. 어느 쪽이든 간에 어려운 상대라는 건 틀림없을 것 같네."

코토리는 국도를 벗어난 택시가 고속도로로 들어가는 것을 보면서 입술을 날름 핥았다.

◇

텐구시에서 벗어나 어느 정도 시간이 흘렀을 즈음, 시도 일행을 태운 택시는 고속도로를 달리고, 산길을 달려 목적지에 도착했다.

"여기 맞습니까?"

운전수가 백미러 너머로 시도를 힐끔 쳐다보며 그렇게 물었다. 시도는 고개를 끄덕이면서 호주머니에 들어있던 지갑을 꺼냈다.

"예, 고마워요."

그리고 요금 미터기를 보면서 지폐를 꺼내자, 레이네가 속삭이는 듯한 어조로 입을 열었다.

"……금액이 꽤 많이 나온 것 같은데, 내가 낼까?"

"아뇨, 제가 낼게요."

"……하지만……."

"괜찮아요. 조금은 폼 좀 잡게 해주세요."

"……응, 알았어. 네가 하고 싶은 대로 해."

시도가 웃으면서 그렇게 말하자, 레이네는 순순히 물러섰다. 너무 고집을 피우면, 시도의 체면이 손상될지도 모른다고 생각한 것이리라.

재빨리 계산을 마친 시도는 먼저 차에서 내리더니, 레이네를 에스코트하듯 손을 내밀었다.

"발밑을 조심하세요."

"……응. 고마워."

시도의 손을 잡고 차에서 내린 레이네는 나무 사이로 쏟아지는 햇살에 눈을 가늘게 뜨더니, 이내 눈앞에 존재하는 것을 발견하고 눈을 크게 떴다.

"……여기는……."

그곳에 존재한 것은 바로 거대한 건조물이었다. 역사가 느껴지는 장엄한 문. 장인의 손길이 느껴지는 기와지붕. 입구는 넓었으며, 전통복식을 갖춘 여성들과 남성들이 시도와 레이네를 맞이하려는 듯이 줄지어 서 있었다.

"……여관, 맞지?"

"예."

레이네의 물음에 시도는 힘차게 고개를 끄덕이면서 긍정했다.

그렇다. 이곳이 바로 밤을 새며 다 같이 고심한 끝에 결정한 레이네와 시도의 데이트 장소인 것이다.

—다 같이 논의한 결과, 레이네에게 필요한 것은 바로 『힐링』일 거라는 결론에 도달했다.

〈프락시너스〉 안에서 가장 일을 많이 하는 이는 바로 그녀일 것이며, 라이젠 고등학교의 교사로서도 일을 하고 있다. 아무리 정령이라 할지라도, 몸과 마음이 지쳐 있어도 이상할 것이 없었다. 실제로 레이네의 눈가에는 항상 다크서클이 존재하며, 언제나 졸린 듯한 분위기를 자아내고 있었다.

도심의 시끌벅적함에서 벗어나, 온천을 비롯한 다양한 설비를 이용해 휴식을 취하며 레이네의 마음속에 쌓인 피로와 노곤함을 제거한다. 만약 그렇게 된다면, 굳게 닫혀 있는 그녀의 마음을 열 수 있지 않을까— 그것이 시도 일행의 노림수였다.

"……."

하지만, 그녀의 굳은 결의와 각오가 그런 것만으로 녹아내릴 거라고는 시도 역시 생각하지 않았다.

어디까지나 이것은 무대장치다.

중요한 것은— 시도가 이곳에서 무엇을 하는가, 인 것이다.

시도가 그런 생각을 하고 있을 때, 레이네는 여관의 외관을 쳐다보면서 문득 입을 열었다.

"……그러고 보니 오늘 일은 정령들에게 비밀로 했다고 했지?"

"예. 저희 둘만의 비밀이에요."

시도는 주저 없이 그렇게 답했다. 실은 이 사실을 알고 있기만 한 것이 아니라, 다들 상공에서 이 데이트를 모니터링하고 있지만 말이다.

그러자 레이네는 「……흐음」 하고 중얼거린 후, 불쑥 이렇게 말했다.

"……그렇구나. 왠지 불륜 여행을 하고 있는 것 같네."

"부……?!"

거기까지는 생각이 미치지 않았다. 시도는 레이네의 말을 듣자마자 사래가 들렸다.

"……아, 미안해. 갑자기 그런 생각이 들었어."

"괘, 괜찮아요……."

시도는 볼에 경련이 일어난 것처럼 쓴웃음을 지었다. ……어디까지나 레이네가 힐링을 하는 것이 목적이지만, 듣고 보니 그녀가 그런 생각이 드는 것도 납득이 되는 상황이었다.

……레이네와, 불륜 여행. 어쩐지 음란하게 느껴지는 그 울림에, 시도는 왠지 가슴이 두근거렸다.

그렇다고 계속 이러고 있을 수는 없다. 시도는 마음을 다잡으려는 듯이 크흠 하고 헛기침을 한 후, 말을 이었다.

"아, 아무튼, 내일 전투가 시작되기 전에 돌아갈 수 있도록 계획을 짜뒀어요."

시도는 그렇게 말하면서 레이네와 맞잡은 손에 가볍게 힘을 줬다.

"그러니까 지금은— 마음의 짐을 내려놓고, 푹 쉬도록 해요."

"……."

레이네는 시도의 눈을 쳐다보더니…….

"……그래. 그럼 호의를 받아들일게."

시도와 맞잡은 손에 힘을 꼭 줬다.

"——!"

시도처럼 세게 움켜쥐지는 않았지만, 그를 향한 신뢰와 호의가 감촉을 통해 느껴졌다. 시도는 무심코 그녀를 꼭 끌어안아주고 싶어질 정도의 애정을 느꼈다.

하지만, 역시 이런 곳에서 그런 짓을 할 수는 없었다. 시도는 겨우겨우 그 충동을 억누른 후, 레이네의 손을 잡아끌면서 여관 안으로 들어갔다.

“““어서 오십시오.”””

전통여관 여주인을 비롯한 종업원들이 공손히 인사를 했다. 시도는 마주 인사한 후, 프런트에서 수속을 마쳤다. 그리고 종업원에게 안내를 받으며 방으로 향했다.

“목욕탕은 1층에 있으며, 각종 시설의 위치는 안내 책자를 통해 확인해 주십시오. 그럼 편안히 쉬시길.”

종업원은 그렇게 말하면서 방에서 나갔다. 시도는 배웅하듯 상대를 쳐다본 후, 방 안을 둘러보았다.

10평 정도 되는 방이었다. 중앙에는 튼튼해 보이는 테이블과 좌식 의자가 놓여 있었고, 사방등을 연상케 하는 형태의 간접조명, 그리고 꽃이 꽂힌 꽃병이 놓여 있었다.

방 한편의 장지문 너머에는 툇마루 — 여관의 방마다 있는 정체불명의 공간 — 가 존재했으며, 그 너머에는 바로 이 방에 묵는 숙박객을 위한 전용 노천탕까지 있었다.

고등학생이 빌리기에는 꽤 호화로운 방이었다. 시도도 이런 방에 와본 것은 처음이라 무심코 탄성을 터뜨리고 말았다.

“……으음, 좋은 방이네.”

“하하……. 그러네요.”

웃으면서 그렇게 대답한 시도는 방에 비치되어 있던 여관 안내 책자를 향해 손을 뻗었다.

목욕탕, 암반욕, 미용 관리, 마사지…… 대충 훑어만 봐도 다양한 시설이 여관 안에 존재한다는 것을 알 수 있었다.

우선 무엇부터 해볼지 생각하고 있자, 마치 이때를 기다렸다는 듯이 통신기에서 코토리의 목소리가 흘러나왔다.

『—시도, 선택지가 나왔어.』

시도와 레이네가 있는 여관의 상공에 떠 있는 〈프락시너스〉의 메인 모니터에 또 세 개의 선택지가 표시됐다.

①목욕탕에서 느긋하게 목욕.

②전용 노천탕에서 휴식.

③마사지를 받으며 피로 회복.

"전원— 선택!"

코토리의 외침에 함교 하단부에 있는 승무원들이 일제히 콘솔을 조작했다.

함교 상단부에 있는 정령들 또한 어느 선택지를 고를지 잠시 고민하는 듯한 반응을 보였지만, 곧 마음을 다잡으며 선택지를 골랐다.

가장 많은 이가 고른 선택지는— ②.

"흐음…… ②네."

코토리가 사탕의 막대부분을 쫑긋 세우며 그렇게 말하자, 정령들이 동의한다는 듯이 고개를 끄덕였다.

"……음. 시도가 레이네와 단둘이서 목욕을 한다고 생각하니…… 저기, 뭐냐, 마음이 복잡하기는 하다만, 만약 나라면 그게 가장 기쁠 거라고 생각한다."

"예……. 목욕을 하며 실컷 이야기를 나누는 게 좋을 것 같아요……."

토카와 요시노가 심경이 복잡한 듯한 표정을 지으며 그렇게 말하자, 무표정한 오리가미가 말아 쥔 주먹을 부들부들 떨면서 입을 열었다.

"좁은 욕조 안에서 누구에게도 방해를 받지 않으며 단둘이 목욕한다. 그것은 이상적이라고 해도 과언이 아닌 조건이야. 괜찮아. 나는 냉정해. 나는 냉정해. 나는 냉정해."

"어, 왜 같은 말을 세 번이나 하는 건데……."

나츠미가 경악을 금치 못하며 어깨를 부르르 떨자, 오리가미는 기계처럼 차가운 어조로 말을 이었다.

"괜찮아. 나도 시도와 단둘이 목욕한 적 있어. 이 정도 일로 나는 정신이 흐트러지지 않아."

"뭐…… 그건 네가 목욕탕에서 잠복하고 있었던 것이지 않느냐! 그리고 우리도 곧 따라 들어갔었단 말이다! 그렇게 따지자면 나도……!"

"훗— 그런 경험이라면 우리들, 야마이도 한 적이 있느니라."

"긍정. 유즈루와 카구야가 시도를 샌드위치했던 건 좋은 추억이에요."

"뭐, 뭐라고……?!"

어느새 함교에서는 목욕 자랑 대회가 열렸다. 뭐, 정령 중 일부는—.

"맞아요, 맞아요! 모처럼 온천여관에 갔으니까 같이 목욕을 해야죠! 그리고 욕조는 좁은 편이 좋아요~! 딱 요만한 크기의! 욕조에! 달링과 레이네 씨를 집어넣으면! 세계 최고의 도시락이네요~! 한입도 남기지 않고 전부 먹어치울래요~!"

정령 중 한 명은 흥분을 감추지 못하고 있지만 말이다.

"하아~, 좀 진정해."

솔직히 말해 시도와 같이 목욕한 횟수로 치면 여동생인 코토리가 가장 많겠지만, 그런 소리를 했다간 또 이야기가 옆으로 샐 것이기에 조용히 있었다.

이런 대화 내용은 제쳐두고, 선택지 자체만 본다면 코토리 또한 그 의견에 동의했다. 느닷없이 혼욕을 하자는 말을 듣고 레이네가 거부감을 느낄 가능성도 없지는 않지만, 만약의 사태에 대비해 짐 안에 수영복도 넣어뒀던 것이다.

"—시도, ②야. 그 노천탕을 이용하자."

『……오케이.』

코토리의 지시에 시도는 골전도 통신기를 통해서가 아니면 듣지 못할 만큼 작은 목소리로 대답을 했다.

〈프락시너스〉로부터 지시가 내려졌다. 확실히 공격적인 지시이기는 하지만— 이 상황에서 머뭇거리다간 아무런 진전도 없을 것이다. 만약 시도가 지금 함교에 있더라도 같은 선택지를 골랐을 것이다.

시도는 격렬한 리듬을 새기고 있는 심장을 진정시키려는 듯이 심호흡을 한 후, 레이네를 쳐다보며 입을 열었다.

"—레이네 씨, 모처럼 왔는데 점심 먹기 전에 저 노천탕에 들어가 보지 않을래요?"

"……응? 아, 그래. 하지만 나는 갈아입을 옷을 챙겨오지 않았는데……."

"괜찮아요."

시도는 엄지를 치켜든 후, 가지고 온 캐리어 가방을 열었다.

그러자 그 안에서 소형 보스턴백 두 개가 나왔다.

"……이건……."

"하나에는 제 짐이, 다른 하나에는 레이네 씨의 짐이 들어있어요. 화장품, 갈아입을 옷, 속옷, 그리고 혼욕용 수영복도 들어있죠. 사이즈도 맞을 테니까—."

거기까지 말한 시도는 갑자기 입을 꾹 다물었다.

의기양양하게 이야기를 했지만, 방금 자신의 언동이 상당한 변태 레벨을 자랑한다는 점을 깨달았기 때문이다.

"……으음, 오해하지 말아 주세요. 마리아에게 자초지종을 이야기하고 준비해달라고 한 거예요. 제가 직접 골랐다거나, 사이즈를 조사한 건……."

"……응. 나도 신이 직접 골랐다고는 생각 안 해."

레이네는 그렇게 말한 후, 한숨을 푹 내쉬었다.

"……그런 그렇고, 마리아에게 부탁한 거야? 잔소리 듣지 않았어?"

"……아, 예. 질리도록 들었죠."

시도는 식은땀을 흘리며 쓴웃음을 지었다. ……사실, 그 점에 있어서는 거짓말이 아니었다.

"……자, 그럼 들어가자. 수건은 비치되어 있는 걸 쓰면 되겠지? 온천을 이용하는 건 오랜만이라 정말 기대되는걸."

레이네는 그렇게 말하며 천천히 옷을 벗기 시작했다.

그녀가 한 치의 주저도 없이 그런 행동을 취하자, 시도는 무심코 「우왓!」 하고 외치며 경악했다.

"레, 레이네 씨! 잠시만 기다려 주세요. 저는 저쪽에 가 있을게요……!"

"……응? 나는 아무래도 상관없는데……."

레이네가 어리둥절한 표정을 지으며 태연한 어조로 그렇게 말했지만, 시도는 그럴 수 없었다. 그는 자신의 짐이 들어있는 보스턴백을 움켜쥐고 툇마루로 이동해서 장지문을 꼭 닫았다.

『이제부터 같이 목욕을 할 건데, 왜 그렇게 부끄러워하는 거야?』

"아, 아니, 그게, 같이 목욕을 하더라도 어차피 수영복을 입을 거잖아……. 옷 갈아입는 모습까지 볼 수는 없다고."

시도는 땀을 닦으면서 코토리의 말에 답한 후, 가방 안에서 수영복을 꺼내 재빨리 갈아입었다. ……자율형 카메라가 영상을 찍고 있을 테니, 일단 허리에 수건을 두른 채로 말이다.

곧 장지문 너머에서 레이네의 목소리가 들려왔다.

"……신, 열어도 될까?"

"아, 예. 그러세요."

노천탕에 들어가기 위해서는 시도가 있는 이 툇마루를 지나가야 한다. 시도는 단정하게 갠 옷을 의자 위에 두면서 그렇게 말했다.

그러자 곧 장지문이 스르륵…… 소리를 내면서 열렸고—.

"—으윽……?!"

다음 순간, 시도는 눈을 동그랗게 뜨면서 숨을 삼켰다.

하지만 시도가 그런 반응을 보이는 것도 무리는 아니었다. 장지문 너머에 서 있는 이는 실오라기 하나 걸치지 않은 채 조그마한 수건 하나만 손에 들고 있는 레이네였기 때문이다.

방금까지 원피스와 코트에 감싸여 있던 레이네의 새하얀 피부가 아낌없이 드러나 있었다. 시선을 통해 그 감촉마저 느낄 수 있을 것 같을 만큼 매끄러운 살결, 그리고 날씬하면서도 육감적이기 그지없는 몸매…….

아름답다. 너무나도 아름다운 알몸이었다. 흥분이나 선정적이라는 느낌보다, 경이로움과 신성함이 느껴질 정도였다.

……뭐, 그렇다고 해서 흥분과 선정적이라는 느낌을 받지 않은 건 아니지만 말이다. 특히 속박에서 해방된 저 폭력적인 흉부는 딱딱하게 굳어버린 시도의 시선을 사로잡더니 놔주지 않았다.

"……윽."

시도는 비명을 지르지도, 눈을 감지도 못한 채, 한동안 그 요염한 모습을 뚫어져라 쳐다보았다.

"아니……."

"이, 이건?!"

—함교 안이 소란스러워졌다.

이유는 단순했다. 장지문이 열리려던 순간, 마치 전원이 꺼진 것처럼 모니터가 까맣게 변했기 때문이다.

하지만 〈프락시너스〉가 고장이 났다거나 트러블이 발생해서 전파가 끊긴 것은 아니었다. 그 점을 증명하듯 다른 기기는 정상적으로 가동되고 있었으며, 스피커에서는 변함없이 음성이 나오고 있었다.

『레, 레이네 씨……?』

『……신, 왜 그래?』

『저기…… 짐 안에 수영복이, 없던가요……?』

『……응? 글쎄? 뭐, 둘밖에 없으니 이대로도 괜찮지 않을까?』

『아, 아니, 그게…….』

"……읏?!"

시도와 레이네의 대화가 스피커를 통해 함교에 전해지자, 이곳에 모여 있던 남성 승무원들이 술렁거렸다.

"사, 사령관님!"

"무라사메 해석관의 알몸…… 아니, 중요하기 그지없는 공략 화면이 보이지 않습니다!"

"서둘러 복구시켜 주십시오!"

카와고에, 미키모토, 나카츠가와가 필사적인 목소리로 그렇게 외쳤다. 글래머에게는 관심이 없는 칸나즈키는 남성진 중에서 유일하게 태연히 행동하고 있었지만, 그런 그를 대신하듯 미쿠가 「꺄아~?! 어떻게 된 거죠?! 아무 짓도 안 했는데 고장나버렸어요~!」 하고 비명에 가까운 목소리로 고함을 지르며 퍼스널 모니터의 뒤편을 살펴보려고 했다. 물론 그런 짓을 해봤자 의미가 없지만 말이다.

"—마리아?"

코토리가 그들의 말을 무시하며 마리아를 부르자, 그 부름에 응답하듯 스피커에서 마리아의 목소리가 흘러나왔다.

『설명하겠습니다. 저희의 목적은 정령을 시도에게 반하게 하는 거죠. 영력이 봉인된 후, 레이네가 알게 되었을 때 불쾌하게 느낄 만한 요소는 차단해두는 편이 현명할 거라고 판단했어요.』

"적절한 판단이야. 고마워."

여전히 세심한 부분까지 생각이 미치는 AI다. 코토리는 가볍게 어깨를 으쓱이면서 그렇게 말했다. —참고로 코토리의 퍼스널 모니터에는 여전히 화면이 표시되고 있었다. 훤히 드러난 레이네의 알몸은 같은 여자인 코토리조차 숨을 삼킬 만큼 아름다웠다.

……확실히 이건 눈에 독이 된다고 해도 과언이 아니었다.

"하, 하지만……!"

"음성만으로는 두 사람의 상황을 파악할 수 없지 않을까요?!"

"상황 판단에 오차가 생길 우려가 있습니다!"

남성 승무원들은 아직도 포기를 못하겠는지 그렇게 우겨댔다. 그러자 이런 상황이 벌어질 것을 예측했다는 듯이 마리아가 대답했다.

『안심하세요.』

다음 순간, 코토리의 모니터 외의 모든 모니터가 다시 켜졌다.

한순간, 남성 승무원들과 미쿠의 표정이 밝아졌지만…… 이내 그들의 표정은 딱딱하게 굳었다.

이유는 단순했다. 모니터에 비친 것은 본래 영상이 아니라, 두 사람의 움직임을 투영한 인간형 CG 영상이었기 때문이다. 참고로 옷은 입고 있었다.

『이러면 두 사람의 움직임을 파악할 수 있을 거예요. 그럼 계속 공략에 힘써 주세요.』

""""…………예.""""

의욕이 완전히 바닥났는지 남성 승무원들이 힘없이 고개를 끄덕였다.

코토리는 고개를 절레절레 저으며 그 광경을 지켜본 후, 레이네 앞에서 여전히 허둥대고 있는 시도에게 조언을 하기 위해 마이크를 입가로 가져다 댔다.

"으, 으음……."

시도가 얼굴을 새빨갛게 붉힌 채 우물쭈물하고 있을 때, 통신기에서 코토리의 목소리가 흘러나왔다.

『—기죽으면 안 돼, 시도. 그래서야 레이네를 반하게 만들 수 있을 것 같아?』

"……윽!"

시도는 그 말을 듣고 어깨를 부르르 떨었다.

맞는 말이다. 시도의 두 어깨에는 정령들의 미래가 걸려 있다. 이런 데서 부끄러워하고 있을 때가 아닌 것이다.

"—그래요. 저희 둘 뿐이니까요."

시도는 각오를 다진 후, 손에 쥔 수건을 내던졌다. 그리고 몸을 앞으로 숙이며 단숨에 수영복을 벗었다.

바로 그때, 통신기에서 덜컹 하는 소리가 들리더니, 「코토리, 역시 CG로는 한계가 있어. 영상 제공을 요구하겠어」라는 목소리가 들려왔지만, 시도는 일단 무시하기로 했다.

"그럼 들어갈까요?"

"……그래."

시도와 레이네는 고개를 끄덕인 후, 그대로 방 밖으로 나갔다. 유리문에 막혀서 느껴지지 않던 겨울의 한기가 그들의 몸을 감쌌다.

목욕용 나무통으로 물을 떠서 몸에 끼얹은 후에 욕조 안에 몸을 담그자, 따뜻한 온천물이 차가워진 몸을 따뜻하게 감싸줬다.

"아……."

"……흠, 좋은 물이네. 그리고 경치도 좋아."

"예. 눈도 남아 있……?!"

시도는 레이네의 말에 동의하며 주위의 경치를 둘러보려다— 그대로 사래가 들린 것처럼 기침을 토했다.

이유는 단순했다. 경치보다 먼저 레이네의 가슴이 물에 떠 있는 광경이 눈에 들어왔기 때문이다.

시도의 시선과 반응을 보고 눈치를 챘는지 레이네는 천천히 고개를 숙이더니, 다시 고개를 들고 입을 열었다.

"……아, 미안. 물에 들어가면 이렇게 뜨네."

"아뇨……. 저야말로 좋은 구경했어요."

시도는 무슨 말을 하면 좋을지, 그리고 자신이 뭘 하고 있는 건지 모르겠지만, 왠지 감사한 마음이 든 나머지 합장을 하며 고개를 숙였다. 뭐, 곧 코토리가 일부러 낸 「크흠~!」 하는 헛기침에 합장을 풀었지만 말이다.

아무튼, 시도와 레이네는 노천탕에서 단둘이 있었다. 들려오는 것은 욕조 안으로 온천물이 흘러들어오는 소리와 나뭇잎이 바스락거리는 소리뿐이었으며, 정적이 감돌고 있다 해도 과언이 아니었다. 두 사람 사이에 존재하는 것은 투명한 물뿐이다. 두 사람이 가까워지기에 이것보다 적절한 장소는 없으리라. 뭐, 애초에 친밀하지 않아서야 단둘이 노천탕에 들어갈 수도 없지만 말이다.

시도는 떨리는 마음을 억지로 진정시키며 가능한 한 태연한 어조로 이야기를 시작했다.

"—그런데 레이네 씨는 언제 〈라타토스크〉에 들어갔나요?"

"……으음, 지금으로부터 5, 6년 정도 전일 거야. 코토리가 사령관으로 착임한 것과 거의 비슷한 시기지."

"그랬군요. ……저기, 고마워요."

"……뭐가?"

시도가 고맙다는 말을 입에 담자, 레이네는 의아하다는 듯이 고개를 갸웃거렸다.

"아, 코토리를 쭉 보필해줬잖아요. 아마 그 시절에— 코토리는 정말 힘들어했을 테니까요."

그것은 시도의 진심에서 우러나온 말이었다. 코토리는 정령이 된 직후에 〈라타토스크〉에 들어가게 됐다. 그 시기에 의지할 수 있는 존재가 생겼다는 점은 코토리에게 큰 버팀목이 되었으리라.

……뭐, 코토리를 정령으로 만든 이가 바로 다름 아닌 미오인 만큼, 그렇게 단순하게 생각할 수 있는 일은 아니지만 말이다.

"……나는 딱히 아무것도 하지 않았어. 내가 없었더라도, 그녀라면 분명 뛰어난 사령관이 되었겠지."

"뭐, 코토리가 우수하다는 건 부정하지 않겠지만요."

시도가 농담을 하듯 웃으면서 그렇게 말하자, 통신기 너머에서 사래가 들린 듯한 소리가 들려왔다.

"그전에는 뭘 했나요?"

"……그전에 말이야? 묘한 걸 묻네."

시도가 그런 질문을 던지자, 레이네는 첨벙 하고 작은 물소리를 내면서 멍한 시선으로 그를 쳐다보았다.

시도는 그런 레이네를 똑바로 쳐다보면서 대답했다.

"—예. 레이네 씨에 대해 더 알고 싶거든요. 곰곰이 생각해보니, 저는 레이네 씨에 대해 아는 게 거의 없더라고요."

"……."

레이네는 시도의 말을 듣고 한동안 침묵에 잠긴 후, 휴우 하고 한숨을 내쉬었다.

"……딱히 재미있는 이야기는 아니거든?"

"그래도 괜찮아요."

시도가 힘차게 고개를 끄덕이면서 그렇게 대답하자, 레이네는 눈을 내리깔면서 입을 열었다.

"……그전에는 평범한 학생이었어. 어디에나 있을 법한 흔한 학생이었지만— 어느 날, 〈라타토스크〉로부터 스카우트 제의를 받았지. 내가 쓴 공간진에 관한 논문이 〈라타토스크〉 상층부의 눈길을 끈 것 같아."

"아니, 그 점만으로도 절대 평범하지 않은 것 같은데…… 그것보다 학생이었다고요? 대학생이었어요? 설마 고등학교 때 스카우트 제의를 받은 건 아니죠? 애초에 레이네 씨는 지금 몇……."

"……여성에게 나이를 묻는 건 매너에 어긋나는 짓이야."

레이네는 검지를 입가에 대면서 그렇게 말했다. 그 말을 들으니 더는 추궁할 수가 없었다. 시도는 쓴웃음을 지으며 어깨를 으쓱였다.

뭐, 정령에게 있어 실제 연령이 큰 의미가 없다는 것은 시도도 알고 있다.

하지만 방금 들은 레이네의 옛날이야기가 새빨간 거짓말이 아니라는 점 또한 시도는 어렴풋이 눈치챘다.

레이네는 머리가 좋은 정령이다. 〈라타토스크〉에 들어가기 위해, 가짜 경력을 준비하는 것 정도는 식은 죽 먹기일 것이다. 분명 상세한 조사도 통과할 수 있도록 호적을 만들었을 것이며, 실제로 학교생활을 했을 것이 틀림없다.

그것은 전부, 무관계한 인간으로서 시도와 다시 만나기 위해서…….

그리고, 시도의 곁에서, 신지의 각성을 기다리기 위해서…….

―『무라사메 레이네』로서의 새로운 인생을, 만들어낸 것이다.

"……."

그 비통한 각오가 느껴지자, 가슴이 아팠다. 시도 안의 신지의 기억이 울부짖고 있었다.

자신이 죽었을 때, 미오가 느꼈을 비통한 감정. 그리고 그 후에 미오가 걸어왔을 여정― 거기까지 생각이 미치자, 눈물이 날 것만 같았다. 시도는 그 눈물을 참으려는 듯이 자신의 얼굴에 온천물을 끼얹었다.

"……신?"

"……좀 더 듣고 싶어요. 레이네 씨의― 옛날이야기 말이에요. 들려주시겠어요?"

"……그건 괜찮은데……."

시도가 어색한 미소를 지으며 묻자, 레이네는 의아한 표정을 지으며 담담한 어조로 이야기를 이어나갔다.

어릴 적에 부모님과 사별했고, 수는 적지만 사이가 좋은 친구들이 생겼으며, 학교 다닐 때에는 과학부 부원이었다고 한다. 항상 잠이 부족해서 얼굴이 새파랗게 질려 있었기 때문에, 어릴 적 별명은 흡혈귀였다고 한다.

다소의 농담과 과장이 섞여 있기는 하지만, 그것은 명백하게 『타카미야 미오』가 아닌 인간의 역사였다.

"……뭐, 얼추 다 이야기한 것 같네. 재미없는 이야기지?"

"아뇨……. 그렇지 않아요. 절대…… 그렇지 않아요."

시도는 고개를 내저었다.

그렇다. 재미없는 이야기가 아니었다. 오히려 그녀의 인생에 대한 이야기를 더 듣고 싶었다.

게다가— 레이네의 이야기에서는 딱 하나, 중요한 점이 빠져 있었다.

"하나만 더…… 물어봐도 될까요?"

"……응. 뭐가 궁금한데?"

레이네가 재촉하듯 그렇게 말하자, 시도는 레이네의 눈을 똑바로 쳐다보며 입을 열었다.

"레이네 씨는— 좋아하는 사람이, 있었나요?"

"……."

시도가 던진 질문에 레이네는 잠시 동안 입을 다물었다.

표정에는 거의 변화가 없지만, 방금까지와는 반응이 좀 다르다는 것을 알 수 있었다.

하지만 레이네는 겨우 몇 초 망설이더니, 아까와 별반 다르지 않은 반응을 보이며 대답했다.

"……공교롭게도 그런 쪽으로는 거의 인연이 없었어. 하지만—."

레이네는 말을 멈춘 후, 고개를 들고 말을 이었다.

"……그래. 딱 한 명, 있었어."

"—윽."

시도는 레이네의 말을 듣고 작게 숨을 삼켰다.

『딱 한 명』. 그 말이 『레이네』로서 사랑한 누군가가 아니라—신지를 가리키는 말이라는 사실을, 시도는 쉬이 예상할 수 있었기 때문이다.

자신이 죽은 후에도 미오를 계속 속박해온 것에 대한 회한, 그리고 쭉 자신을 마음에 품어줬다는 사실에서 비롯된 복잡한 환희가 시도의 머릿속에서 소용돌이쳤다.

시도는 그런 신지의 기억을 겨우 억누르며 떨리는 목소리로 말했다.

"그 사람은, 대체—."

"……."

바로 그때였다.

레이네가 시도의 말을 끊듯, 그의 입술에 자신의 손가락을 댔다.

"어……?"

"……아까부터 나만 계속 이야기를 하는 것도 그다지 공평하지 않은 것 같네. 이참에 네 이야기도 좀 들려주지 않을래?"

"어…… 아, 예."

기세가 한풀 꺾인 시도는 눈을 동그랗게 뜨며 얼이 나간 듯한 목소리로 대답했다.

왠지 레이네가 절묘하게 이야기를 다른 곳으로 돌린 듯한 느낌이 들지만…… 확실히 아까부터 시도만 계속 질문했다. 레이네의 말이 옳은 것이다. 그렇게 생각한 시도는 고개를 끄덕였다.

"하지만…… 저에 대한 거라면, 〈라타토스크〉에서 대부분 조사했을 거잖아요?"

시도는 메마른 미소를 지으며 어깨를 으쓱했다. 그렇다. 시도가 모르는 사이, 〈라타토스크〉는 그에 대해 철저하게 조사했다. 시도의 사전에 프라이버시라는 말은 존재하지 않는다. 설령 존재하더라도 그 항목에는「프리 소재라는 의미」라고 적혀 있을 것이다. 아마 시도 본인이 모르는 정보조차 〈프락시너스〉의 데이터베이스에는 존재할 것이다.

하지만, 레이네는 천천히 고개를 저었다.

"……그건 어디까지나 문자의 나열, 외면적인 사실에 지나지 않아."

하지만 어엿한 사실이라면 그것으로 충분할 것 같은데…… 라는 생각이 들었지만, 아무래도 레이네에게 있어서는 그렇지 않은 것 같았다. 그녀는 차분한 어조로 말을 이었다.

"……나도 전부터, 너의 옛날이야기를 듣고 싶었어."

"옛날이야기……요?"

"……응. 너는— 이츠카 가에 맡겨지기 이전의 기억을 가지고 있는 거야?"

"……읏!"

그 말을 들은 순간, 시도의 눈썹이 희미하게 흔들렸다.

한순간, 시도가 신지의 기억을 지니고 있다는 사실을 들켰다고 생각했다.

하지만 레이네의 반응을 볼 때, 그런 의미에서 던진 질문이 아니라는 것은 바로 알 수 있었다. 레이네는 순수한 흥미와 호기심, 그리고 희미한 불안감 같은 것이 어린 눈동자로 시도를 응시하고 있었다.

"……."

그래서 시도는 신지로서의 기억을 일단 무시한 후, 어디까지나 시도의 머릿속에 남아 있는 기억을 통해 그 질문에 대답했다.

"……솔직히 말해, 거의 기억나지 않아요. 기억하는 건 따뜻한 손길에 안겨 있던 느낌과…… 그 손이 어딘가로 가버린 듯한 상실감…… 정도네요. 아마 그 사람이 바로…… 제 어머니일 거라고 생각해요."

"……."

시도가 솔직하게 대답하자, 레이네는 잠시 동안 침묵한 후에 말을 이었다.

“……너는 자신을 버린 어머니를 원망해?”

“예……?”

시도는 그 느닷없는 질문에 눈을 동그랗게 떴다.

하지만 어쩌면 그 의문은 당연한 것일지도 모른다.

이츠카 시도라는 인간은 타카미야 신지를 베이스로 해서, 정령의 힘이 부여되어 탄생한 존재다. 즉, 시도의 어머니라 할 수 있는 이는 바로 다름 아닌 레이네인 것이다. 물론— 레이네 본인은 시도가 그 사실을 알고 있다고는 꿈에도 생각하지 못하겠지만 말이다.

시도는 17년에 걸친 자신의— 이츠카 시도의 인생을 떠올리면서 대답했다.

“원망하지…… 않아요.”

“……흐음. 그래?”

레이네는 시도의 대답을 듣고 그렇게 말했다. 그 목소리에는 흥미와 함께 안도감이 어려 있는 듯한 느낌이 들었다.

“……예. 지금의 가족들에게 입양된 직후에는 엉엉 울기만 했던 걸로 기억해요. 하지만 그건 그만큼 어머니를 좋아했기 때문……이 아닐까 싶어요. 게다가…… 저는 기억하고 있어요. 저를 안아주던 어머니의 손길이 얼마나 상냥했는지를요.”

“…….”

“—분명, 피치 못할 사정이 있었을 거라고 생각해요. 버리고 싶어서 저를 버린 건, 아닐 거예요. 그런 사람을…… 어떻게 원망하겠어요."

"……그렇구나."

레이네는 그런 시도의 말을 곱씹듯이 눈을 살며시 내리깔았다.

시도는 「……뭐」 하고 덧붙이듯 말하며 볼을 긁적였다.

"가능하다면, 한 번만 더 안아줬으면 좋겠다……는 생각이 들 때도 있지만요. ……이렇게 나이를 먹고 할 소리는 아니지만 말이에요."

"……흐음."

레이네는 낮은 신음을 흘리더니, 턱을 매만지며 잠시 생각에 잠겼다. 그리고 시도를 향해 손짓을 했다.

"……이리 와, 신."

"……네?"

시도가 그 갑작스러운 말에 당혹스러워하자, 레이네는 시도의 손을 자신 쪽으로 잡아끌었다.

그리고 그대로, 시도의 등 뒤에서 그를 꼭 안아줬다.

"……착하다, 착해."

시도의 등에 부드러운 감촉을 지닌 물체 두 개가 닿았다. 그러자 시도는 얼굴을 새빨갛게 붉히면서 목소리를 쥐어짜냈다.

"자, 잠깐만…… 레이네 씨?!"

"……잠시 안아주려는 것뿐이니까 너무 놀라지는 마. —내가 네 어머니를 대신할 수는 없겠지만 말이야."

"레이네 씨……."

시도는 레이네의 이름을 부르다가, 굳어있던 몸에서 힘을 뺐다.

따뜻한 물과 상냥한 포옹이 시도의 온몸을 감쌌다. 그 감촉은 시도의 머나먼 기억 속에 존재하는 그것과— 똑같은 것처럼 느껴졌다.

"……."

그 포근한 느낌 속에서, 시도는 입술을 살짝 깨물었다.

역시— 그렇다.

미래의 세계에서 들었던 미오의 말이 머릿속에 떠올랐다.

레이네와 보낸 열 달 동안의 기억이 뇌를 스치고 지나갔다.

—미오는 무자비한 학살자도 아니거니와, 미친 살육자도 아니다.

시도를 배려하고, 정령들을 아끼며, 자신이 희생시킨 이들을 애도하는 마음을 지녔다. 그녀의 행동은, 말은, 목소리는, 전부 상냥함과 자애로 가득 차 있다.

그저— 신지와 다시 만난다. 그 목적을 달성하기 위해, 그 어떤 희생도 감수하겠다고 결심했을 뿐인 것이다.

아아, 너무나도— 슬프다.

그녀의 비통한 각오를, 그녀가 걸어온 수라의 길을 생각하니, 시도는 가슴이 찢어지는 듯한 착각마저 들었다.

"——."

하지만— 아니, 그렇기 때문에…….

만약 그녀를 막을 가능성이 있다면— **그것**에 걸 수밖에 없다.

시도는 자신을 안고 있는 레이네의 손을 움켜쥐면서 입을 열었다.

"—레이네 씨."

"……응? 신, 왜 그래?"

레이네는 시도의 귓가에서 속삭이듯 그렇게 물었다.

시도는 각오를 다지며, 말을 이었다.

"나중에…… 보여주고 싶은 게 있어요. 저와 같이 가주실래요?"

"……응?"

레이네는 의아한 표정을 지으면서도— 그래, 하고 고개를 끄덕였다.

◇

유럽의 기업을 시가총액 순서로 나열한다면, 매년 미묘한 변동은 있을지 모르지만 DEM사가 열 손가락 안에 들어가지 않는 해는 없다고 해도 과언이 아니다.

DEM— 데우스 엑스 마키나 인더스트리.

병기제조를 비롯해, 항공기, 차량, 선박, 우주 개발, 반도체, 전자기기, 섬유업 및 여행대리점에 이르기까지, 관련 기업과 전개 사업이 폭넓으며, 유럽에 사는 이들의 반수 이상이 어떤 형태로든 DEM의 혜택을 보고 있다 해도 과언이 아니다.

하지만 그것조차도 DEM의 숨겨진 일면— 현현장치(리얼라이저) 및 그것을 이용한 CR-유닛 개발, 제조를 고려하지 않은 숫자다. 즉, 빙산의 일각에 지나지 않는 것이다.

조그마한 나라 하나 정도는 통째로 살 수 있을 정도의 재력, 그리고 그것을 실행에 옮길 수 있을 정도의 힘을 지닌 민간기업. 그 이름에 걸맞게, 압도적인 위용을 자랑하는 먹색 거인. 그것이 바로 마술사(메이거스) 아이작 웨스트코트가 쌓아올린 성이다.

그런 거대 조직이 지닌 시설 중 하나— 명목상으로는 항공기 격납고인 장소에서, DEM 제2집행부 부장인 엘렌 메이저스는 DEM제 정장을 걸치고, DEM제 드링크보틀을 손에 쥔 채, DEM제 공중함을 올려다보고 있었다.

DSS-063 〈레메게톤〉. 머지않아 벌어질 〈라타토스크〉와의 결전에서 기함을 맡을, DEM의 새로운 함이다.

투박해 보이는 실루엣은 엘렌의 취향이 아니지만— 지금 상황에서 그것은 크게 중요하지 않다. 이 함이 추구하는 것은 유려한 아름다움이 아니라, 내부에 탑승할 웨스트코트를 지키기 위한 견고함, 그리고 〈라타토스크〉의 함을 재로 만들어 버릴 폭력인 것이다.

아아— 하지만 안 된다. 엘렌은 눈을 가늘게 뜨면서 주먹을 말아 쥐었다.

〈라타토스크〉 또한, DEM이 총력을 다해 습격할 것이라는 사실을 알고 있다.

그렇다면 틀림없이, **그 남자**도 전장에 나설 것이다.

"……."

〈라타토스크〉 의사결정기관, 원탁회(라운즈)의 의장 엘리엇 우드먼. 그 남자만큼은 이 손으로 직접 처리해야만 직성이 풀릴 것이다.

그렇다. 한때 동포였지만, 엘렌과 웨스트코트를 배신한 그 남자만은—.

"……윽."

그 순간, 시야가 뿌옇게 변했다는 것을 느낀 엘렌은 정장의 소매로 눈가를 닦았다.

드디어 복수를 할 수 있게 됐다는 것을 알고 감격한 걸까, 아니면 너무 집중한 나머지 눈을 깜빡이는 것조차 망각한 것일까. 이유는 엘렌 본인도 모르지만, 이런 모습을 부하가 본다면 말도 안 되는 오해를 할 것이다. 엘렌은 고개를 흔들더니, 손에 쥔 드링크보틀을 입에 대며 안에 들어있던 스포츠드링크를 단숨에 들이켰다.

"—엘렌."

바로 그때였다.

갑자기 자신을 부르는 목소리에 엘렌은 보틀에서 입을 떼고 돌아섰다.

한순간 공중함의 정비사나 마술사(위저드)가 자신을 불렀다고 생각했지만— 그렇지 않았다. 엘렌을 이름으로 부르는 사람은 DEM 안에 딱 두 사람뿐이다. 한 사람은 동료인 아르테미시아 애시크로프트, 그리고 다른 한 사람은—.

"아이크."

엘렌은 자신을 부른 이를 쳐다보며, 상대방의 이름을 입에 담았다.

그 사람은 남성이었다. 녹이 슨 것 같은 두 눈동자, 그리고 녹이 슨 금속을 연상케 하는 애시블론드빛 머리카락. 세월, 노화, 번영 끝의 종언— 보는 이들에게 막연하게나마 그런 이미지를 떠올리게 하는 남자였다.

아이작 웨스트코트. 마술의 비기를 이어받은 메이거스의 혈족이자, DEM인더스트리를 당대에 일군 걸물이다.

“무슨 일로 이런 곳을 다 찾으신 거죠?”

엘렌은 그렇게 물으면서도 웨스트코트가 격납고에 온 이유를 얼추 짐작할 수 있었다.

〈라타토스크〉와의 결전을 내일로 앞둔 가운데, 사장실에서 거드름이나 피우고 있을 수가 없어서 자신이 탈 배를 보러 온 것이리라. 그는 옛날부터 호기심이 왕성했다. 지금은 세계적인 사업가지만, 웨스트코트의 그런 면은 변하지 않은 것 같았다.

하지만— 웨스트코트가 뒤이어 입에 담은 말은 엘렌의 예상을 벗어났다.

“—엘렌, 지금 바로 준비하도록 해.”

웨스트코트가 흥분이 묻어나는 목소리로 그렇게 말하자, 엘렌은 당혹스럽다는 듯이 미간을 찌푸렸다.

“준비, 하라고요?”

“그래. 상황이 변했어. 아니— 기묘한 표현일지도 모르지만, 아무래도 **이제부터 변할 것** 같군.”

웨스트코트는 들뜬 어린애 같은 목소리로 말을 이었다.

"후, 하하, 하하하하하! 일이 이렇게 될 줄 누가 알았을까? 나는 정말 행운아야. 처음으로 손에 넣은 마왕이 〈신식편질(神蝕篇帙)(벨제붑)〉이라는 사실 자체가 나에게는 운명이었다는 생각마저 드는군."

"아이크……? 무슨 소리를 하는 거죠? 그리고 뭘 준비하는 건가요?"

엘렌의 물음에 웨스트코트는 옅은 미소를 흘리며 대답했다.

"마력로(魔力爐)를 준비해줘. 그리고 집적주부(集積呪符)도 있으면 좋겠지."

"……윽?!"

웨스트코트의 말에 엘렌은 무심코 숨을 삼켰다.

그가 말한 것은 어떤 술식을 펼치는 데 필요한 것들이었다.

"아이크, 대체 뭐가 어떻게 된 거죠? 대체 무슨 일이 벌어진 건가요?"

엘렌이 당혹스러운 어조로 그렇게 묻자, 웨스트코트는 미소를 머금은 채 말을 이었다.

"**벌어진** 게 아니라, 이제부터 **벌어질** 거야.

—자, 엘렌. 우리도 미래를 바꿔보는 거야."

◇

"이야…… 저는 이런 본격적인 마사지를 처음 받아보는데,

꽤 기분이 좋네요."

"……응. 맞아. 어깨 결림도 풀린 것 같아. 그리고 여관 근처에서 파는 술빵도 꽤 맛있던걸. 금방 찐 술빵이 그렇게 맛있는 줄 몰랐어."

"맞아요! 토카와 다른 애들에게 사다주면 정말 좋아할 거예요."

"……흣, 오늘 일은 정령들에게 비밀이지 않았어?"

"아…… 그랬죠."

시도는 레이네의 말을 듣고 쓴웃음을 짓다가— 문득 어떤 사실을 떠올리고 「아」 하고 탄성을 터뜨렸다.

"레이네 씨, 거기 턱이 있으니까 조심하세요."

"……아, 고마워."

시도의 말에 레이네는 발을 높이 들고 지면을 확인하듯 힘차게 내디디며 걸음을 옮겼다.

평소와는 다르게 꽤나 신중한 발걸음이었다. 레이네는 지금 눈을 감은 채로 손을 잡아끄는 시도를 따르며 여관 밖의 길을 걷고 있는 중이었다.

그렇다. 노천탕을 즐긴 후, 여관 안에 있는 다양한 시설을 이용한 그들은 시도가 레이네에게 『보여주고 싶은 것』이 있는 곳으로 이동하고 있었다.

"……그건 그렇고, 나에게 보여주고 싶은 게 대체 뭐야? 여관을 나와서 꽤 걸은 것 같은데 말이야."

"그건 레이네 씨가 직접 볼 때까지 비밀이에요. 하지만……

분명 마음에 들어 할 거라고 생각해요."

"……흐음, 그럼 기대하고 있을게."

레이네는 살며시 고개를 끄덕이며 시도의 손에 의지해 걸음을 옮겼다.

이런 상황 속에서, 레이네는 약간 감개가 일었다.

보여주고 싶은 게 있으니, 잠시만 눈을 감고 있어줬으면 한다— 그 부탁은 30년 전, 첫 데이트 때 신지가 미오에게 했던 것과 똑같았다.

신지의 기억이 시도의 인격에 영향을 끼친 걸까. 아니면, 시도 또한 신지이기에, 비슷한 발상을 한 것일까. 시도가 그런 부탁을 했을 때, 표정에 드러나지는 않았지만 레이네는 마음 속으로 매우 놀랐다.

지금 생각해보면— 오늘은 놀라운 일이 연달아 벌어졌다.

레이네는 한밤중에 시도에게 데이트 신청을 받으면서 시작된 오늘 일들을 떠올리며 문득 생각에 잠겼다.

느닷없이 데이트 신청을 받은 것은 물론이고, 데이트 장소가 온천여관인 것도 뜻밖이었으며, 시도가 레이네의 옛날이야기를 듣고 싶어 한 것에도 놀랐다.

시도의 심경에 변화가 생긴 것일까. 아니면, DEM과의 총력전을 앞둔 상황에서 평소에 쌓인 욕구와 의문을 해소하고 싶어진 것일까.

만약 전자라면 시도의 내면에 잠들어 있는 신지의 기억이 원인일 가능성이 있다.

이미 시도는 다수의 세피라를 몸속에 지니고 있다. 남은 건 아이작 웨스트코트에게 빼앗긴 니아의 세피라, 그리고 토키사키 쿠루미가 지닌 것뿐이다. 실제로 전에 시도의 영력이 폭주했을 때, 신지의 기억이 표층에 드러난 적이 있다.

만약 그렇다면, 이유는 단순하다. 미오가 신지를 잊지 못하듯, 신지 또한 미오에게 끌리지 않을 리가 없다. 즉, 이 결과는 지극히 당연하다 할 수 있다.

하지만, 만약 그렇지 않을 경우…….

즉, 후자— 시도가 예전부터 무라사메 레이네에게 어떤 식으로든 관심을 가지고 있었다면, 레이네로서는 심정이 복잡해질 수밖에 없다.

—이츠카 시도는 타카미야 신지에 이르기 위한 일시적인 인격에 지나지 않으며…….

—무라사메 레이네는, 타카미야 미오의 일시적인 모습에 지나지 않는 것이다.

즉, 이것은 가짜와 가짜의 밀회다.

아무리 이 순간이 즐겁더라도, 그 끝에 존재하는 것이 행복한 결말이 아니라는 것만은 명백했다.

왜냐하면, 그가 모든 힘을 손에 넣는다면 시도의 인격은 완전히 지워질 테니까…….

그리고 그의 인격을 지울 사람은— 다름 아닌 레이네인 것이다.

"레이네 씨."

"—윽."
레이네가 잠시 아무 말 없이 생각에 잠겨있을 때, 느닷없이 시도의 목소리가 들려왔다.
한순간, 레이네는 시도가 자신의 생각을 읽은 걸지도 모른다는 생각을 했지만— 그렇지 않았다. 시도가 이어서 말했다.
"도착했어요. 이제 눈을 떠도 돼요."
"……응."
아무래도 목적지에 도착한 것 같았다. 레이네는 천천히 눈을 떴다.
그리고—.
"——."
한순간, 말문이 막혔다.
눈앞에 펼쳐진, 장대한 광경에 시선을 빼앗겼기 때문이다.
가장 먼저 눈에 들어온 것은 바로 완만한 수평선이었다. 그리고 햇빛을 받아 빛나는 수면이 뒤이어 눈에 들어왔다.
새하얀 백사장에 파도가 밀려오면서, 평온한 파도 소리를 자아내고 있었다. 괭이갈매기의 울음소리. 해변 냄새. 귀와 코는 막지 않았으니 그런 정보를 통해 장소를 유추할 수 있었을 텐데, 생각에 잠겨 있었던 탓에 눈치채지 못했다. 그 광경을 구성하고 있는 온갖 정보가 순식간에 레이네의 감각기관을 잠식했다.
—바다.
그렇다. 레이네와 시도는 현재 해안선을 한눈에 볼 수 있는 장소에 서 있었다.

여관 주위를 살피며 이곳이 산골짜기일 거라고 생각했다. 하지만 그 뒤편은 해안과 이어져 있었던 것 같았다.

그러나— 레이네가 놀란 이유는 그것이 전부가 아니었다.

"……윽."

그 사실을 인식한 순간, 레이네는 희미하게 소름이 돋았다.

틀림없다. 헷갈릴 리가 없다.

지금 두 사람이 서 있는 이곳은 단순한 바다가 아니라—.

30년 전, **신지가 미오를 데려왔던 해안**인 것이었다.

두근, 두근, 심장이 격렬한 리듬을 새겼다. 몸이 희미하게 진동하고 있는 듯한 착각마저 들 정도로 가슴이 격렬하게 두근거렸다. 혈액이 빠른 속도로 몸속에서 흐르면서, 체온이 약간 올라간 느낌마저 들었다.

하지만 그것도 무리는 아니었다.

시도는 지금— 레이네를, 미오의 추억이 어린 바다에 데려온 것이다.

이것은 틀림없는 양날의 검이다. 이 바다의 경치를 보여준다는 것은 시도가 신지의 기억을 가지고 있다는 가능성을 암시하는 행동이기 때문이다.

아니, 그것만이라면 차라리 다행일 것이다. 만약 시도가 미래에서 돌아왔다는 사실을 레이네가 눈치챈다면, 그 시점에서 이 일을 완전히 망칠 수도 있기 때문이다. 그래서 〈프락시너스〉에서 정령들과 데이트 코스를 짤 때도 이 점 때문에 크게 논쟁이 일어났다.

하지만— 그래도 시도는 이 장소를 선택했다.

이 데이트는 레이네의 영력을 봉인하기 위한 데이트다.

즉, 시도가 레이네의 마음속에 존재하는 신지라는 존재를 뛰어넘을 수 있느냐의 승부인 것이다.

물론 그런 상황에서 신지와 미오의 추억이 어린 장소에 가는 것은 일종의 자살행위일지도 모른다. 회의 때도 그런 의견이 나왔다.

하지만, 시도의 생각은 달랐다.

레이네의 내면에 존재하는 가장 소중한 추억에서 의도적으로 눈을 돌린 상태에서, 시도가 신지를 뛰어넘을 수 있을 리가 없다.

아니— 뛰어넘는다는 표현 자체가 잘못된 것 같았다.

분명 시도가 무슨 짓을 하든, 그녀의 마음속에서 30년 전의 추억은 사라지지 않을 것이다.

그러니 시도는 **신지의 존재를 마음에 품은** 레이네를 자신에게 반하게 만들 수밖에 없는 것이다.

"……."

이것은 도박이다. 한 걸음만 잘못 내디뎌도 모든 것이 붕괴될 위험을 내포한 도박이다.

하지만, 모두가 살아남기 위해서는 이 방법뿐이라는 확신이 시도의 내면에는 존재했다.

미오는 신지를 사랑한다. 그것은 의심할 여지가 없는 진실이다. 그것은 이 세상을 전부 불태워버릴 만큼 뜨거운 사랑이다. 타인은 이해할 수조차 없을 만큼, 맹렬한 애정인 것이다.

하지만 레이네가 시도, 그리고 정령들과 보낸 시간 또한—거짓은 아니었을 것이라고 확신한다.

"……."

바다를 바라보던 레이네가 천천히 시도를 향해 고개를 돌렸다. 시도는 긴장한 탓에 심장이 옥죄어 드는 듯한 느낌을 받았다.

"……신, 여기야?"

하지만 레이네는 온화한 목소리로 말을 이었다.

그녀가 마음속으로 지금 상황을 어떻게 받아들이고 있을지는 상상에 의존해 생각해 볼 수밖에 없지만, 아무래도 이 상황을 받아들이고 있는 것 같았다. 시도는 몰래 안도하면서도, 표정에 그것을 드러내지 않으며 입을 열었다.

"예. 여기가 바로 레이네 씨에게 보여주고 싶은 장소예요. 아름답죠?"

"……응. 아름다워. ……정말, 아름다워."

레이네는 해안선을 바라보면서 감개한 어조로 그렇게 말했다.

시도는 고개를 끄덕인 후, 다시 한 번 레이네를 향해 손을 내밀었다.

"잠시, 걸을까요?"

"……그래. 좋아."

레이네가 희미한 미소를 머금고 시도의 손을 잡았다.

"……으음, 정말…… 아름다운 곳이네. 진부한 표현을 쓰자면, 마음이 깨끗하게 씻기는 것 같아."

"아하하. 그건 오버 아니에요? 그래도 마음에 들었다니 다행이에요."

"……그런데, 왜 나를 이곳에 데려오려고 마음먹은 거야?"

"왠지 레이네 씨라면 이런 장소를 좋아할 것 같았거든요."

"……그랬구나. 너는 정말 감이 좋은 것 같네."

두 사람은 그런 대화를 나누면서 천천히 해안을 따라 걸었다.

신지와 함께 봤던, 바다.

그것은 놀라움으로 가득 찬 오늘 하루 중에서도 가장 놀라운 일이었다.

—우연? 필연? 역시 신지의 기억이 되살아난 것일까? 시도 또한 신지인 만큼 충분히 있을 수 있는 일일지도— 그런 다양한 억측이 레이네의 머릿속을 가득 채웠다.

하지만 그것들이 지금 해야 할 말이 아니라는 사실은 곧 이해했다.

레이네는 잠시 동안 모래사장에 발자국을 남기면서 시도와 대화를 나눴다.

이야기 내용은 별것 아니었다. 바다에 대한 이야기로 시작해서, 학교에서의 일, 내일 치를 전투, 코토리가 요즘 너무 무리하는 것은 아닌가, 칸나즈키는 좀 더 의욕을 내는 편이 좋지 않을까, 역 앞의 『라 퓌셀』이 기간한정 슈크림을 출시했다, 우와 정말인가요~ 내일 절대로 죽으면 안 되겠네…… 등등. 정말 아무래도 상관없는 이야기도 적지 않게 섞여 있었다.

하지만— 레이네는 그 대화가 너무나도 즐거웠다.

솔직하게 말하자면, 대화 내용 같은 것은 무엇이든 딱히 상관없었다.

추억이 어려 있는 바다를 그와 단둘이 걸으며, 이야기를 나눈다.

그것만으로— 충분했던 것이다.

—이윽고 시간이 흘러, 기울어가던 태양이 바다를 붉은색으로 물들였을 때였다.

레이네와 시도는 둑 위에 나란히 앉아서 파도 소리를 들었다.

"……신."

"예."

"……응, 아니, 무슨 말을 하려고 했더라?"

"하하……. 그건 또 무슨 소리예요?"

시도는 웃음을 터뜨렸다. 레이네 또한 입가에 미소를 머금었다.

기분 좋은 파도 소리, 서늘한 공기, 그 안에서 어깨와 팔을 통해 느껴지는 시도의 체온, 그리고— 명확하게 느껴지는, 그의 심장 박동…….

그것들을 느낀 레이네는 불가사의한 느낌에 사로잡혔다.

뭐라고 표현하면 좋을까. 머릿속이 멍해지더니, 손발을 움직이는 게 점점 귀찮아졌다. 하지만, 결코 기분이 나쁘지는 않았다. 마치 누군가의 따뜻한 손길에 안겨있는 것처럼 마음이 편해졌으며, 점점 의식이 녹아내리는 듯한 느낌이 들었다.

"……으음……."

그것이 30년 만에 찾아온 졸음이라는 사실을 깨달은 순간, 레이네의 의식은 이미 어둠 속으로 빠져들고 있었다.

◇

"……레이네 씨?"

시도는 의아한 목소리로 레이네를 불렀다. 레이네가 갑자기 자신의 어깨에 기댔기 때문이다.

고개를 돌려보니, 레이네가 두 눈을 감은 채 곤히 잠들어 있었다. 아무래도 잠에 빠져든 것 같았다.

뭐, 무리도 아니다. 이른 아침에 이곳에 와서, 쉬지 않고 계속 일정을 소화했으니 말이다. 지칠 만도 했다.

『레이네가 남 앞에서 잠에 빠져들다니, 참 드문 일도 다 있네.』

"그래?"

코토리가 통신기 너머에서 뜻밖이라는 듯한 어조로 그렇게

말했다. 시도는 레이네에게 들릴까봐 작은 목소리로 그렇게 대꾸했다.

하지만 이제 와서 생각해보니, 레이네가 잠든 모습을 처음 본 것 같았다. 어쩌면 흔히 볼 수 없는 광경을 보고 있는 걸지도 모른다.

『아쉽네. 봉인이 가능한 수치라면, 키스를 할 절호의 기회인데 말이야.』

"어이, 어이……. 설령 그렇다고 해도 사전 합의도 없이 잠든 상대에게 키스를 하는 건 좀 그렇지 않아?"

『어머, 잠자는 숲속의 공주를 왕자님이 어떻게 깨웠는지 모르는 거야? 여자는 다들 그런 걸 동경하거든? ―물론, 상대를 가리지만 말이야.』

코토리는 농담 투로 그렇게 말했다. 목소리만 들릴 뿐인데, 그녀가 입에 문 사탕의 막대 부분을 까딱거리며 어깨를 으쓱하는 모습이 눈앞에 어른거렸다.

그런 대화를 나누고 있을 때, 시도의 어깨에서 희미한 흔들림이 발생했다. 아무래도 잠에서 깨어난 레이네가 머리를 든 것 같았다.

"레이네 씨, 일어났어요?"

"……, ……."

시도의 부름에 레이네는 방금 잠에서 깬 탓에 머릿속이 멍한 건지 눈을 몇 번 깜빡였다.

그리고 몇 초 후, 겨우 상황을 이해했는지 레이네는 눈을 크게 떴다.

"……설마, 내가 방금—."

"예. 잠들었어요. ……뭐, 잠시 동안이지만 말이에요. 아마 5분도 채 안 될 거예요."

"……."

시도의 말에 잠시 동안 침묵에 잠겨 있던 레이네가 자신의 이마와 볼을 손으로 매만지기 시작했다. —마치, 땀이나 눈물 자국을 확인하려는 듯이 말이다.

"레이네 씨……?"

"……후."

그 행동이 이상하게 느껴진 시도가 고개를 갸웃거리자, 레이네는 작게 숨을 내쉬었다.

그리고 연이어 토한 숨소리가 점점 커져갔다.

"……후후, 후후, 아하하하하하……."

그것은— 웃음소리였다.

그것 자체는 딱히 신기한 일이 아니었다. 우스울 때, 즐거울 때, 기쁠 때— 그리고 멋쩍을 때 보이는, 지극히 일반적인 감정 표현이다.

하지만, 시도는 그 웃음소리를 듣고, 레이네의 표정을 보고, 잠시 동안 얼이 나가고 말았다.

이유는 단순했다. 시도는 레이네가 이런 식으로 웃는 모습을 단 한 번도 본 적이 없는 것이다.

그것은 코토리를 비롯한 다른 이들도 마찬가지인 것 같았다. 통신기 너머에서 숨을 삼키는 소리, 그리고 탄성이 희미하게 들려왔다.

"……그래, 내가 잠을 잤구나. 하하……. 그렇구나. 정말 놀랍네……."

레이네는 그런 시도의 반응을 눈치 못 챈 것처럼— 아니, 눈치챘지만 웃음을 참을 수 없는 것처럼 한참을 웃은 후, 이윽고 그의 어깨에 손을 얹었다.

"……고마워. 오랜만에 기분 좋게 잠을 잤네. 네 어깨의 감촉이 정말 좋았나 봐."

그리고 상냥한 미소를 머금으며 그렇게 말했다.

시도는 잠시 숨을 삼켰다. 안 그래도 소름이 돋을 정도로 아름답던 레이네의 얼굴에 부드러운 인상이 더해지면서, 무심코 가슴이 뛸 정도로 매력적으로 변모한 것이다.

그리고, 다음 순간—.

『……앗! 시도!』

흥분과 희미한 초조함이 어린 코토리의 목소리와 알람이 시도의 고막을 뒤흔들었다.

『레이네의 호감도 및 정신 상태에 변화가 발생했어! 지금이야……!』

"……윽!"

코토리의 말을 들은 순간, 시도의 눈썹이 흔들렸다.

설마 이런 타이밍에 기회가 찾아올 줄이야. 남에게 잠든 모습을 보여준다는 게 레이네에게는 그만큼 큰 의미가 있는 일인 것 같았다.

하지만, 그렇다고 해도 조바심을 내면 안 된다. 봉인이 가능한 영역에 도달했다고 해서 억지로 키스를 하려고 했다간, 겨우 올린 호감도가 곤두박질칠지도 모르는 것이다.

그렇다면, 대체 어떻게—.

"……."

거기까지 생각한 시도는 숨을 내쉬었다.

그렇다. 여기까지는 굳이 따지자면 사전 준비다. 시도는 아직 레이네에게 명확하게 자신의 의지를 전하지 않은 것이다.

"—레이네 씨."

시도는 차분한 어조로 레이네의 이름을 불렀다. 그러자 어느새 마음을 진정시킨 레이네가 시도의 분위기가 변했다는 사실을 눈치챈 것처럼 그를 향해 고개를 돌렸다.

"……음, 왜 그래? 무슨 할 말이라도 있어?"

"그게…… 아까, 노천탕에서의 일 말인데요."

"……아, 그거라면 안심해도 돼. 다른 애들에게는 비밀로 해줄게."

"그, 그게 아니라…… 아니, 비밀로 해줬으면 하기는 하는데……."

볼을 긁적이며 그렇게 말한 시도는 마음을 다잡은 후, 이어 말했다.

"레이네 씨가— 좋아한 사람 말이에요."

"……그게 왜?"

레이네는 잠시 침묵에 잠긴 후, 그렇게 대답했다.

시도는 각오를 다지고 그런 레이네의 눈을 지그시 응시하며 입을 열었다.

"—저는, 안 될까요?"

"……."

시도의 말에 레이네는 침묵으로 답했다.

하지만 레이네의 눈동자에 어린 것은 거절이나 혐오의 감정이 아니었다.

망설임과 당혹스러움, 그리고, 아주 약간의— 죄책감.

시도는 그것들을 전부 삼키려는 듯한 기세로 말을 이었다.

"제가 그 사람을 대신하겠다거나, 그 사람을 잊게 해주겠다는 건 아니에요. 그저…… 저는 저로서, 그 사람과는 다른 형태로, 레이네 씨를 마음에 품으면…… 안 될까요?"

"……."

레이네는 긍정도, 부정도 하지 않았다.

하지만, 시도가 어깨에 손을 얹어도 거부하는 듯한 몸짓을 취하지 않았다.

"레이네 씨—."

"……신. 나는—."

레이네가 무슨 말을 하려고 했다.

하지만 시도가 천천히 얼굴을 내밀자, 레이네는 입을 다물고 눈을 감았다.

서로의 숨결이 뒤섞였다.

서로의 심장 박동이 들렸다.

—두 사람의 입술이, 닿았다.

활활 타오르는 듯한 저녁노을에 물든 바다에서…….

시도와 레이네는— 30년 전, 신지와 미오가 하지 못했던 키스를 나눴다.

"—해냈어!"

〈프락시너스〉의 함교에 설치된 거대한 모니터를 쳐다보던 코토리는 무심코 주먹을 말아 쥐었다.

모니터에는 저녁노을을 배경 삼아 키스를 나누는 시도와 레이네의 실루엣이 나오고 있었다. 그 광경은 마치 영화의 한 장면 같았다.

코토리와 마찬가지로 두 사람의 데이트를 지켜보던 정령들 또한, 그 광경을 보면서 제각각 다른 반응을 보였다. 토카와 무쿠로, 유즈루는 뚫어져라 쳐다봤으며, 나츠미와 카구야는 고개를 돌렸다. 요시노는 손으로 얼굴을 가렸지만 손가락 사이로 보고 있었으며, 오리가미는 무표정한 얼굴로 모니터를 응시하고 있었다. 그리고 니아와 미쿠는 카메라의 셔터를 열심히 눌러대고 있었다.

다들 반응은 다르지만, 함교에 앉아 시도를 돕다 보면 레이네와 그가 키스를 하는 광경을 보게 될지도 모른다고 미리 알려뒀기 때문인지 극단적으로 흐트러진 정령은 없는 것 같았다. ……뭐, 니아와 미쿠는 어찌 보면 충분히 흐트러졌다고 말할 수 있을지도 모르지만 말이다.

아무튼, 키스는 성공했다. 코토리는 화면 가장자리의 수치를 쳐다보았다. 호감도는 봉인 가능 영역에 도달했다. 조건은 전부 갖춰진 것이다. 이것으로 레이네의 영력을 봉인할 수—.

"……윽?! 사령관님!"

하지만, 바로 그 순간이었다.

격렬한 알람이 울리더니, 승무원의 목소리가 코토리의 고막을 뒤흔들었다.

시간이 멈춘 듯한 착각이 들었다. 뇌가 터질 것 같은 행복으로 마음이 가득 찼다. 시도 안의 신지의 기억 때문일까, 레이네의 어깨를 안고 있는 손에 자연스럽게 힘이 들어갔다.

길었다. 너무나도, 길었다. 이렇게 미오를 안아주는 데, 너무나도 긴 시간이 걸리고 말았다.

시도는 그런 뜨거운 감정을 억눌렀다. 자신은 타카미야 신지가 아니라, 이츠카 시도다. 그것을 강하게 인식하지 않았다간 의식을 빼앗겨 버릴 것만 같을 정도로, 신지의 갈망은 강렬했다.

이윽고, 맞닿은 입술을 통해, 시도의 몸으로 따뜻한 무언가가 흘러—.

"——."

—들어오지 않았다.

"……윽."

시도는 숨을 삼켰다.

분명 시도는 레이네와 키스를 했다. 파이프가 연결되는 감각도 느꼈다.

하지만, 정령의 영력을 봉인했을 때 발생하는 힘이 흘러들어오는 느낌이, 아무리 기다려도 발생하지 않았다.

—어째서지? 시도는 자기 자신에게 물었다. 순서가 잘못되지는 않았을 것이다. 호감도 또한 충분했을 것이다. 역시 시원의 정령인 레이네에 의해 탄생한 존재인 시도는 그녀의 힘을 봉인할 수 없는 걸까? 아니면—.

"……."

시도가 당황한 채 생각에 잠겨 있을 때, 레이네는 천천히 시도에게서 자신의 입술을 뗐다.

그리고, 희미하게 젖은 입술을 손가락으로 훑듯 매만진 후, 입을 열었다.

"……그래. 너는— **미래를 보고 왔구나.**"

"—윽?!"

『아니—!』

시도는 레이네의 말을 듣고 어깨를 부르르 떨었다. 그리고 코토리의 경악에 찬 목소리가 골전도 통신기를 통해 시도의 두개골에 전해졌다.

하지만 레이네는 태연한 표정을 유지한 채 그런 시도를 향해 말했다.

"……왜 그렇게 놀라는 거야? 파이프를 통해 기억을 공유한 건 처음이 아니잖아?"

그렇게 말한 레이네는 시도를 밀쳐내지도, 원망에 찬 저주를 퍼붓지도 않았다. 그저 자애에 찬 손길로 그의 머리를 쓰다듬어줬다.

"……오늘 일어났던 불가사의한 일들의 수수께끼가 풀렸어. ……아니, 어쩌면 어렴풋이 눈치채고 있었을지도 몰라. 하지만, 분명 이해하고 싶지 않았던 거겠지. 네가 나에게 데이트를 신청해 줘서 정말 기뻤거든."

레이네는 상냥한 목소리로 그렇게 말한 후, 귓속말을 하듯 말을 이었다.

"……정말 즐거웠어. 아주 잠시 동안이지만, 괴로운 과거를 잊을 수 있었어.

—하지만, 꿈은 언젠가 깨기 마련이야.

그렇지— **시도?**"

제3장 있을 수 없는 전장

—울고, 또 울고……. 얼마나 울었는지 기억조차 나지 않는다.

울부짖고, 오열했지만, 눈물이 마를 줄 몰랐다.

그라는 존재는 자신의 모든 것이었다. 자신은 그라는 존재 덕분에 삶을 영위했다. 자신은 그와 만나기 위해 태어난 것이라고, 진심으로 생각했다. —그와 함께 지내다 보니, 언제부터인가 그렇게 생각하게 됐다.

—그런 그가 눈앞에서 죽어버렸는데, 자신은 아직 이렇게 살아있다.

그녀는 그것을 너무나도 견딜 수가 없었다.

그의 뒤를 따르려고도 해봤다. 죽음 속에서 그와 함께 할 수 있다면, 그것으로 충분하다는 생각마저 했다.

하지만, 강인하기 그지없는 정령의 육체는 그런 조그마한 소망조차 용납하지 않았다.

아무리 피를 흘려도, 치사성의 독을 마셔도, 제아무리 높은 곳에서 몸을 던져도, 그녀의 몸은 그녀의 의지와 상관없이 생존을 선택하리라.

가슴에 이 절망을 품은 채, 대체 언제까지 이어질지 모르는 기나긴 시간을 살아야만 하는 것이다. 그것은 그녀에게 있어 지옥이라는 표현조차 미적지근하게 느껴지는 여생이었다.

하지만—.

"……이제, 괜찮아. **네가 있으니까.**"

소녀는 자신의 복부를 상냥히 매만졌다.

아직 부풀어 오르지 않았지만, 이 배 속에는— 한 생명이 숨 쉬고 있다.

이미 죽은 인간을 다시 조성하는 것이다. 아마 상당한 시간이 걸리겠지만, 그녀에게는 무한한 시간이 존재한다.

절망 속에서 찾아낸 희미한 광명. 하지만 그녀에게는 그것만으로 충분했다.

"……후후."

소녀는 볼을 타고 흐르는 눈물을 닦지도 않으며 미소 지은 후, 다시 한 번 자신의 배를 상냥히 쓰다듬었다.

◇

『—도, 시도!』

"……윽!"

통신기에서 자신을 부르는 목소리에 시도는 어깨를 부르르 떨었다.

코토리의 목소리 톤으로 볼 때, 몇 번이나 자신을 부른 것 같았다. 레이네가 뭘 한 것인지, 아니면 단순히 얼이 나가 있었던 건지, 한동안 그 목소리를 인식하지 못했다.

"크—."

다시 상황을 인식한 시도는 레이네의 손아귀에서 벗어나기 위해 뒤편으로 물러났다.

미래 세계에서의 기억이 되살아났다. 시도의 몸에 손을 댄 레이네는 그를 순간이동시키거나 시도로서의 기억을 지우려 했다. 이대로 레이네와 몸을 맞대고 있는 것은 지나치게 위험했다.

"……."

레이네는 그런 시도를 쫓거나 무슨 말을 하지는 않았다. 그저 차분한 눈길로 시도의 행동을 지켜본 후, 천천히 몸을 일으켰다.

"……흐음, 미움을 샀나 보네. 내가 한 짓을 생각해보면 당연하다고 할 수 있겠지만, 너에게 거부당하니 가슴이 꽤 아픈걸."

그리고 약간 쓸쓸한 어조로 그렇게 중얼거렸다. 그 애처로운 모습은 손가락만 까딱해도 세계를 파괴할 수 있는 정령이 아니라, 연인과 다툰 소녀를 연상케 했다.

"……미워할 리가 없잖아요. 마음 같아서는 확 끌어안고 또 키스를 하고 싶을 지경이라고요."

시도는 레이네의 일거수일투족을 주의 깊게 살피면서 그렇게 대꾸했다.

시도는 농담 투로 그렇게 말했지만, 그것은 진심에서 우러난 말이었다. 시도의 내면에 존재하는 신지의 기억은 지금 이 순간에도 레이네를 향해 손을 뻗으려 하고 있었고, 시도 또한 절망적인 미래를 체험했는데도 불구하고 레이네를 미워할 수가 없었다.

"……나도 마찬가지야. 네가 미치도록 사랑스러워. 너와 재회했을 때, 충동적으로 꼭 끌어안지 않은 나 자신을 칭찬해주고 싶을 정도야."

"그럼 좋은 방법이 있어요. 지금 이 자리에서 화해를 한 다음, 나를 비롯한 정령들과 함께 다 같이 사는 거예요. 분명 하루하루가 즐거울 거예요."

"……그건 정말 매력적인 제안이네. 내가 신과 만나지 않았다면, 분명 두말없이 승낙했을 거야."

레이네는 가늘게 숨을 내쉰 후, 말을 이었다.

"……하지만 그건 안 돼. 나는 신을 만나고 말았어. 나는 사랑을 알아버렸어. 신이 없는 세계에는 의미가 없고, 신이 없는 인생에는 가치가 없어. —정령들 또한 진심으로 좋아해. 하지만, 신과 다시 만날 수만 있다면, 나는 그 어떤 것이든 버릴 수 있어."

"……."

조용하면서도 흔들림이 없는 강한 어조로 레이네가 그렇게 말하자, 시도는 마른 침을 삼켰다.

레이네의 결의가 얼마나 굳건한지는 이미 알고 있다. 미래에서, 그야말로 뼈아프게 실감했던 것이다. 하지만 그 사실을 이렇게 다시 직시하게 되자, 소름 돋는 듯한 전율이 시도를 엄습했다.

시도는 레이네를 쳐다보며 필사적으로 생각했다.

작전은 실패로 돌아갔다. 키스에 성공하기는 했지만, 레이네의 영력을 봉인할 수는 없었다. 이제부터 대체 뭘 어떻게 하면 될까. 과연 뭘 할 수 있을까. 상대는 사랑스러운 최강의 정령이다. 온갖 조리(條理)가 그녀 앞에서는 부조리(不條理)로 변한다. 무슨 짓을 하더라도, 그녀를 막을 수는— 없을 것이다. 게다가 가장 큰 문제는 파이프를 통해, —의 미래에서의 기억마저 공유, —고 말았다. 이제 허를 찌를, —조차 없다. 만약 시도가 【바브】를, —서 과거로 돌아, —고 한들, 그녀가 저지할 것이—.

"……윽, 크윽……?!"

바로 그때, 시도는 미간을 찌푸리며 인상을 썼다.

마치 시도의 생각을 방해하려는 듯이, 두통이 간헐적으로 발생한 것이다.

한순간 레이네가 무슨 짓을 했다고 생각했지만— 그렇지 않았다. 레이네 또한 시도가 괴로워하는 모습을 보고 의아한 표정을 짓고 있었다.

게다가— 이 감각은 전에도 느껴본 적이 있다.

미래에서 레이네가 신지의 기억을 깨웠을 때, 시도는 자신의 것이 아닌 자신의 기억이 뇌를 물들이는 듯한 감각을 느꼈다. 그리고 지금 시도가 느낀 감각은 그것과 매우 흡사했다.

하지만 신지의 기억은 이미 되살아난 상태다. 그렇다면 이건 대체―.

"……윽!"

시도가 이마에 손을 댄 바로 그때였다.

격렬한 경보음이 통신기를 통해 시도의 두개골을 뒤흔들었다.

순간, 시도는 레이네의 영력을 감지하면서 발생한 긴급 사태(이머전시 콜) 통보라고 생각했다.

하지만, 그렇지 않았다. 곧 통신기에서 코토리의 목소리가 흘러나왔다.

『―시도! DEM이야!』

"뭐……?!"

그 말이 들리고 몇 초 후, 시도의 시야 가장자리― 하늘 저편에서 조그마한 실루엣 여러 개가 나타났다.

이 거리에서는 희미하게 보이지만, 철새나 비행기가 아니라는 사실은 금세 알 수 있었다. 그렇다. 그것은―.

"……DEM의 함대, 구나."

레이네가 시도와 마찬가지로 하늘을 올려다보며 그렇게 중얼거렸다.

그 목소리는 평소와 마찬가지로 차분하고 담담했지만, 시도는 그 밑바닥에 응어리져 있는 한없이 어두운 감정을 느낄 수 있었다.

무리도 아니다. 그녀에게 있어 DEM은 사랑하는 신지를 죽인 철천지원수니까 말이다.

"……원래라면 결전의 날은 내일이었어야 했어. ―〈벨제붑〉인가. 너희의 행동 때문에 역사가 변한 것 같네."

레이네는 혼잣말을 중얼거린 후, 시도를 향해 고개를 돌렸다.

"……자, 어떻게 할까. 미래의 나는 네가 싸움에 휘말리지 않도록 셸터로 전이시킨 것 같지만……."

"……윽!"

시도는 레이네의 말에 그 자리에서 굳어버렸다.

그 모습을 본 레이네는 훗 하고 가볍게 숨을 내쉬었다.

"……긴장하지 말라고 말해봤자 의미가 없으려나―."

바로 그 순간이었다.

레이네의 말을 끊듯, 공간에 검은색을 띤 직선이 그어졌다.

지면에서 레이네의 머리를 향해, 잉크를 듬뿍 머금은 펜을 종이에 힘껏 던진 것처럼 말이다.

"앗……?!"

말을 멈춘 레이네의 머리가 희미하게 흔들린 순간에야, 시도는 그것이 그림자 총탄의 궤적이라는 사실을 깨달았다.

"……흐음."

쏘아진 그림자 탄환을 앞니로 물어서 막아낸 후 뱉어낸 레이네는 지면을― 정확하게는 그곳에 존재하는 그림자를 내려다보았다.

다음 순간, 그림자 안에서 총탄 여러 발이 레이네를 향해 발사됐다. 레이네는 그것을 피하듯 몸을 가볍게 젖히더니, 지면을 가볍게 박차며 뒤편을 향해 도약했다.

눈 깜짝할 사이에 엄청난 총격이 펼쳐졌다. 시도의 눈과 뇌는 한발 늦게 이 상황을 파악했다.

그리고, 이해했다. ―레이네에게 공격을 가한 이가 누구인지를 말이다.

"쿠루미……?!"

"―키히히, 히히."

시도가 그 이름을 입에 담자, 한 소녀가 독특한 웃음소리를 내면서 지면에 존재하는 그림자에서 모습을 드러냈다.

좌우 불균형하게 묶은 칠흑빛 머리카락. 피와 그림자 색깔로 물든 영장. 그리고, 째깍째깍 소리를 내며 시간을 새기고 있는, 시계로 된 눈.

그렇다. 시간과 그림자를 조종하는 최악의 정령, 토키사키 쿠루미가 레이네를 막아서듯 시도 앞에 모습을 드러낸 것이다.

"안녕하세요, 시도 씨. 건강해 보여서 정말 기쁘군요."

쿠루미는 시도를 힐끔 쳐다보더니, 웃으면서 평소와 다름없는 어조로 그렇게 말했다. 그 모습을 본 시도는 무심코 고함을 질렀다.

"쿠루미, 왜 온 거야―?!"

쿠루미의 안에는 미오가 있다. 시도는 미래에서 쿠루미의 가슴을 찢으며 기어 나온 미오를 두 눈으로 똑똑히 봤다.

그리고 그 정보는 분신을 통해 진짜 쿠루미에게도 전했다. 쿠루미는 미오에게 이길 수 없다. 아니, 이미 졌다고 해도 과언이 아니다. 그런데, 대체 왜—.

"왜 왔냐고요? 정말 너무하군요. 궁지에 처한 시도 씨를 구하기 위해 이렇게 뛰어왔는데, 그런 소리를 들으니 너무 슬퍼서 눈물이 다 날 것만 같군요."

쿠루미는 말과는 달리 딱히 슬퍼 보이지 않는 어조로 그렇게 말하며 웃음을 흘렸다.

그 모습을 본 레이네는 턱에 손을 대더니, 다시 「……흠」 하고 한숨을 토했다.

"……쿠루미구나. —잘 왔어. 환영할게. 네가 이렇게 와줘서 일이 쉽게 됐어."

"—어머, 어머."

레이네의 말에 쿠루미는 과장스러운 몸짓을 취하며 그녀를 향해 돌아섰다.

"여전히 콧대가 하늘을 찌를 것 같군요. 무라사메 선생님—아니, 미오 양? 저답지 않게 제대로 한 방 먹었군요. 저의 철천지원수가 이렇게 가까운 곳에 있을 줄은 몰랐답니다."

그리고 익살스러운 듯하면서도 분노와 원한을 내포한 목소리로 말을 이었다.

"**당신**을 **당신**으로 인식하며, 이렇게 제대로 이야기를 나누는 건 참 오랜만이군요. —오랜만이에요. 정말, 정말 만나고 싶었답니다. 당신의 그 썩어빠진 꿈을 이루기 위해, 얼마나

높은 시체의 산을 쌓으셨나요? 저도 **만만찮기는** 하지만, 미오 양의 발끝에도 미치지 못하겠죠. 혹시 비결이 있다면 가르쳐 주지 않겠어요?"

"……."

레이네는 빈정거림과 악의로 점철된 쿠루미의 도발에도 눈썹 하나 까딱하지 않았다. ―자기 자신이 범한 죄는 자기 자신이 가장 잘 알고 있다는 듯이 말이다.

"……설마 그런 소리나 하려고 이곳에 온 건 아닐 테지? 너는 그렇게 단락적인 인물이 아니니까 말이야."

"글쎄요, 과연 그럴까요? 저는 당신의 얼굴을 보기만 해도 분노가 솟구쳐서 성질이 급해진답니다."

"……그렇더라도 딱히 상관은 없지만 말이야."

레이네는 작게 한숨을 내쉬면서 말을 이었다.

"……이유가 어찌되었든 간에, 이것으로 웨스트코트와 네가 지닌 남은 두 세피라가 이 자리에 모였어. ―신을 각성시키기에 적당한 무대야."

"자…… 과연 당신 뜻대로 될까요―!"

쿠루미가 그렇게 외친 순간, 미오의 주위에 다수의 그림자가 생겨나더니, 그 안에서 쿠루미와 똑같은 얼굴을 지닌 소녀들이 튀어나왔다. ―〈자프키엘〉을 통해 만들어진 분신들이었다.

"키히히히힛!"

"자, 자, 시작하죠."

"지옥에나 가버리세요!"

분신들은 각자 한마디씩 외치며 양손에 쥔 총 두 자루의 방아쇠를 당겼다. 칠흑빛 총탄이 검은 궤적을 그리면서 사방팔방에서 레이네에게 명중했다.

아니, 명중한 순간, 레이네는 지면을 박차고 마치 무중력 공간에 몸을 던진 듯한 가벼운 몸놀림으로 허공을 갈랐다. 방금까지 레이네가 있던 장소에 그림자 총탄이 쏟아지더니, 엄청난 폭음을 내며 터졌다.

"—키힛!"

하지만 쿠루미는 이 상황을 예측한 것 같았다. 그녀가 고개를 들자, 그 움직임에 맞춰 또다시 그림자가 여러 개 생겨나면서 새로운 분신들이 모습을 드러냈다.

그리고 분신들은 공중으로 피신한 레이네를 향해 수많은 총탄을 일제히 발사했다.

그 안에는 평소보다 더 많은 영력이 담겨 있는 것 같았다. 수많은 탄환은 매우 정교하게 컨트롤되면서 한곳으로 모여들더니, 엄청난 폭발을 일으켰다.

하지만— 총탄이 정통으로 명중했는데도 불구하고 쿠루미는 긴장을 풀지 않은 채 레이네가 있는 장소에서 눈을 떼지 않았다.

쿠루미도 이해하고 있는 것이다. 이 정도로 레이네를 해치울 수 없다는 것을 말이다.

그 예상을 입증하듯, 공중을 뒤덮었던 그림자 탄환의 연기가 걷히고 어슴푸레한 빛이 주위를 비추기 시작했다.

"아—."

그 광경을 본 시도는 무심코 입을 열었다.

그곳에는 옅은 빛을 뿜고 있는 영장을 걸친 레이네가 조용히 떠 있었다.

단아함과 우아함을 겸비한 여신을 연상케 하는 영장이었다. 등에 달린 날개, 그리고 빛을 잃은 열 개의 별. 형태가 약간 다르기는 하지만, 그것은 분명 미래에서 미오가 두르고 있던 그 영장이었다.

—시원의 정령, 〈데우스〉.

그야말로 신의 이름으로 불린 정령이, 지금 이 자리에 강림했다.

"……순서가 약간 뒤바뀌고 말았지만, 어쩔 수 없지. —쿠루미. 네 안에 있는 세피라, 그리고 나의 반신(半身)을 돌려줘야겠어."

"—흥. 사양……하겠어요!"

쿠루미는 날카로운 기합을 내지르면서 허공을 갈랐다. 주위에 있던 분신들 또한 그 뒤를 따르듯 지면을 박찼다.

수많은 쿠루미와, 수많은 탄환이 공간을 뒤덮었다. 그 어떤 생물의 생존도 용납하지 않겠다는 듯이, 처절한 칠흑빛 탄환 바람이 주위에 휘몰아쳤다.

하지만 레이네는 아까와는 다르게 탄환을 피하는 것은 고사하고 몸도 젖히지 않으며, 그저 태연히 공중에 떠 있었다.

영장을 현현시킨 레이네에게 있어 쿠루미의 총탄은 피할 필요도 없는 것이리라. 한 방, 한 방이 목숨을 앗아가기에 충분한 위력을 지녔을 탄환이, 레이네의 영장에 닿기 직전에 공중에서 움직임이 정지됐다.

"……이리 와, 『나』."

레이네는 조용한 어조로 그렇게 말한 후, 천천히 들어 올린 손으로 손짓을 했다.

그러자, 그 순간—.

"……커억?!"

분신들을 지휘하던 쿠루미가 갑자기 고통스러워하더니, 그녀의 가슴에서 새하얀 손이 쑥 튀어나왔다.

"쿠루미……!"

시도는 절규에 가까운 목소리로 쿠루미의 이름을 외쳤다.

시도의 눈앞에서, 미래에서 봤던 것과 똑같은 광경이 펼쳐졌다. 최악의 정령이라 불린 쿠루미가 저항 한 번 제대로 못 해본 채 목숨을 잃고 만, 바로 그 절망적인 순간이 재현되려 하고 있었다.

시도는 이를 악물었다. —이런 사태가 벌어지는 것을 막기 위해, 자신은 과거로 되돌아온 것인데……. 이 광경을 보지 않기 위해, 시간을 되돌린 것인데……. 결국, 시원의 정령 앞에서는 부질없는 짓인 건가…….

하지만—.

"—키히, 히……!"

다음 순간, 자신의 가슴에서 튀어나온 팔을 본 쿠루미는—.

작지만, 그래도 분명하게— 웃음을 흘렸다.

"……윽."

그 모습을 본 시도는 작게 숨을 삼켰다.

쿠루미의 표정에 어린 것은 자포자기나 체념이 아니었다.

아아, 그렇다. 쿠루미는 그런 것에 사로잡혀 무모한 행동을 취할 만큼 생각이 얕은 소녀가 아니다. 한 줌의 희망만이 남아있을지라도 포기하지 않으며, 몇 겹으로 책략을 짜며 일을 진행한다. 그런 그녀가 있기 때문에, 시도는 아직 살아남아있는 것이다.

"이…… 순간을…… 기다리고, 있었답니다—!"

쿠루미는 고통스러워하면서도 자신만만한 어조로 그렇게 외치더니, 단총을 쥔 손에 힘을 주며 외쳤다.

"〈자프키엘〉—!"

그 말에 호응하듯, 지면에 존재하던 그림자가 늘어나면서 총구에 빨려 들어갔다.

쿠루미는 떨리는 손으로 단총을 고쳐 쥔 후, 그 총구를 레이네— 가 아니라, 자신의 관자놀이에 대고 방아쇠를 당겼다.

"앗……?!"

탕 하는 소리가 들리더니, 쿠루미의 머리에 총탄이 꽂혔다. 다음 순간, 쿠루미의 몸이 한순간 흐릿해진 느낌이 들었다.

하지만— 그것으로 끝이었다. 그 외에는 아무 일도 일어나지 않았다. 〈자프키엘〉의 탄환을 통해 힘을 얻은 쿠루미가 미오를 자신의 몸 안에서 끄집어내지도, 미오가 나오지 못하게 막으며 레이네에게 달려들지도 않았다.

—변칙적인 사태라고는 쿠루미가 자기 자신을 쏜 것뿐이다.

그 외에는 시도가 알고 있던 것과 똑같은 광경이 펼쳐졌다.

쿠루미의 몸에서 실오라기 하나 걸치지 않은 소녀— 미오가 모습을 드러내더니, 아무 말 못하는 시체가 된 쿠루미가 빈 껍질처럼 버려졌다. 그리고 그에 맞춰, 쿠루미의 분신들 또한 고통스러운 듯이 몸을 배배 꼬면서 그림자 속으로 사라졌다.

"……."

"……."

레이네와 미오는 시선을 교환하더니, 두 손을 펼친 채 서로를 향해 다가가서 포옹을 했다.

그러자 두 사람은 빛에 휩싸이며 서서히 하나가 되었다.

빛이 잦아든 후, 미래에서 본 것과 똑같은 모습을 지닌 미오가 이 자리에 군림했다.

"미, 오……."

시도가 망연자실한 목소리로 그 이름을 입에 담자, 미오는 부드러운 미소를 입가에 머금었다.

"응. 이 모습으로 만나는 건 오랜만이네. —아니, 신은 이미 이 모습의 나와 만났지? 좀 복잡한 상황이네."

그렇게 말한 미오는 뭔가를 눈치챈 것처럼 눈썹을 희미하게 꿈틀거렸다.

"아—."

그리고 시도 또한 눈치챘다. 미오의 등 뒤에 존재하는 영장의 일부— 열 개의 별 중 단 하나도 빛을 뿜고 있지 않은 것이다.

어렴풋한 기억이지만, 미래에서는 미오가 영장을 현현시켰을 때 이미 검은색 별 하나가 빛을 뿜고 있었다. 하지만 지금은 그렇지 않았다. 그 현상이 무엇을 의미하는지는 모르겠지만…… 미오의 표정을 보아하니, 뜻밖의 사태가 벌어진 것은 분명해 보였다.

"……쿠루미가 손을 쓴 걸까. 역시 내가 친애해 마지않는 친구야."

미오는 감탄한 듯한 어조로 그렇게 말한 후, 작게 한숨을 내쉬면서 고개를 들었다.

"……미오—."

시도가 미오의 이름을 입에 담은 순간— 또다시 맹렬한 두통이 엄습해 오는 바람에 그 자리에서 무너지듯 무릎을 꿇었다.

"신……?"

"크……, 으윽……!"

시야가 깜빡거렸다. 자신의 보고 있는 경치 안에, 잠재의식이 표층으로 드러난 것처럼 전혀 모르는 광경이 뒤섞이는 듯한 느낌이 들었다.

이것은 시도의 기억이 아니다. 신지의 기억 또한— 아니다. 소녀의 가녀린 팔. 슬픔. 절망. 통곡. 희미한 희망. 쓰다듬는다. 배. 분명, 네가—.

그런 단편적인 광경의 퍼즐이 머릿속을 뒤덮었다. 대체 자신에게 무슨 일이 일어난 것인지 짐작조차 되지 않았다.

하지만, 그런 단편적인 장면을 보고 있다 보니—.

"……이, 건—."

시도의 뇌리에 어떤 추측이, 그리고 어떤 가능성이 생겨났다.

◇

공중함 〈프락시너스〉의 함교를 지배하고 있는 것은 초조와 당황, 혹은 얼마 안 되는 비탄과 당혹이었다.

아까까지만 해도 성공했다고 여겨졌던 레이네의 봉인이 실패로 돌아갔을 뿐만 아니라—.

"DEM……!"

함교 하단부의 승무원이 경악에 찬 목소리로 그렇게 외쳤다.

그렇다. 시도와 레이네가 대치한 상황에서, 갑자기 DEM의 공중함대가 나타난 것이다.

"공간진 경보도 울리지 않고 습격하는 거야? 꽤나 과감한 짓을 벌이네."

코토리는 인상을 찡그리면서 화난 투로 그렇게 말했다.

DEM인더스트리. 정령을 죽이고 그 힘을 손에 넣는 것이 목적인 그들은 코토리가 속한 〈라타토스크〉와 불구대천의 원수지간이다.

하지만 DEM 측도 대규모 전투를 벌일 때는 가짜 공간진 경보를 울려서 관계없는 이들을 대피시킨다. 실제로 시도가 이야기했던 내일 전투에서도 그 수단을 사용했던 것이다.

하지만 오늘은 그러지 않았다. DEM이 미스를 범한 게 아니라면, 유추할 수 있는 이유는 두 가지뿐이다.

목격자와 희생자가 발생하는 위험을 감수하면서 이쪽의 허를 찌르고 싶었거나—.

목격자와 희생자가 발생하더라도, 세계를 뜯어고쳐 버린다면 아무런 문제도 없다고 판단한 것이다.

"쳇—."

코토리가 막대사탕을 깨물자, 사탕에 금이 갔다.

하지만 그녀가 화가 난 이유는 그것만이 아니었다.

—애초에 『이 습격』은 일어날 리가 없는 일인 것이다.

그 이유는 지극히 당연했다. 오늘은 아직, 2월 19일이다.

DEM이 결전의 날로 지정한 날짜는 2월 20일이다. 물론 적인 DEM의 발언을 순순히 믿지는 않지만, 미래를 보고 온 시도의 이야기에도 19일에 DEM이 계략을 펼쳤다는 이야기는 듣지 못했다.

물론 시도와 〈라타토스크〉가 원래 역사와는 다른 행동을 취한 이상, DEM이 같은 행동을 취할 거라고는 단정할 수 없다.

하지만, 이 습격은 지나치게 부자연스러웠다. 그렇다면—.

"……예상이 적중했으니, 조금은 기뻐해야 할까?"

코토리는 자조 섞인 어조로 그렇게 말하며 어깨를 으쓱한 후, 재미없다는 듯이 한숨을 내쉬었다.

그와 동시에 해석관 자리에 앉아 있던 니아 또한 인상을 찡그리며 턱을 매만졌다.

하지만 그것도 당연했다. ―원래 그것은 **그녀의 능력**이었으니 말이다.

"―역시…… 〈벨제붑〉으로 안 게 틀림없어."

니아는 복잡한 표정을 지으며 신음 섞인 어조로 그렇게 말했다.

그렇다. 〈벨제붑〉. 니아의 천사 〈섭고편질(囁告篇帙)(라지엘)〉이 반전한 형태이자, 웨스트코트에게 빼앗긴 『마왕』이다.

거대한 책 모양을 한 그 마왕을 이용하면, 이 세상에 존재하는 온갖 사상을 『알 수 있다』. 니아의 재밍에 의해 검색 정밀도가 저하되기는 했지만, 웨스트코트가 〈라타토스크〉의 움직임을 파악할 가능성은 제로가 아니었던 것이다.

"소년의 시간 역행을 알아채지 못하더라도, 우리의 대화를 훔쳐들으면 어떤 일이 벌어진 건지 감을 잡을 수 있을 거야. 조금이라도 불신을 품는다면, 굴비 엮듯 줄줄이 밝혀지겠지."

니아는 과장스럽게 어깨를 으쓱였다.

하지만, 그 위험성은 코토리와 니아, 그리고 시도 또한 파악하고 있었다.

그것을 알고 있음에도, 시도는 미래의 일을 털어놓은 것이다.

레이네를 공략하기 위해서는 정보의 공유와 치밀한 계획이 필수 불가결하며, 그런 정보를 〈벨제붑〉을 지닌 웨스트코트에게 들키지 않는 것 또한 불가능하다.

그렇다면 어느 쪽을 선택할 것인가― 그것은 의논할 필요도 없다.

레이네의 힘을 봉인하지 못한다면, 정령들은 살아남을 수 없는 것이다.

하지만 아무리 레이네보다 우선순위가 낮을지라도, DEM이 위협적이라는 사실에는 변함이 없다. 〈라타토스크〉를 아득히 뛰어넘는 물량과 병력을 지닌 그 조직은 현재, 총력을 다해 시도의 목숨을 노리고 있는 것이다.

"아무튼 빨리 시도를 회수해! 일단 태세를 정비하자!"

""""예……!""""

코토리의 지시에 승무원들은 한 목소리로 대답했다.

"……신?"

쿠루미의 안에서 나온 분신과 융합해 완전한 신체를 되찾은 미오가 미간을 약간 찌푸리면서 차분한 목소리로 시도를 불렀다.

전방에 있던 시도가 간헐적인 신음을 흘리면서 지면에 무릎을 꿇더니, 머리를 움켜쥐며 몸을 웅크렸다.

그 모습은 마치 번개를 두려워하는 어린애 같았지만, 시도가 미오나 DEM을 두려워해서 무릎을 꿇을 인간이 아니라는 사실은 미오 본인이 가장 잘 알고 있다. 물론 미오를 방심시키기 위해 꾀병을 부릴 인간이 아니라는 사실도 말이다.

하지만, 아니, 그렇기 때문에 이상했다.

"신, 대체 왜 그래—."

미오가 시도에게 다가가려고 한 순간, 그의 몸이 옅은 빛을 뿜기 시작했다.

불가사의한 현상— 하지만 미오는 이내 눈치챘다. 그것은 〈프락시너스〉가 공중함 밖의 물질을 함 내로 전송시킬 때 발생하는 빛이다. 아마 코토리가 시도를 회수하려고 하는 것이리라.

"……."

마음만 먹으면 전송을 막을 수 있지만, 미오는 그러지 않았다.

애초부터 시도를 일단 안전한 곳으로 옮길 생각이었으며, 코토리와 마리아라면 시도의 증상을 파악해서 적절한 처치를 해줄 거라고 판단한 것이다.

시도의 몸이 빛에 감싸이더니, 순식간에 이 자리에서 사라졌다.

미오는 그 모습을 지켜본 후, 천천히 숨을 내쉬었다.

"—풍취를 모르는 위저드와 기계인형 따위가 이 풍경을 망가뜨리게 둘 수는 없지."

듣는 이의 가슴을 서늘하게 만들 듯한 목소리로 그렇게 말한 미오는 다시 하늘을 올려다보았다.

"……기다려, 신. 금방 끝내고 만나러 갈게."

그리고, 미오는 그 말을 남기고 공중을 박찼다. 미오의 몸이 찬란한 빛의 궤적을 그리며 DEM의 함대를 향해 날아갔다.

◇

하늘을 뒤덮은 DEM 공중함 중 한 척의 함교에서는 웨스트코트가 스피커를 통해 다른 함의 보고를 듣고 있었다.

최전선 한가운데에 있음에도 그의 표정에서는 긴장이나 초조 같은 감정을 찾아볼 수 없었다. 입가는 미소의 형태로 일그러져 있었으며, 손가락 끝은 때때로 검은색 정장의 표면을 리드미컬하게 두드렸다. 마치 휴일 오후에 좋아하는 곡을 들으며 휴식을 취하고 있는 것만 같았다.

『—〈갈드라보그〉, 전투 준비 완료. 언제든 시작할 수 있습니다.』

『〈오노리우스〉, 마찬가지입니다.』

『〈아르만달〉도 준비를 마쳤습니다.』

웨스트코트는 보고를 전부 들은 후, 힘차게 고개를 끄덕였다.

"—좋아. 각함, 행동을 개시하도록."

『라저!』

각함의 함장이 일제히 대답했다. 스피커 너머로도 느껴지는 열의가 커다란 음파가 되어 주위를 뒤흔들었다.

"—아이크. 정말 괜찮겠습니까?"

그때, 웨스트코트의 곁에 있던 엘렌이 그를 힐끔 쳐다보았다. 그러자 웨스트코트는 망설임 없이 「그래」 하고 고개를 끄덕였다.

"물론이야. 전부 예정대로지."

"……."

웨스트코트의 대답에 엘렌은 한순간 침묵했다. 그러나 곧 작게 한숨을 내쉬면서 대답했다.

"그런가요. 그렇다면…… 알겠습니다."

"음. 불안을 느낄 필요는 없어. 우리의 숙원은 곧 이뤄질 테니까 말이지."

웨스트코트는 연극을 하는 투로 그렇게 말하며 두 손을 펼치더니, 전방에 있는 모니터를 쳐다보았다.

모니터에는 해안에서 몸을 웅크리고 있는 이츠카 시도, 그리고 시원의 정령 〈데우스〉가 비치고 있었다.

주위에 펼쳐진 것은 광대한 바다와 숲, 그리고 드문드문 존재하는 숙박시설과 점포, 민가뿐이다. 적과 아군 사이를 차단하고 있는 건 존재하지 않았다. 〈라타토스크〉는 텐구 시내 건조물에 공중함을 상대하기 위한 대공병기를 설치해둔 것 같지만, 이 해안에도 그런 병기를 두지는 않았을 것이다.

"—흐음?"

웨스트코트의 눈썹이 희미하게 흔들렸다. 화면 안의 시도가 옅은 빛에 휩싸이나 싶더니, 다음 순간 그 모습이 사라진 것이다.

아마 〈프락시너스〉로 전송된 것이리라. 〈데우스〉와 DEM이 출현했으니, 일단 태세를 정비하기 위해 시도를 회수한 것 같았다.

하지만 그들이 이런 행동을 취할 것은 이미 예상하고 있었다. 웨스트코트는 차분한 어조로 — 한편으로 즐거운 듯이 —

말했다.

"모처럼 무대가 갖춰졌는데, 도망쳐버리면 곤란하지. —〈밴더스내치〉 부대, 오퍼레이션 β다. 작전대로 행동하도록."

""""—예.""""

웨스트코트가 지시를 내리자, 스피커 너머에서 차분한 대답이 들려왔다.

◇

"으…… 큭, 아……."

"—시도!"

시도가 머리를 감싸 쥔 채 바닥에 쓰러지자, 위쪽에서 느닷없이 시도를 부르는 목소리가 들려왔다.

"으, 으……?"

시도는 고통을 참으며 겨우 고개를 들었다. 그러자 걱정스러운 표정을 짓고 있는 토카의 모습이 눈에 들어왔다.

아니, 토카만이 아니다. 오리가미, 코토리, 요시노, 카구야, 유즈루, 미쿠, 나츠미, 니아, 무쿠로— 〈라타토스크〉가 보호한 모든 정령들이 이 자리에 있었다.

한순간 그녀들이 자신을 구해줬다고 생각했지만— 그렇지 않았다. 이 자리에는 미오가 없었으며, 시도 또한 어느새 〈프락시너스〉의 함교에 와 있었다. 아무래도 전송장치로 시도를 회수한 것 같았다.

강렬한 두통이 점점 잦아들었다. 시도는 이마에 맺힌 땀을 닦은 후, 토카의 손을 잡고 천천히 몸을 일으켰다.

"토, 카…… 다들……."

"음, 괜찮으냐? 미오에게 무슨 짓을 당한 것이냐……?"

"아냐. 이건……."

시도가 말을 이으려던 순간, 상공을 비추고 있던 함교 전방의 메인 모니터가 엄청난 빛을 뿜었다.

"아—."

하늘에 생겨난 거대한 구체가 빛의 입자를 주위에 흩뿌리고 있었다.

시도는 그 광경이 눈에 익었다. —〈만상성당(万象聖堂)〉(아인 소프 오르). 빛의 입자에 닿은 모든 것의 목숨을 앗아가는 죽음의 천사. 그 압도적인 파괴력에 의해, DEM 함대의 거대한 실루엣이 차례차례 와해됐다.

저 광경에는 전투나 전쟁이라는 표현이 어울리지 않았다. 저것은 일방적인 학살. 감동 없는 소탕. 개미 떼와 그것을 짓밟고 있는 어린아이가 차라리 전력 차이는 덜할지도 모른다.

"……윽!"

『이야~ 이야기는 들었지만, 엄청나네~. 요시농도 깜짝 놀랐어.』

"동의. 정면승부를 펼쳐선 승산이 없을 거예요."

"……그래. DEM이 미오의 주의를 끌고 있는 틈에 퇴각해야 해. 안 그랬다간 큰일 날 거야."

다들 경악에 찬 표정을 지으며 그렇게 말했다.

하지만, 시도가 쉰 목소리로 입을 열었다.

"안……, 돼……."

"음?"

"나리, 그게 무슨 소리인게냐?"

시도의 말에 정령들은 영문을 모르겠다는 듯이 눈을 동그랗게 떴다.

시도는 고통이 가실 때까지 기다린 후, 정령들의 얼굴을 둘러보았다.

"……안 돼. 나는 아직…… 도망칠 수 없어. 아직, 아무것도 끝나지 않았단 말이야."

그렇다. —안 된다.

만약 시도의 추측이 옳다면— 그는 아직 도망칠 수 없다.

하지만, 정령들은 시도의 말이 뜻밖이었던 것 같았다. 그녀들이 당혹스러운 반응을 보이는 가운데, 코토리의 목소리가 시도의 고막을 뒤흔들었다.

"무슨 소리를 하는 거야, 시도! 작전이 실패한 건 누가 봐도 명백하잖아! 네 심정은 이해하지만, 고집을 부린다고 상황이 호전되지는 않아!"

"고집을 부리는 게 아냐. 하지만…… 이대로 물러날 수는 없어—."

바로 그때였다.

시도가 그렇게 말한 순간, 삣삣삣삣 하고 알람 소리 같은 것이 함교에 울려퍼졌다.

"이 소리는 뭐야? 심각한 상황이니까 핸드폰 좀 꺼주면 안 돼? 로봇 아가씨?"

『만화가 답지 않게 네이밍 센스가 참 별로군요, 니아. —아, 상시 만취자(풀타임 드렁커)를 신경 쓸 때가 아니군요. 코토리, 누군가가 이쪽으로 통신을 시도하고 있어요. 어떻게 할까요?』

니아와 마리아는 인사를 나누듯 자연스러운 어조로 가볍게 말다툼을 하면서 그렇게 말했다. 옆에서 마리아의 말을 들은 코토리가 미간을 살짝 찌푸렸다.

"통신……? 좋아. 연결해."

『예.』

마리아가 그렇게 말한 후, 메인 모니터가 치직거리더니 곧 어떤 영상을 표시했다.

통신 상대의 얼굴이 비치는가 했더니— 그렇지 않았다. 감시 카메라나 몰래 카메라로 찍은 영상 같았다. 여러 사람들이 비치고 있지만, 다들 카메라의 존재를 눈치채지 못한 것 같았다.

게다가 하나가 아니었다. 화면이 여러 개로 분할되더니, 여러 곳을 비추는 영상이 메인 모니터에 표시됐다.

그것을 본 코토리는 미심쩍다는 듯이 눈썹을 찌푸렸다.

"타이밍을 봤을 때 DEM에서 보내온 통신일 거라고 생각했는데 말이야. 이건 대체……?"

"……음?!"

코토리가 의아하다는 듯이 고개를 갸웃거리고 있을 때, 토카가 뭔가를 눈치챈 것처럼 낮은 비명을 질렀다.

"토카, 왜 그래?"

"화면을 잘 봐라! 아이, 마이, 미이가 있다!"

"……어?"

시도는 그 말을 듣고 고개를 들었다. 확실히 토카가 가리킨 화면에는 시도의 클래스메이트인 야마부키 아이, 하자쿠라 마이, 후지바카마 미이가 있었다. 보충수업 중인지, 아니면 실행위원 같은 것을 맡은 건지는 모르겠지만 휴일인데도 학교에 와 있었다. 유심히 보니, 그녀들의 뒤편에는 토노마치와 타마 선생님도 있었다.

아니, 그들뿐만이 아니었다. 토카의 뒤를 잇듯, 이번에는 오리가미의 눈썹이 흔들렸다.

"—대장, 미케, 그리고 밀리?"

시도의 클래스메이트들이 나온 화면의 옆에는 AST의 대장인 쿠사카베 료코와 오리가미의 예전 동료들이 화면에 비춰지고 있었다.

"어, 히요리 양……?"

"……아! 카논 양—."

"어……?! 저 녀석, 뭐하고 있는 거야……?"

정령들이 차례차례 그렇게 외쳤다. 다른 화면에는 미쿠의 아이돌 동료인 아사쿠라 히요리, 그리고 요시노와 나츠미가 체험 입학을 했을 때에 생긴 친구인 아야노코지 카논, 그 외에도 카구야와 유즈루의 친구들이 화면에 나왔다.

그렇다. 분할된 화면에는 정령들의 친구와 지인들이 나오고 있었다.

“뭐가 어떻게 된 거야…….”

시도와 정령들은 이 영상의 의도를 몰라서 미간을 찌푸렸다.

하지만 다음 순간, 영상에 변화가 발생하면서 알게 됐다.

—적의 노림수를, 그 악랄하기 그지없는 계략을…….

아이, 마이, 미이 일행이 있는 교실의 창문이 깨지더니, 그 곳을 통해 〈밴더스내치〉 여러 대가 무기질적인 카메라 눈동자를 작동시키며 나타난 것이다.

『꺄아아아아앗?!』

『무, 무슨 일이야?!』

『하, 학교에 테러리스트라도 나타난 거야?!』

아이, 마이, 미이가 지른 새된 비명이 스피커를 통해 함교에 울려퍼졌다.

그 뒤를 잇듯, 다른 화면에도 같은 일이 발생했다.

『아니……, 이, 이 녀석은 DEM의……?! 뭐가 어떻게 된 거야?!』

『대, 대장님! 긴급 장착 디바이스는—?!』

『유감스럽게도 보관고 안에 있어……!』

『꺄아앗?! 대, 대체 무슨 일이에요…… 몰래카메라?!』

『잠깐……! 하, 하늘에서 갑자기 로봇이 내려왔네?!』

『카논 양이 또 주목을 받고 싶어서 그런 농담을…… 어, 우와, 진짜잖아요?! 카논 양도 때로는 진담을 말하는군요.』

『그런 걸로 감동하고 있을 때가 아니거든?! 도망치자!』

학교, 자위대 주둔지, 라이브 행사장, 저녁노을로 물든 길거리.

공간진 경보가 울리지 않은 마을 곳곳에서 기계 괴물이 모습을 드러냈다.

"아니—?!"

그것은 원래라면 일어날 수 없는 광경이었다. 정령이라는 존재가 은닉되고 있듯, 〈밴더스내치〉를 작동시키는 리얼라이저 또한 일반에는 공개되지 않은 기술인 것이다.

그것을 이렇게 일반인들 앞에 드러냈을 뿐만 아니라, 일반 시민에게 해를 끼치려고 한 것이다. 제정신으로 할 짓이 아니다. 아무리 DEM인더스트리가 거대한 권력을 지녔더라도, 이런 사태까지 수습할 수 있을 리가 없는 것이다.

아니— 어쩌면 수습할 필요 자체가 없다고 여기는 것일지도 모른다. 그 가능성에 생각이 미친 시도는 심장이 옥죄어드는 듯한 착각이 들었다.

『—흠. 〈라타토스크〉의 제군, 듣고 있나?』

시도 일행이 경악을 금치 못하고 있을 때, 스피커에서 비명이나 파괴음 이외의 음성이 흘러나왔다.

지극히 차분할 뿐만 아니라, 왠지 즐거워 보이며, 또한 듣는 이의 신경을 곤두서게 만드는 남자의 목소리였다. 틀림없다. DEM사 상무이사(매니징 디렉터), 아이작 웨스트코트였다. 시도는 으르렁거리는 듯한 목소리로 그 이름을 외쳤다.

"웨스트코트……!"

『그래, 나야. 어때? 즐기고 있나?』

“헛소리 하지 마! 저 사람들은 이 일과 상관없잖아! 대체 목적이 뭐야……!”

시도가 증오에 찬 목소리로 그렇게 외치자, 웨스트코트는 태연한 어조로 대꾸했다.

『목적? 글쎄, 뭐, 나로서는 어느 쪽으로 굴러가든 딱히 상관이 없거든.』

“뭐라고……?”

시도가 당혹스러워하는 가운데, 웨스트코트는 말을 이었다.

『가장 이상적인 건 그녀들이 인질로 기능해주는 걸까. 그럼 나는 악랄한 유괴범답게 이렇게 선언하지. 그녀들의 목숨이 아깝다면, 이츠카 시도가 지닌 세피라를 전부 내놔라, 라고 말이야.』

“크……!”

웨스트코트의 말에 시도는 어금니를 깨물며 인상을 찡그렸다.

그러자 코토리가 진정하라는 것처럼 시도의 어깨에 손을 얹었다.

“—미안하지만, 그건 우리를 너무 물로 보는 거 아닐까? 이해득실 정도는 따질 줄 알거든? 너한테 세피라를 넘겨줬다간, 네가 이 세계를 통째로 뜯어고칠지도 몰라. 우리가 정령들을 지켜냈다는 사실조차 고쳐지고 말 거잖아. —한때의 감정 때문에 그런 어리석은 짓을 저지를 수는 없어.”

코토리는 가라앉은 목소리로 그렇게 말했다. 하지만 그런 그녀의 볼을 타고 식은땀이 흘러내리고 있었으며, 미간은 한껏 구겨져 있었다. 이것이 음성통화라 다행일지도 모른다.

당연했다. 코토리가 비정하기 때문에 이런 소리를 하는 게 아니라는 사실은 쉬이 상상이 됐다. 마음 같아서는 웨스트코트를 비겁자라며 비난하고 싶으리라.

하지만 그런 행동은 적에게 자신의 약점을 드러내는 짓이나 다름없었다. 그래서 코토리는 냉정하고 냉혹한 사령관을 연기해야만 하는 것이다. —그런 협박은 무의미하다는 듯이 말이다.

웨스트코트는 코토리의 말을 듣고 「흠」 하고 딱히 놀라지도 않은 투로 말을 이었다.

『뭐, 그럼 어쩔 수 없지. 나는 무자비한 독재자처럼, 그녀들을 가능한 한 잔인하게 죽이라고 명령할 뿐이다. 친구들이 죽는 광경을 보고, 정령이 한 명이라도 반전해주면 이득이니까 말이야.』

"……큭!"

시도는 무심코 숨을 삼켰다. 차가운 무언가가 위에 퍼져나가는 느낌이 들었다.

그는 정령들이 죽는 미래를 바꾸기 위해 【바브】로 시간을 건너 과거로 왔다. 하지만 지금, 시도의 그런 행동 때문에 원래라면 무사해야 할 지인들의 목숨이 위험해진 것이다.

코토리의 반응도 별반 다르지 않았지만, 시도의 자랑스러운 여동생은 철저하게 사령관으로서의 본분을 다했다. 목소리만은 떨리지 않도록 주의하고 있는지, 차분한 어조로 웨스트코트를 향해 이렇게 대꾸했다.

"……어머, 무서워라. 그럼 지금 바로 영상을 차단해야겠네. 일부러 알려주다니, 참 친절한 적도 다 있는걸."

『흠, 이거 실수했는걸. 그래도 됐어. 설령 정령들이 반전하지 않더라도— 나는 충분히 즐길 수 있을 테니까 말이야.』

"이 자식……!"

웨스트코트가 그런 비정상적인 소리를 늘어놓자, 시도는 뱃속에서 소용돌이치고 있는 증오를 절규로 변환해 입 밖으로 토했다.

웨스트코트와 대면했을 때 봤던, 녹이 슨 듯한 두 눈동자가 생각났다. 인간을 인간으로 보지 않는, 무기질적인 눈이었다.

—웨스트코트라면, **하고도 남는다**. 그런 저주에 가까운 확신이 느껴졌다. 방금 그가 한 말은 협박이나 허세가 아닌 것이다.

『—자, 그럼 답을 맞춰보도록 할까. 표시된 영상 중 몇 개를 피로 물들여보지. 그 후, 다시 한 번 감상을 물어보도록 할까.』

"윽! 안 돼—."

시도는 제지하려 했지만, 웨스트코트는 〈밴더스내치〉에게 지시를 내리듯 손가락을 튕겼다.

◇

만화 같은 것을 보면, 뜻밖의 사태에 직면한 캐릭터가 그걸 꿈이라 의심하며 볼을 꼬집어보는 장면이 나온다. 꿈속에서는 고통을 느끼지 않으니까…… 같은 이유로 말이다.

야마부키 아이는 그런 장면을 볼 때마다 「거짓말~, 아무도 그런 짓 안 해~」 하고 웃었다. 그것은 어디까지나 만화적 표현이다. 캐릭터가 망연자실한 상태가 되었다는 것을 단적으로 표현하기 위한 동작이 틀림없다고 여긴 것이다.

하지만 이제는 생각을 바꿀 필요가 있을 것 같았다.

느닷없이 학교의 창문을 부수며 나타난 정체불명의 로봇 군단을 본 순간, 자신의 볼을 꼬집어봤기 때문이다.

"어, 어어…… 저게 뭐지……?"

오른손으로 볼을 꼬집은 바람에 웃긴 표정이 된 아이가 망연자실한 어조로 그렇게 중얼거렸다.

참고로 꽤 세게 꼬집었는데도 불구하고 통증은 거의 느껴지지 않았다. 지금 꿈을 꾸고 있는 게 아니라는 것은 명백하지만, 뜻밖의 사태가 벌어진 바람에 뇌가 도파민이나 엔도르핀이나 베타카로틴 같은 것을 분비하고 있는 걸지도 모른다.

로봇은 총 다섯 대였다. 아니, 그것은 어디까지나 교실 안에 들어온 숫자만이며, 창밖에도 여러 대가 떠 있었다. 인간보다 큰 체구와 두꺼운 팔, 그리고 날카로운 손톱을 지닌 그 로봇은 전투나 제압, 혹은 학살 같은 게 특기일 것처럼 생겼다.

지금 교실에는 아이와 아이의 친구인 하자쿠라 마이, 후지바카마 미이, 담임인 오카미네 타마에 선생님, 그리고 클래스메이트인 토노마치 히로토, 이렇게 다섯 명만 있었다. 적어도 정체불명의 전투 로봇(?)에게 맞서 싸울 법한 멤버는 보이지 않았다.

"야, 야마부키 양, 하자쿠라 양, 후지바카마 양……! 그리고 토노마치 군! 위험해요! 도망치세요오오오!"

오카미네 타마에 선생님, 통칭 타마 선생님이 조그마한 몸을 부들부들 떨면서 그렇게 외쳤다.

하지만 로봇들은 그들을 포위하더니, 복도로 이어지는 문도 막아섰다. 도망치려고 한다면, 서슴없이 달려들 것만 같았다.

"이, 이 로봇은 뭐야?! 디자인만 봐도 정의의 히어로는 아닌 것 같지?! 악의 군단 소속 맞지?!"

"설마 인류와 로봇이 전쟁을 벌이는 미래에서, 훗날 인류의 지도자가 될 인물을 죽이기 위해 온 녀석들이야?! 나, 진짜로 그런 위대한 인물이 되는 거야?!"

"히이이익! 살려줘어어어! 죽기 전에 딱 한 번만이라도 여자애의 허벅지 사이에 얼굴을 파묻어보고 싶다고오오오!"

마이와 미이, 그리고 토노마치가 아이의 오른손과 왼손, 그리고 허벅지를 움켜잡으며 비명에 가까운 어조로 그렇게 외쳤다. 참고로 아이는 일단 토노마치를 걷어찼다.

그 순간, 그들을 살펴보고 있던 전방의 로봇이 지령을 받은 것처럼 움직이기 시작했다. 느릿느릿한 발걸음으로 그들을 향해 다가가기 시작한 것이다.

"앗……!"

"어……!"

"익……!"

아이, 마이, 미이는 새된 비명을 질렀다.

하지만 그녀들이 할 수 있는 건 비명을 지르는 것뿐이었다. 공포 때문인지 몸이 꼼짝도 하지 않았다. 설령 움직일 수 있더라도, 어떻게 이 상황에서 도망치면 될지 짐작조차 되지 않았다.

그 사이, 로봇이 아이의 코앞까지 다가왔다. 무기질적인 외형을 지닌 로봇의 쉴 새 없이 움직이던 카메라 눈동자가 아이를 향하더니, 거대한 나이프를 다발로 만든 것처럼 생긴 손톱을 휘둘렀다.

"아—."

아이의 목에서 망연자실한 목소리가 흘러나왔다. 한순간을 길게 늘린 것처럼 사고속도가 빨라졌다. 주마등이라는 것은 진짜로 존재한다는 걸 안 아이는 기묘한 느낌을 받았다. 지금까지 살아오면서 만든 여러 가지 추억이 머릿속에 떠오르는 느낌이 들었다.

—아아, 나는 진짜로 죽는구나. 오늘까지 평범하게 살아왔는데, 느닷없이 나타난 로봇에게 살해당하는구나. 저딴 로봇은 대체 어디서 튀어나온 건데? 진짜 영문을 모르겠네. 사람의 앞날은 모르는 거라지만, 그래도 이건 너무하잖아. 우와, 말도 안 돼. 진짜로 말도 안 되잖아. 하아, 이럴 줄 알았으면 키시와다 군에게 고백이라도 할 걸 그랬어—.

극한까지 빨라진 아이의 사고회로를 갈가리 찢으려는 것처럼, 날카로운 손톱이 휘둘러졌다.

육상자위대 텐구 주둔지. 그곳은 자위대원들이 생활하며 임무를 수행하는, 일본의 방위거점 중 하나다.

그런 만큼 재해와 유사시에 대비해 다양한 부대가 주둔하고 있으며, 그 중에는 공간진— 정령 재해를 전문으로 담당하는 비밀부대인 대정령부대(AST) 또한 존재한다.

리얼라이저를 사용하는 특수 전투원인 위저드들로 구성된 이 부대는 국내에 존재하는 공적 무력집단 중에서도 최강이라 해도 과언이 아니다. 이곳을 습격할 바에야, 경찰청이나 국회 의사당을 습격하는 편이 차라리 성공률이 높을 것이다.

하지만— 현재, AST의 대장인 쿠사카베 료코의 눈앞에서는 말도 안 되는 사태가 벌어지고 있었다.

"아니……."

숙소 한편에 있는 휴게실에서 AST 대원인 오카미네 미키에, 그리고 메커닉인 밀드레드 F 후지무라와 이야기를 나누고 있을 때, 느닷없이 인간형 기계 여러 대가 나타난 것이다.

그 기계는 전에도 본 적이 있었다. DEM의 무인 병기 〈밴더스내치〉였다.

하지만 눈앞의 기계의 정체를 간파했는데도 불구하고, 료코는 지금 자신에게 무슨 일이 일어나고 있는 것인지 한순간 이해하지 못했다.

알력이 전혀 없는 것은 아니지만, DEM는 AST 측에 기술 제공을 해주고 있는 협력자 관계다. 그러니 그곳의 병기가 료코 일행을 습격한다는 것 자체가 말도 안 되는 것이다.

하지만 〈밴더스내치〉는 명백하게 료코 일행을 상대로 전투 태세를 취했다. 카메라 눈동자가 료코를 향하더니, 그대로 손톱을 휘둘렀다.

"칫—."

료코는 인상을 찡그리면서 그 공격을 피한 후, 휴대하고 있던 9밀리미터 권총을 뽑아들고 방아쇠를 당겼다.

하지만 임의영역(테리터리)를 전개한 〈밴더스내치〉에게 그런 무기가 통할 리가 없었다. 료코가 쏜 탄환은 〈밴더스내치〉의 보디에 닿기도 전에 정지되더니, 그대로 바닥에 떨어졌다.

〈밴더스내치〉들이 료코 일행을 포위한 채 서서히 접근했다.

"대, 대장님…… 이건 오리가미 씨가 했던 말과 연관이 있는 것 아닐까요……?!"

옆에 있던 미키에가 문득 생각난 투로 그렇게 말했다.

그렇다. 어제, 예전 동료인 토비이치 오리가미가 주둔지에 찾아와서 AST에게 영문 모를 경고를 했다. 료코가 미키에나 밀리와 같이 있는 것도 그 일에 대해 이야기하기 위해서였다.

오리가미의 말에 따르면, DEM은 정령의 힘을 손에 넣어 이용하려 하는 조직이라고 한다. 2월 20일에 DEM 측이 AST에 참전 요청을 할지도 모르며, 그런 요청을 받아도 거절하라— 라고 말한 것이다.

확실히 지금 상황은 그 일과 관계가 없지는 않을 것 같았다. 아니, 오리가미에게서 그 말을 들은 바람에 DEM이 자신들의 목숨을 노리게 됐을 가능성마저 있었다.

어느 쪽이 진실인지는 료코도 판단이 서지 않았으며, 상대방 또한 그럴 시간을 줄 생각이 없는 것 같았다.

"크……!"

료코는 〈밴더스내치〉가 활짝 펼친 손바닥에 맺힌 마력광을 보면서 어금니를 깨물었다.

"어……, 어……?!"

눈을 동그랗게 뜬 아사쿠라 히요리는 당황할 대로 당황한 채 주위를 둘러보았다.

자신의 라이브에서 노래를 부르고 있는 와중에, 백댄서 대신 처음 보는 기계 인형이 무대에 등장했기 때문이다.

"우오오오오오오오오오! 히요리따아아아아아아앙!"

"어, 뭐야? 테러? 큰일 난 거 아냐?"

"멍청아, 연출일 게 뻔하잖아."

"하지만 곡이 중단됐는걸?"

"우오오오오오오오오오오오오오오!"

관객 중 절반은 이 갑작스러운 사태 때문에 당황했고, 남은 절반은 이것이 라이브 연출일 거라고 생각하며 흥분했다. 하지만 히요리는 이런 연출에 대해 들은 바가 전혀 없었다.

가장 먼저 의심한 것은 몰래카메라다. 『라이브 도중에 백댄서가 전부 로봇이면 아사쿠라 히요리는 어떤 반응을 보일까?』 같은 것 말이다.

하지만 차분하게 생각해보니, 아무리 몰래카메라라고 해도 기획 의도를 전혀 알 수 없는 데다, 저 로봇들의 CG처럼 매끄러운 움직임이 히요리를 혼란스럽게 했다. ―인간이 안에 들어가는 것이 불가능한 실루엣인데, 최신 인간형 로봇은 이렇게 매끄럽게 움직일 수 있는 걸까?

그런 생각을 하고 있을 때, 로봇들이 양손에 달린 손톱을 반짝이며 히요리를 포위하기 시작했다.

"히익……!"

그 불길한 움직임을 보며 숨을 삼킨 히요리는 뒷걸음질을 쳤다. 하지만 그녀의 뒤편에서도 로봇이 다가오고 있었다.

"미, 미쿠 씨……!"

히요리는 반쯤 무의식적으로 눈을 감고, 아이돌 동료이자 동경하는 선배이기도 한 이자요이 미쿠의 이름을 불렀다.

하지만 그런다고 누군가가 도와주러 올 리가 없었다. 로봇들은 무기질적인 시선으로 히요리를 포착하더니, 그녀의 몸을 갈가리 찢으려는 듯이 손톱이 달린 손을 내밀었다.

하지만― 바로 그 순간이었다.

"오오오오오오오오오오오오—!"

교실에 날카로운 기합이 울려 퍼지더니, 아이의 눈앞에 있던 로봇이 완벽하게 두 동강이 났다.

"어……?"

갑작스러운 사태에 아이는 무심코 눈을 동그랗게 떴다.

그때, 파지직 소리를 내면서 두 동강이 난 채 좌우로 쓰러진 로봇의 뒤편에서, 한 소녀가 모습을 드러냈다.

"어—."

그녀를 본 순간, 아이는 또다시 눈을 동그랗게 떴다.

아이가 그런 반응을 보이는 것도 당연했다. 그 상대는 다름 아닌—.

"—무사하느냐, 아이, 마이, 미이! 그리고 토노마치와 타마 선생님!"

옅은 빛을 뿜는 옷을 걸치고, 거대한 검을 손에 쥔 클래스메이트, 야토가미 토카였기 때문이다.

"하앗—."

가느다란 숨소리가 들린 순간, 그에 맞춰 반짝인 한 줄기 빛이 료코 일행을 향해 휘둘러진 〈밴더스내치〉의 팔을 쳐냈다.

"아니……?!"

료코는 무심코 숨을 들이마셨다. 그때 무언가를 눈치챈 미키에가 소리를 질렀다.

"오, 오리가미 씨?!"

그 외침에 료코는 미키에의 시선이 향하고 있는 곳을 쳐다보았다.

그러자, 그곳에는 백은색 CR-유닛 위에 순백색 베일을 두른 오리가미가 있었다.

"—예~. 히요리 양, 저를 불렀나요?"

"어……?"

머리 위편에서 들려오는 목소리에, 히요리는 눈을 크게 떴다.

그리고 자신을 포위하고 있던 로봇들이 일제히 쓰러져 있는 것을 알게 됐다.

고개를 들어 목소리가 들려온 방향을 쳐다보자, 그곳에는—.

"미, 미쿠 씨……!"

옅은 빛을 뿜고 있는 몽환적인 의상을 걸친 미쿠가 공중에 떠 있었다.

◇

"좋았어—!"

〈프락시너스〉의 함교에서 분투 중인 토카의 모습을 본 시도가 주먹을 말아 쥐며 그렇게 외쳤다.

그렇다. 분할된 화면 중 시도의 클래스메이트들이 비친 화면에 한정 영장을 걸친 토카가 나타나더니, 아이, 마이, 미이를 공격하려 하던 〈밴더스내치〉를 단칼에 두 동강낸 것이다.

아니, 토카만이 아니다. 방금까지 〈프락시너스〉의 함교에 있던 오리가미가, 미쿠가, 요시노가, 나츠미가, 카구야가, 유즈루가, 각자의 지인들의 곁으로 달려가서 토카와 마찬가지로 그들을 위기에서 구해냈다.

분할된 화면에서 영력의 빛이 반짝이더니, 〈밴더스내치〉들이 고철덩어리로 변했다. 인간에게 있어 위협적인 〈밴더스내치〉도 정령들의 상대는 되지 못하는 것이다.

물론, 지금 〈프락시너스〉가 떠 있는 곳은 텐구시의 상공이 아니라 신지와 미오의 추억이 어려 있는 해변 위였다. 아무리 정령들일지라도, 이렇게 순식간에 지인들의 곁으로 갈 수 있을 리가 없었다.

그런 일이 가능한 것은—.

"—음. 장거리 이동이라 불안했다만…… 어찌어찌 된 것 같구나."

미카엘
〈봉해주(封解主)〉를 지닌 무쿠로 뿐이었다.

열쇠의 천사 〈미카엘〉은 만물을 『잠그거나』— 혹은 『열 수 있다』.

그 권능은 굳게 잠긴 문이나 자물쇠에만 통하지 않는다. 사람의 마음과 기억처럼 형태가 없는 것, 그리고— 공간과 공간을 잇는 『구멍』에도 영향을 끼친다. 아마 〈미카엘〉로 열 수 없는 것은 이 세상에 존재하지 않으리라.

그렇다. 지인들이 위기에 처했다는 사실을 안 정령들은 무쿠로가 연 공간의 『구멍』을 통해 그들이 있는 곳으로 순간이동을 했다.

하지만 그것이 최선의 방법인지는 시도도 알 수 없었다.

그것 말고는 아이, 마이, 미이나 토노마치를 구할 방법이 없었다. 그러나 이 방법은 치명적인 위험부담을 동반했다.

단순한 이유다. 사람들 앞에 모습을 드러낸 〈밴더스내치〉를 해치운다는 것은—.

『토, 토카…… 맞지?』

『오리가미?! 너, 그 모습은—.』

『미쿠 씨가 여기에 어떻게……?! 아니, 그것보다 그건 무대의상……이 아니죠?』

『꺄아아아아아아아아! 미이이이쿠따아아아아아아아아아아앙!』

『어…… 어엇?! 요시노 양과, 나츠미 양?!』

『나의 맹우 카구야! 설마 드디어 칠흑의 아우라에 눈뜬 건가……?!』

『어, 유즈루 양? 왜 그렇게 엉큼한 옷을 입고 있는 거예요?』

각각의 화면에서는 정령들이 구하러 간 지인들의 당황 혹은 흥분이 어린 목소리가 흘러나왔다.

정령들은 친구들을 구하는 대가로, 자신들의 정체를 드러내야만 했던 것이다.

"……하아, 정말. 아무리 〈라타토스크〉라도 이런 일까지 은

폐할 수 있을까? 벌써부터 위가 아파오네.”

코토리는 갑작스런 상황에 술렁이는 화면 속 사람들을 보면서 이마를 짚었다.

그러나 곧 「하지만」 하고 중얼거리더니, 시선을 날카롭게 만들었다.

“—막아냈어, 아이작 웨스트코트.”

『흠.』

그러자 웨스트코트는 낮은 신음을 흘린 후, 말을 이었다.

『멋진 수완이군. 대단해. 하지만 내가 아까 말했을 텐데? **어느 쪽으로 굴러가든 딱히 상관없다**고 말이지. —비장의 카드는 항상 숨겨두는 법이니까 말이야.』

“……뭐?”

웨스트코트의 말에 코토리는 미심쩍다는 듯이 표정을 일그러뜨렸다.

그 순간, 마치 그 말을 기다렸다는 듯이 엄청난 폭발음이 울려 퍼지더니, 〈프락시너스〉의 함체가 크게 뒤흔들렸다.

“……읏?! 코토리!”

“큭……! DEM의 공격이야?! 마리아, 무슨 일이야?!”

『예. 그게—.』

코토리가 화난 듯한 말투로 그렇게 묻자, 마리아는 당혹스러운 목소리로 대답했다.

『〈프락시너스〉에 DEM 공중함이 돌격을 감행한 후, 그대로 테리터리를 동화시키며 찰싹 달라붙은 상태예요.』

"테리터리를…… 동화시켜?! 그런 게 가능해?!"

『이론상으로는 가능해요. 상대방의 테리터리 조성을 완전히 파악할 수 있는 해석력, 그리고 초고출력으로 전개된 테리터리가 있다면 말이에요.』

"……윽."

코토리는 마리아의 말을 듣고 숨을 삼켰다.

그때, 마치 이 순간을 기다렸다는 듯이, 자율형 카메라가 메인 모니터에 영상을 송출했다.

〈프락시너스〉를 물고 늘어지듯 몸을 밀착시킨, 유선형의 함체를 자랑하는 아름다운 공중함의 모습이 모니터에 표시됐다.

"〈게티아〉……!"

코토리는 화가 치밀어 오른 어조로 그 이름을 외쳤다.

시도는 그 이름을 전에 들어본 적이 있었다. 〈게티아〉. 엘렌 메이저스가 모는 전용함이자, 개조 전의 〈프락시너스〉를 격추시킨 공중함이었다.

〈프락시너스 엑스 케르시오르〉로서 부활한 후, 정령들의 힘을 빌려 설욕했다고 들었지만— 지금은 정령들 중 태반이 텐구시 각지에 흩어져 있는 상태였다.

"큭, 마리아, 떨쳐내—."

코토리가 마리아에게 지시를 내리려던 순간, 〈게티아〉의 해치가 열리면서 눈에 보이지 않는 속도로 튀어나온 『무언가』가 〈프락시너스〉의 함체에 달라붙었다.

다음 순간, 엄청난 폭발음이 들리더니 함교의 천장이 찢겨져 나갔다. 눈부신 마력의 빛이 칼날 형태로 응집된 고출력 레이저 블레이드가 번쩍이더니, 함교에 저녁노을이 스며들었다. 만약 공중함이 테리터리에 감싸여 있지 않았다면, 시도를 비롯한 승무원들은 기압 차로 인해 함체 밖으로 빨려나가고 말았으리라.

"아니―."

"말도 안 돼……?!"

한순간, 함교에 있는 이들 모두가 경악을 금치 못했다.

그리고 그 한순간은 그 위저드에게 있어 충분하고도 남는 빈틈이기도 했다.

"함 내부가 안전할 거라는 건 환상에 불과해요. ―적어도, 제 앞에서는 말이죠."

―엘렌 메이저스.

배의 외장을 파괴해 함교에 들어온 침입자의 모습을 인식한 순간, 그녀의 검은 이미 시도를 향해 뻗어나가고 있었다. 아마 1초도 채 흐르기 전에, 저 검은 시도의 심장에 박히고 말 것이다.

하지만―.

"―비장의 카드는 항상 숨겨두는 법이다. 인간 말종 사장님답지 않게 꽤 그럴 듯한 말도 늘어놓아버리는군요."

어딘가에서 그런 목소리가 들려온 순간, 시도를 향해 쇄도하던 마력 칼날이 튕겨져 나갔다.

"헉―."

다음 순간, 시도는 이해했다.

누군가가 자신을 구해줬다는 사실을 말이다.

"—마나!"

"예. —비장의 카드, 등장이에요."

그렇다. 그녀는 바로 시도의— 아니, 신지의 친동생인 타카미야 마나였다. 그녀가 몸에 두른 것은 늑대를 연상케 하는 CR-유닛 〈바나르간드〉였다. 아무래도 만일의 사태에 대비해 함 내에서 대기하고 있었던 모양이다.

"하앗—!"

마나는 기합을 내지르면서 테리터리를 단단하게 만들더니, 그대로 엘렌에게 태클을 날리듯 유닛의 스러스터를 가동시켰다. 함교가 눈부신 빛에 감싸이더니, 마나와 엘렌의 몸이 천장에 생긴 구멍을 통해 밖으로 빠져나갔다.

"마나……!"

아무리 마나라고 해도 혼자서 엘렌을 이길 수 있을 리가 없다. 시도는 주먹을 말아 쥐고, 온몸의 영력을 끌어올리면서 무릎을 굽혔다.

"시도! 무모해! 관둬—."

시도의 의도를 눈치챈 코토리가 말리려고 했지만, 그는 그 말을 끝까지 들어보지도 않고 그대로 함교 바닥을 힘껏 박찼다.

그리고 바람의 천사 〈라파엘〉의 힘을 몸에 두르고 천장에 생긴 구멍을 통해 함 밖으로 몸을 날렸다.

15000미터라는 아찔한 고도지만, 함을 감싸고 있는 테리터리 덕분인지 주위의 기온과 희박한 공기, 바람 같은 것은 딱히 신경쓰이지 않았다. 흰색과 보라색으로 칠해진 매끈한 〈프락시너스〉의 외벽에 착지한 시도는 마나와 엘렌을 찾기 위해 주위를 둘러보았다.

"—아!"

이 공간에는 시야를 차단하는 것이 전혀 없기에 그녀들을 금세 찾아낼 수 있었다.

문제는— 그곳에는 마나와 엘렌 이외의 다른 이도 있다는 점이었다.

"꺄하하하!"

"어머나, 남매가 사이좋게 함께 밖으로 나왔네~."

"우리도 끼워줄래~?"

긴장감이 느껴지지 않는 목소리로 그렇게 말하면서 〈프락시너스〉 밖에 떠 있는 소녀들이 깔깔거렸다.

"〈니벨코르〉!"

그 모습을 본 시도는 무심코 상대의 이름을 외쳤다.

그렇다. 그들은 바로 〈니벨코르〉— 마왕 〈벨제붑〉과 DEM의 기술로 만들어낸 유사 정령이었다.

그때, 그 웃음소리를 가르듯, 두 인물이 앞으로 나섰다.

한 사람은 엘렌과 마찬가지로 DEM의 위저드인 아르테미시아 애시크로프트.

그리고 칠흑빛 책을 한 손에 들고 있는 다른 한 사람은— DEM의 수장, 아이작 웨스트코트였다.

"웨스트코트……!"

그렇게 외친 시도의 얼굴에 전율이 흘렀다.

지금 이 자리에 DEM인더스트리의 최고 전력이라 할 수 있는 세 사람이 모여 있는 것이다. 그들 전원이 본대에서 벗어나 이런 곳에 나타날 거라고는 솔직히 전혀 예상하지 못했다.

머나먼 하늘에서는 미오가 DEM의 공중함을 해치우고 있었다. 그 광경을 본 시도는 이 상황을 이해했다. 미오가 출현할 것이라는 사실을 예견한 그들은 아니나 다를까 자신들의 대규모 함대를 미끼로 쓰고 있는 것이다.

그렇다. 시도의 몸에 잠든 영력을 빼앗아, 미오의 힘을 자기 것으로 만들기 위해서 말이다.

"여어, 이츠카 시도. 아니, 타카미야 신지라고 부르는 편이 나을까? 그리고 마나까지 여기 있군. ―훗, 정말 기묘한 조합이야. 마치 30년 전으로 돌아간 것 같은걸."

웨스트코트가 가벼운 어조로 그렇게 말을 건넸다. 하지만 그의 눈동자 깊은 곳에는 마치 금속처럼 차가운 빛이 어려 있었다.

"……그래, 동감이야. 너도, 엘렌도, 눈곱만큼도 발전하지 않았어. 30년이나 흘렀으면, 보통 조금은 성장해야 정상인데 말이야."

시도가 빈정거리듯 그렇게 말했지만, 웨스트코트는 옅은 미소만을 머금고 있었다. 마치 가면이라도 쓴 것 같았다. 희미하게나마 언짢은 표정을 지은 엘렌이 인간적으로 보일 정도였다.

"자, 마음 같아서는 옛날이야기라도 나누고 싶지만— 공교롭게도 시간이 없어서 말이지. 남매가 사이좋게 함께 마중을 나와 줬는데 이런 소리를 해서 미안하지만, 정령들이 돌아오기 전에 처리해주지."

웨스트코트의 말과 행동에 맞춰, 엘렌과 아르테미시아, 그리고 〈니벨코르〉가 시도와 마나를 포위했다.

"크—."

"칫……."

중과부적의 상황 속에서 시도와 마나는 서로 등을 맞대며 전투태세를 취했다.

마나는 전 세계에서 손꼽히는 위저드이며, 시도 또한 여러 정령의 세피라를 몸에 지녔다.

하지만, 그 점을 고려하더라도 상황은 매우 나빴다.

인류 최강인 엘렌 메이저스와 그녀 다음가는 힘을 지닌 위저드, 아르테미시아 애시크로프트. 그리고 마왕 〈벨제붑〉을 지닌 웨스트코트와 그의 권속인 유사 정령 〈니벨코르〉.

그들을 상대하기에는 수적으로 열세였다. 이대로는—.

바로 그때였다.

"『남매가 사이좋게』라면, 한 명 빠진 것 같지 않아?"

아래편에서 그런 목소리가 들려오더니, 함교에 생긴 구멍을 통해 체구가 조그마한 사람이 튀어나왔다.

"……윽?! 코토리?!"

그 모습을 본 시도는 무심코 그렇게 외쳤다.

그렇다. 그 사람은 바로 〈프락시너스〉 함장이자 시도의 여동생인 이츠카 코토리였다.

게다가 그녀의 복장은 아까와 달랐다. 군복과 기모노를 뒤섞고, 거기에 불꽃을 두른 듯한 붉은 영장을 걸치고 있었으며, 손에는 사람 키만 한 거대한 도끼를 쥐고 있었다.

"너, 그 모습은……!"

"뭘 그렇게 놀라는 거야? 무쿠로는 다른 애들이 돌아오기 위한 『구멍』을 유지해야 하고, 니아에게는 전투를 치를 힘이 남아 있지 않아. 그렇다면 내가 나설 수밖에 없잖아?"

"아무리 그래도……!"

시도가 반박을 하려고 하자, 코토리는 날카로운 시선으로 그를 노려보며 낮은 목소리로 입을 열었다.

"걱정하지 마. 잠시 동안은 파괴충동에 사로잡히지 않고 힘을 발휘할 수 있어. ―이런 비상상황에서 아무것도 하지 않고 가만히 있으라는 거야? 농담하지 마……!"

"코토리……."

"코토리 씨―."

코토리의 말을 들은 시도와 마나가 한순간 시선을 교환하더니, 누가 먼저랄 것 없이 동시에 고개를 끄덕였다.

그리고 시도는 검의 천사 〈오살공(鏖殺公)(산달폰)〉을 현현시켰고, 마나는 〈볼프테일〉을 치켜들었다.

"―간다, 아이작 웨스트코트. 너는 허를 찔렀다고 생각할지도 모르지만, 이게 최악의 타이밍이었다는 걸 똑똑히 알려주겠어."

"맞아요. 우리 남매의 힘을 보여주죠. ―그죠? 코토리 씨?"

"……아! 응!"

시도와 마나의 말에 코토리는 눈을 살짝 치켜뜨더니, 천사 〈작란섬귀(灼爛殲鬼)〉을 힘차게 고쳐쥐었다.

시도, 마나, 코토리.

시도를 통해 이어진 이 세 남매가 지금, 처음으로 전장에 나란히 섰다.

그 모습을 본 웨스트코트는 재미있다는 듯이 웃음을 터뜨리며 입을 열었다.

"―재미있군. 저항해봐라, 인간."

그 순간―.

"―큭!"

그 말을 신호 삼듯, 엘렌, 아르테미시아, 그리고 수많은 〈니벨코르〉가 일제히 그들을 덮쳤다.

◇

〈프락시너스〉보다 더 높은 상공에 떠 있던 자매함 〈울무스〉.

그 함교에서는 긴급사태가 발생했다는 것을 알리는 경보, 스피커 너머로 들리는 폭발음, 그리고 승무원들의 절규에 가까운 보고가 울려 퍼지고 있었다.

하지만 그것도 당연했다. 전방의 하늘에서는 영장과 천사를 현현시킨 시원의 정령 〈데우스〉와 DEM 함대가 전투를 펼치고 있으며, 그 틈을 노리듯 웨스트코트가 이끄는 별동대가 〈프락시너스〉를 습격한 것이다.

게다가 〈프락시너스〉의 주력인 정령들은 현재 대부분이 각지에 분산되어 있었다. 십여 분 전까지만 해도 평화롭기 그지없던 해안이 어느새 전투의 불길로 뒤덮였다.

"……."

함교의 중심에서 휠체어에 앉아 있던 〈라타토스크〉 라운즈 의장, 엘리엇 우드먼은 표정을 딱딱하게 굳힌 채 수염이 난 턱을 쓰다듬었다.

상황은 매우 불리했다. 〈프락시너스〉의 주위에서 전투를 펼치고 있는 시도, 코토리, 마나는 건투를 하고 있지만, 압도적인 수적 열세와 두 위저드의 힘에 밀리고 있었다. 게다가 언제 〈데우스〉가 이곳에 나타날지 모르는 상황인 것이다.

"……〈데우스〉— 미오, 인가."

우드먼은 흐릿한 시야로 메인 모니터에 비친 정령이 뿜는 찬란한 빛을 바라보았다.

시력이 약해진 우드먼의 눈으로도— 아니, 순정(純正)(메이거스) 마술사인 우드먼은 눈이 보이지 않을지라도 저 방대한 영력을 확연하게 느낄 수 있으리라.

—틀림없다. 그때 그 정령이다.

30년 전. 우드먼이 인류에게 복수하기 위해 웨스트코트, 엘렌, 카렌과 함께 불러냈으며— 마음을 빼앗기고 만 존재. 〈라타토스크 기관〉 탄생의 원인. 모든 인연의 시발점이자 원점.

〈프락시너스〉 승무원인 무라사메 레이네가 미오이며, 이츠카 시도는 그녀가 다시 조성한 타카미야 신지라는 보고를 받았을 때는 놀랐다. 하지만 우드먼은 마음 한편으로 납득이 되기도 했다.

정령을 향한 사랑. 정령을 지키는 기관의 발족. 영력을 봉인하는 힘을 지닌 소년의 발견— 전부 기적 같은 일이라 여겼지만, 어쩌면 미오는 우드먼의 존재와 행동마저 계산에 넣으면서 이 모든 일을 꾸민 것일지도 모른다.

"……이런, 이런, 무지막지한 악녀에게 반하고 말았군."

우드먼은 자조 섞인 어조로 그렇게 중얼거리더니, 다시 생각에 잠겼다.

코토리의 보고에 따르면, 시원의 정령 미오는 이츠카 시도를 타카미야 신지로 되돌리는 것이 목적이라고 한다. 그것을 위해 남은 세피라를 회수하고, 모든 정령을 죽일 생각인 것이다.

—과거에 사랑했던 정령, 그리고 자신이 지켜온 정령들. 그 둘이 적대하게 된다면, 자신은 대체 어느 편에 설 것인가—.

"……헉."

거기까지 생각이 미친 우드먼은 또다시 웃음을 흘렸다.

—뻔하다. **양쪽 다다**.

엘리엇 우드먼은 옛 동료들과 결별하면서까지 정령을 지키는 길을 선택했고, 〈라타토스크〉라는 조직을 만들었다.

그렇게 제멋대로인 남자가 순순히 둘 중에 하나를 고르는 선택지에 답할 리가 없다.

또한 적어도 이츠카 시도라면— 저 상냥한 소년이라면, 우드먼의 대답에 동의해 줄 것이라는 확신도 있었다.

"—그렇다면 그를 위해서라도, 우선 정령들을 지켜야겠지."

우드번은 차분히 답을 내린 후, 자신의 뒤편에서 대기하고 있는 여성에게 말을 건넸다.

"카렌. 〈보단〉을 준비해주게."

〈보단〉. 그것은 〈라타토스크〉가 지닌 기술의 결정체라고 일컬어지는 CR-유닛의 이름이었다.

신들의 왕의 이름을 지닌 황금색 갑옷. 메이거스이자 위저드인 우드먼조차도 리얼라이저를 통해 몸을 전성기의 상태로 되돌리지 않으면 사용할 수 없는, 초고출력 유닛이다.

그리고 그것을 사용한다는 것은— 우드먼에게 남겨진 생명의 불꽃을 전부 불태운다는 것과 같은 의미였다.

"……가는 거군요, 엘리엇."

안경을 쓴 여성— 카렌 메이저스는 담담하면서도 쓸쓸함이 묻어나는 어조로 그렇게 말했다. 우드먼은 가늘게 숨을 내쉰 후, 「미안하네」라고 중얼거렸다.

"아이크, 엘렌, 아르테미시아. 저 전황을 뒤집을 수 있을 정도의 힘을 지닌 사람은 〈라타토스크〉에 나뿐이지. 그렇다면— 갈 수밖에 없지 않겠나. 정령을 지키기 위해 동료마저 배신한 남자가 그 사명에 생명을 바치지 않는다면, 거짓말처럼 느껴지지 않겠나?"

우드먼의 말에 카렌은 잠시 동안 침묵에 잠긴 후 한숨 섞인 목소리로 말했다.

"고민되는군요. 심정적으로는 말리고 싶습니다만— 당신이 만약 이런 상황에서 자기 안위를 생각하는 남자라면, 저는 애초에 당신을 따라 이런 곳까지 오지는 않았겠죠."

"—훗."

카렌의 말을 들은 우드먼은 미소를 지은 후, 「가볼까」 하고 고개를 끄덕였다.

승무원들이 지켜보는 가운데, 카렌이 우드먼의 휠체어 잠금 장치를 풀었다.

하지만— 바로 그때였다.

"……앗?! 우, 우드먼 경, 기다려 주십시오! 이건…… 이 반응은……!"

함교 하단부에 있던 승무원들 중 한 명이 뭔가를 발견한 것처럼 새된 비명을 질렀다.

◇

"훗—."

"꺄하하하하하하하!"

"죽, 어어어어어어어엇!"

"크—!"

〈프락시너스〉는 순식간에 전장으로 변했다.

농밀한 마력으로 만들어진 엘렌과 아르테미시아의 레이저 블레이드가 번쩍이고, 수많은 종이가 다양한 형태로 변해서 날아다녔다. 〈산달폰〉이 그것들을 파괴했고, 〈빙결괴뢰(氷結傀儡)〉(자드키엘)가 그것들을 향해 냉기를 뿜었으며, 〈구풍기사(颶風騎士)〉(라파엘)가 돌풍을 일으켰다. 〈미카엘〉이 공간에 『구멍』을 만들자, 그것을 향해 발사된 〈절멸천사(絕滅天使)〉(메타트론)의 광선이 확산되면서 〈니벨코르〉들을 해치웠다.

마나는 〈바나르간드〉의 2대 장비인 〈볼프테일〉과 〈볼프팽〉으로, 코토리는 〈카마엘〉과 화염으로 적들을 해치웠다.

DEM이 보유한 최고의 전력과 시도 남매의 대결이 이곳을 농밀한 전장으로 변모시킨 것이다.

찰나의 방심이 죽음을 부르는 어지러운 공방전이 펼쳐지는 가운데, 여러 천사를 현현시킨 시도는 때로는 공격을 펼쳤고, 때로는 아군을 도왔으며, 때로는 〈니벨코르〉에게 사랑을 속삭이며 키스를 했다.

하지만— 싸움의 균형은 겨우 몇 분 만에 붕괴됐다.

죽음을 모르는 〈니벨코르〉가 압도적인 물량전을 펼쳤고, 엘렌이 〈니벨코르〉를 봉인할 수 있는 시도를 집중적으로 노리자, 방어에 급급할 수밖에 없게 된 것이다. 그런 상황에서, 코토리와 마나는 점점 밀리기 시작했다.

"크……!"

"꺄하하, 꽤 발악하네에에에에!"

"하지만 부질없는 짓이야! 이걸로—."

"끝이거드으은!"

시도가 엘렌의 공격을 겨우 받아낸 순간, 〈니벨코르〉가 던진 종이비행기 모양의 〈신식편질(神蝕篇帙) 엽(頁)〉(벨제붑 엘레드)가 사방에서 시도의 몸을 찢었다.

"커억……!"

날카로운 통증이 느껴지더니, 피가 시야를 가렸다. 시도의 몸에 깃든 〈카마엘〉이 상처를 치유하기 위해 불꽃으로 시도의 온몸을 뒤덮었지만, 〈니벨코르〉가 집중력이 흐트러진 시도를 제압했고, 엘렌이 레이저 블레이드를 그에게 겨눴다.

"시도!"

"오라버니……!"

코토리와 마나가 애타는 목소리로 오빠를 불렀다. 하지만 그녀들 또한 수많은 〈니벨코르〉에게 포위당한 탓에 꼼짝도 할 수 없는 상태였다.

그러는 사이, 웨스트코트가 과장스럽게 손을 들어올렸다. 그러자 엘렌은 고개를 끄덕인 후, 레이저 블레이드를 치켜들었다.

"―자, 끝입니다."

"크…… 이대로 끝낼 수는 없어……!"

시도가 신음 섞인 어조로 그렇게 외치더니, 구속에서 벗어나기 위해 손발에 힘을 줬다. 하지만 〈니벨코르〉의 힘이 강한 탓에 꼼짝도 할 수 없었다.

"겨우…… 겨우, 미오의 진짜 소망을 알았을지도 모르는

데……!"

그렇게— 시도가 절규를 내지르듯 외친 바로 그 순간이었다.

"—자, 시도 씨. 이번에야말로 빚을 제대로 갚겠어요."

어딘가에서 그런 목소리가 들려왔다.

그리고 다음 순간, 시도 일행이 있던 〈프락시너스〉의 외벽에 검은색 그림자가 드리워지더니 그 안에서 수많은 실루엣이 일제히 튀어나왔다.

붉은색과 검은색을 띤 영장. 좌우 불균형하게 묶은 머리카락. 그리고— 시계 모양을 한 왼쪽 눈.

그렇다. 이 자리에 나타난 수많은 『토키사키 쿠루미』가 〈니벨코르〉와 엘렌, 그리고 아르테미시아에게 달려들거나 그림자를 응집해서 만든 탄환을 쐈다.

"앗?!"

"어……?!"

"뭐, 뭐야아아앗?!"

엘렌과 아르테미시아, 그리고 〈니벨코르〉들에게 있어서도 뜻밖의 사태인지, 그들 또한 극도로 당황했다.

물론 엘렌과 아르테미시아는 경악에 찬 표정을 지으면서도 쿠루미들의 공격을 막아내거나, 피하거나, 혹은 그녀들의 몸을 칼로 벴지만— 허를 찔린 탓인지 잠시 동안 주의가 그쪽으로 쏠린 것 같았다.

그래서— 눈치채지 못한 것이다.

〈니벨코르〉들의 뒤편에서 지시를 내리고 있는 지휘자— 그 자의 뒤편에도 검은 그림자가 생겨났다는 사실을 말이다.

"—드디어 빈틈을 보였군요, 아이작 웨스트코트."

그 말을 듣고 눈썹이 희미하게 흔들린 웨스트코트가 뒤편을 돌아보았다.

하지만 그 순간, 이미— 쿠루미의 팔이 그의 가슴을 꿰뚫었다.

"——."

"아이크……!"

엘렌의 비명에 가까운 절규가 주위의 공기를 뒤흔들었다.

엄청난 양의 피가 뿜어지고 있는 웨스트코트의 가슴에서, 조그마한 결정 같은 것이 모습을 드러냈다.

—세피라. 웨스트코트가 니아에게서 빼앗았던, 정령이 지닌 힘의 근원이었다.

"우후후— 그럼 받아가겠어요."

쿠루미는 씨익 웃으며 그렇게 말한 후, 공중에 떠 있는 세피라를 거머쥐고 뒤편으로 도약했다.

그 순간—.

"컥……?!"

"아, 아, 아아아……!"

주위에 존재하던 〈니벨코르〉들이 갑자기 괴로워하기 시작하더니 버둥거리며 쓰러졌다. 그리고 각각 한 장의 종이로 변해 그대로 공기에 녹아들듯 사라졌다.

〈니벨코르〉는 원래 〈벨제붑〉의 힘에 의해 만들어진 유사 정령이다. 그 힘의 원천인 세피라를 숙주가 빼앗긴 탓에, 존재를 유지할 수 없는 것이리라.

그에 맞춰, 주위에 존재하던 쿠루미의 분신들이 웨스트코트를 향해 총을 들었다.

"키히."

"키히히히."

"키히히히히히힛!"

분신들은 광기에 찬 웃음을 흘리면서 일제히 방아쇠를 당겼다. 수많은 탄환이 웨스트코트를 향해 쏟아졌다.

"—아아아아아아아아아아아아아아앗!"

그에 엘렌이 고함을 지르며 자신의 주위에 있는 쿠루미의 분신을 해치우더니, 그대로 웨스트코트를 향해 맹렬히 돌진했다.

고함을 지르고 1초가 채 지나기도 전에 웨스트코트의 곁에 도착한 엘렌은 그의 몸을 테리터리로 감쌌다.

하지만 엘렌이 다가오기 전에 탄환 몇 발이 웨스트코트의 몸에 명중했는지 그의 오른쪽 어깨와 왼쪽 다리, 그리고 옆구리에서 선혈이 뿜어져 나왔다.

"큭……! 아이크, 괜찮나요?!"

테리터리로 웨스트코트의 몸을 지탱한 엘렌은 상처를 지혈하면서 상황을 확인하려는 듯이 눈동자만을 움직여 주위를 살폈다.

"—아르테미시아! 퇴각하죠!"

순식간에 생각을 마친 엘렌은 찰나에 가까운 짧은 시간에 판단을 내리고 그렇게 외쳤다. 아무리 인류 최강의 위저드인 엘렌일지라도, 〈벨제붑〉과 〈니벨코르〉를 잃은 데다 상처 입은 웨스트코트를 지키면서 싸우는 건 불리하다고 판단한 것이리라.

"—큭, 알았어!"

아르테미시아는 고개를 끄덕이고 쿠루미의 분신을 베어 넘기며 지면을 박찼다.

웨스트코트를 테리터리로 감싼 엘렌과 아르테미시아는 이 자리를 벗어나더니, 엄청난 속도로 하늘을 가르며 후퇴했다.

쿠루미의 분신이 그런 그들을 향해 총을 쏘기는 했지만, 그들을 추격하는 개체는 없었다.

쿠루미도 알고 있는 것이리라. 전력을 다해 도망치는 엘렌을 따라잡을 수는 없다는 것과— 설령 따라잡더라도 분신의 숫자만 줄어들 뿐이라는 점을 말이다.

"쿠루미……?!"

잠시 후, 시도는 그제야 소녀의 이름을 입에 담았다.

틀림없다. 그녀는 미오에게 살해당한 정령, 토키사키 쿠루미였다.

게다가 미래에서의 쿠루미처럼 분신 하나만 목숨을 부지한 것도 아니었다. 천사의 능력을 갖췄고, 수많은 분신을 거느린, 『진짜 쿠루미』인 것이다.

"예, 안녕하세요, 시도 씨. 그리고 반가워요, 코토리 양, 마나 양. 그런데 왜 그렇게 이상한 표정을 짓고 있는 거죠?"

쿠루미는 그렇게 말하며 웃음을 흘렸다. 분신들도 그런 쿠루미를 따라하자, 기묘한 웃음소리가 안개처럼 주위에 피어올랐다.

"아, 아니, 그게…… 너는 아까 죽었잖아……."

"어머, 어머. 미오 양에 관한 걸 저에게 알려준 사람은 바로 시도 씨잖아요? 설마 제가 아무런 방책도 준비하지 않고 미오 양의 앞에 나타났을 거라고 생각하시나요?"

쿠루미는 장난기 섞인 어조로 그렇게 말하더니, 단총을 자신의 관자놀이에 대는 듯한 동작을 취했다.

"—미오 양이 저의 세피라를 빼앗으며 몸 밖으로 나오려던 순간, 【헤트】로 생성한 분신에게 저의 기억과 세피라를 양도했답니다. —물론, 그러기 위해선 나름 준비가 필요하지만 말이에요."

"뭐……?"

쿠루미의 말에 시도는 눈을 동그랗게 떴다. 확실히 시도는 정보를 제공했으며, 쿠루미라면 살아남을 방법을 찾아낼 거라고 생각했지만— 설마 그런 행동이 가능할 줄이야.

"그렇다면…… 지금의 너는 분신의 몸에 진짜 쿠루미의 기억이 씐 상태……인 거야?"

시도의 물음에 쿠루미는 의미심장한 웃음을 흘렸다.

"뭐, 자세한 건 나중에 말씀드리겠어요. 그럴 기회가 생긴다면 말이에요. 그것보다, 지금은……."

눈을 가늘게 뜬 쿠루미는 웨스트코트에게서 빼앗은 세피라를 이리저리 뜯어보더니, 그것에 단총의 총구를 댔다.

"〈자프키엘〉—【네 번째 탄환(달렛)】."

그리고, 그렇게 말하며 【달렛】을 쐈다.

그러자 어둠의 빛깔을 띤 세피라가 옅은 빛을 머금기 시작했다.

그렇다. —반전한 세피라가 원래 상태로 되돌아간 것처럼 말이다.

"드디어, 드디어 손에 넣었군요."

쿠루미는 씨익 웃으며 세피라를 자신의 가슴에 댔다.

그러자 세피라는 한층 더 강한 빛을 뿜으며— 쿠루미의 가슴으로 빨려 들어갔다.

"아— 하아……."

쿠루미는 만족한 것처럼 미소를 짓더니, 쾌감을 느낀 것처럼 온몸을 부르르 떨었다.

"아아, 힘이 용솟음쳐요. 이게— 두 번째 세피라. 우후후, 지금이라면 뭐든 다 해낼 수 있을 것만 같군요."

"쿠루미……?! 너, 대체 뭘 어쩌려고—."

시도가 경악한 나머지 눈을 치켜뜨며 그렇게 외친 순간, 다른 누군가의 목소리가 들려왔다.

"시도!"

"시도 씨……!"

다음 순간, 〈프락시너스〉에 생긴 구멍을 통해 한정 영장을 걸친 정령들이 튀어나왔다. 아무래도 『구멍』 너머에서 〈밴더스내치〉들을 격파한 후, 이곳으로 돌아온 것 같았다.

"시도! 늦어서 미안하다—."

토카는 〈산달폰〉을 고쳐 쥐며 전투태세를 취했다가 이 자리에 있는 쿠루미를 보고 눈을 동그랗게 떴다.

다른 정령들도 무쿠로와 니아에게서 최소한의 설명을 듣기는 한 것 같지만, 쿠루미가 이 자리에 있다는 사실에 놀랐는지 다들 토카와 비슷한 반응을 보였다.

"쿠루미……?"

"어머머, 대체 어떻게 된 거죠~? DEM 사람들이 달링을 습격했다고 들었는데……."

미쿠가 주위를 두리번거리며 그렇게 말하자, 쿠루미는 웃음을 흘리며 그 말에 답했다.

"우후후, 죄송하지만 시도 씨를 구하는 역할은 제가 차지했답니다. 뭐—."

그리고 자조 섞인 어조로 말을 이으며 어깨를 으쓱였다.

"—아무래도, 더 성가신 분이 왕림하신 것 같지만 말이에요."

"뭐……?"

쿠루미의 말에 시도는 미간을 찌푸렸다.

하지만 다음 순간, 시도는 그 말의 의미를 이해했다. 아니, 반강제적으로 이해할 수밖에 없었다.

시도가 눈을 깜빡인 순간, 세계가 돌변했기 때문이다.

"아니—?!"

저녁노을에 물든 구름이 낀 하늘이 예리한 직선으로 구성된 흑백 공간으로 순식간에 변모했다.

마치 꿈속에 내동댕이쳐진 듯한— 아니, 아름다운 꿈에서 깨어나, 차가운 현실에 직면한 것만 같았다.

"……앗! 시도 씨!"

"이건……!"

정령들은 당황과 동요로 가득 찬 목소리로 그렇게 외쳤다.

시도 또한 그녀들과 같은 심정이었다. 느닷없이 벌어진 일에 순간 말문이 막히고 말았다.

하지만 시도와 정령들 사이에는 결정적인 차이점이 있었다. 시도는 이미 이 현상을 체험한 적이 있는 것이다.

"미오……!"

시도는 쥐어짜낸 듯한 목소리로 그 이름을 외쳤다.

그렇다. 이것은 미오가 지닌 제2의 천사가 발휘하는 권능이 틀림없었다.

"—미안해, 신."

시도의 말에 답하는 목소리가 공중에서 들려왔다. 고개를 들어서 올려다보니, 아까까지 아무것도 없던 허공에 어느새 미오가 나타났다.

아니, 그것만이 아니었다. 미오의 머리 위에는 중심에 있는 소녀를 감싸고 있는 꽃이, 그리고 등 뒤에는 나무줄기로 소녀를 품은 나무가 가지와 뿌리를 사방으로 펼친 형태로 떠 있었다.

만물의 목숨을 빼앗는 죽음의 천사, 〈아인 소프 오르〉.

그리고, 온갖 조리를 뜻대로 뒤바꾸는 법의 천사, 〈윤회낙원(아인 소프)〉.

그것들은 미오를 최강으로 만들어주는 두 날개이자, 차원이 다른 힘을 지닌 파멸의 사도들이었다.

"양동작전 따위에 걸려들다니, 나도 아직 멀었네. 그래도 신이 무사해서 다행이야. 그리고 고마워, 쿠루미. 네가 신을 지켜줬구나."

"……어머, 어머."

미오가 입에 담은 고맙다는 말에서 다른 뜻은 느껴지지 않았지만 — 아니, 느껴지지 않았기 때문에 — 쿠루미는 불쾌하다는 듯이 인상을 찡그렸다.

"시도!"

토카가 그렇게 외친 순간, 정령들은 시도를 지키려는 듯이 그의 주위를 둘러쌌다. 다들 미오에게서 한순간도 눈을 떼지 않으며 전투태세를 취했다.

"미오의 표적은 시도야. 우리가 시간을 벌 테니까, 그 틈에 도망쳐."

"일전의 이야기에 따르면, 오라버니의 친동생인 나는 죽이지 않는다면서요? 그럼 돌격대장 역할은 나한테 맡겨버려 주세요."

시도의 앞에 선 오리가미와 마나가 미오에게서 눈을 떼지 않은 채 그렇게 말했다.

"……."

하지만 시도는 주먹을 말아 쥐더니, 그녀들의 어깨에 손을 얹으며 앞으로 나아갔다.

"시도?!"

"제지. 뭐하는 거죠? 위험해요."

정령들은 시도를 말리려 했다. 하지만 시도는 개의치 않으며 계속 걸음을 옮겼다.

이 공간에 사로잡힌 이상 도망치는 게 불가능하다는 사실은 체험을 통해 알고 있는 데다— 무엇보다, **미오를 구하기 위해서라도** 도망칠 수는 없는 것이다.

그렇다. 시도는 드디어 깨달았다.

레이네와 키스를 나눈 후부터 간헐적으로 두통이 발생한 이유를…….

그때 단편적으로 머릿속에 떠오른 기억의 정체를…….

—그리고, 그것이 가리키는 진실을 말이다.

"……미오."

"—신."

시도가 이름을 부르자, 미오는 어쩐지 기뻐하는 어조로 그렇게 대답했다.

그런 그녀의 몸짓을, 표정을 본 시도는 심장이 옥죄어드는 듯한 느낌을 받았다.

하지만 그 아픔을 억누르며 말을 이었다.

"……드디어, 깨달았어. 이 기억은— 미오, 네 것이었구나."

시도는 관자놀이를 손가락으로 매만지며 미오의 눈을 응시했다.

확실히, 레이네의 공략은 실패로 끝났다. 키스를 통해 파이프가 만들어지기는 했지만, 영력을 봉인하지는 못했다. 게다가 이어진 파이프를 통해, 그녀는 시도가 지닌 미래의 기억까지 알게 됐다. 그야말로 최악의 결과라 해도 과언이 아니다.

하지만, 그것은 또 하나의 사실을 가리키고 있다고도 할 수 있다.

파이프를 통해 시도의 기억이 레이네에게 공유되었듯, 레이네— 미오의 기억 또한 시도에게 공유된 것이다.

신지를 잃은 절망이, 비애가, 온갖 부정적인 감정이 단숨에 몰려들어오자, 시도는 극심한 두통을 느꼈다.

하지만, 그런 미오의 절망 속에 단 하나, 작지만 찬란히 빛나고 있는 희망의 빛이 존재했다.

그것은 바로— 시도였다.

하지만—.

"……나는 네 영력을 봉인하지 못했어. 아마 힘이 부족하기도 했을 거야. 너는 시원의 정령이고, 나는 아직 모든 세피라를 모으지 못한 상태니까 말이지."

하지만, 하고 시도는 말을 이었다.

"그것만이 아냐. 그것만이…… 아니었던 거야. 이유는 단순했어. 나는 코토리에게서 몇 번이나 들었어. 정령의 영력을 봉인하기 위해서는 정령의 마음을 연 후, 키스를 해야 한다고 말이야. 하지만, 미오는 아직 나에게 마음을 열지 않았어……!"

"……신?"

미오는 시도의 말을 듣고 당혹스러운 표정을 지었다. 그리고 시도의 뒤편에 있는 코토리 또한 의아한 목소리로 물었다.

"그게 무슨 소리야? 일전에 키스를 했을 때, 그녀의 호감도는 봉인 가능 영역에 도달—."

"아냐. 그렇지 않아. 미오가 좋아하는 사람은 —시도가 아니라, 신지거든."

시도는 눈물이 흘러나오려 하는 것을 참으며, 울먹임이 섞인 목소리를 토했다.

"그리고 신지는…… 이미, 이 세상에 없어."

"——."

미오는 할 말을 잃은 채, 눈을 크게 떴다.

차가운 오한이 등골을 타고 흘러내렸다. 시도가 방금 한 말 때문인지, 아니면 미오의 마음을 민감하게 감지한 〈아인 소프〉에 의한 건지는 모르겠지만, 주위의 기온까지 내려간 것처럼 느껴졌다.

미오의 희미하게 떨리는 입술 사이로, 말이 흘러나왔다.

"무슨— 소리를 하는 거야, 신. 그래서 나는 신을 다시 만들어냈어. 정령의 힘까지 줘서, 이번에야말로 절대 죽지 않도록—."

"……응. 네 힘은 정말 대단해. 하지만 내가 모든 세피라를 모으고, 내 머릿속에서 『이츠카 시도』의 기억을 지운다고 해서—."

시도는 말을 멈췄다.

그것은 미오의 마음을 산산조각 낼지도 모르는 한 마디였다. 미오를 사랑하는 신지의 기억이, 레이네를 아끼는 시도의 마음이, 그 말을 입에 담는 것을 거부했다.

하지만— 말해야 했다. 시도는 피가 날 것만 같을 정도로 주먹을 세게 말아 쥐고, 그 말을 입에 담았다.

"—그게, 진짜 신지일까?"

"——."

그 말은 파멸적인 한마디임과 동시에, 시도가 미오의 기억을 통해 알게 된 가능성이었다.

미오 본인이 마음 한편으로 품고 있으면서도, 억지로 눈을 돌렸던 사실. 어쩌면 그럴지도 모른다고 생각하면서도, 무시할 수밖에 없었던 가능성.

시도는 그것을 일부러 파낸 것이다.

"신지의 모습을 하고, 신지의 기억을 지닌 인간. 하지만, 상대는 신지가 아냐. 신지의 혼은 그 사람 안에 존재하지 않아. ……분명 너는 그걸 알고 있어. 알고 있으면서도, 매달릴 수밖에 없었어! 하지만— 그것으로 네 마음이 진정으로 충족되는 거야?! 미오……!"

"……."

시도의 외침에 미오는 잠시 침묵에 잠긴 후— 이윽고 애절한 목소리로 물었다.

"……신, 왜 그런 소리를 하는 거야……?"

미오의 말에 호응하듯, 시도 일행을 둘러싼 공간이 희미하게 떨리기 시작했다.

"나한테는, 신뿐인데……. 신과 다시 한 번 만난다는 일념으로, 지금까지 살아왔는데……."

"—헛소리 하지 마!"

시도는 무심코 목소리를 높였다.

그런 시도에게 놀란 정령들이 어깨를 부르르 떨었다.

"신밖에 없어……? 말도 안 되는 소리 하지 마. 내가! 정령들이 있잖아! 우리와 보낸 시간은, 신지와 보낸 시간보다 못하다는 거야……?!"

"……."

시도가 그렇게 호소했지만, 미오는 별다른 반응을 보이지 않았다. —마치, 그런 문답은 이미 마쳤다는 듯이 말이다.

그 대신, 눈가에 눈물이 맺힌 미오는 「아아, 그래」 하고 중얼거렸다.

"신이 아니니까, 그런 소리를 하는 거야. 빨리 신으로 되돌려줘야겠어. —지금까지 고마웠어, **시도**. 하지만, 이제 그만 헤어지자."

그 순간이었다.

공기 그 자체가 흔들리는 것처럼 느껴졌다. 그리고 미오의 등 뒤에 떠 있던 커다란 나무가 꿈틀거리더니, 그 『가지』와 『뿌리』가 하늘과 땅을 향해 뻗어가기 시작했다.

그것들은 촉수처럼 꿈틀거리더니, 눈에 보이지 않는 속도로 시도를 향해 쇄도했다.
“아니—?!”
“큭……!”
“위험해……!”
토카가 〈산달폰〉을, 카구야가 〈라파엘〉을 휘둘러서 시도를 향해 밀려드는 『뿌리』를 잘라 내거나, 혹은 튕겨냈다.
“고마워, 덕분에 살았어……!”
“개의치 마라! 그런데 이제부터 어떻게 할 거지?!”
토카가 〈산달폰〉을 고쳐 쥐며 고함을 지르듯 그렇게 물었다. 시도는 작게 고개를 끄덕이면서 미오 쪽을 쳐다보았다.
어차피 도망칠 수 없는 상황이다. 게다가— **모든 것을 깨달은** 시도에게는 해야만 하는 일이 있었다.
“미오에게…… 다시 한 번 더, 키스를 하겠어.”
“뭐……?”
“그게 무슨 소리야……?! 방금 자기 입으로 호감도가 모자라다고 말했잖아!”
시도의 말을 들은 코토리가 영문을 모르겠다는 듯이 그렇게 외쳤다.
그 말이 옳다. 하지만— 아니, 그렇기 때문에 시도는 해야만 하는 것이다.
“그러니까— **이번에는 신지가 아니라, 나를, 이츠카 시도를 선택하게 만들겠어**. 안 그랬다간, 분명 미오는—.”
시도는 말을 끝까지 잇지 못했다. 또다시 발밑에서 『뿌리』

가, 하늘에서는 『가지』가 시도의 몸을 옭아매기 위해 뻗어 나왔기 때문이다.

"시도!"

"크—!"

아니, 이번에는 그것만이 아니었다. 미오의 영장이 꿈틀거리는가 싶더니, 찬란히 빛나는 띠 같은 것이 정령들을 향해 뻗어나갔다.

그것은 전에도 본 적이 있었다. 미래의 기억에서 말이다. 시도를 잡는 게 목적인 『뿌리』와 『가지』와는 달랐다. 정령들의 몸을 꿰뚫고 그녀들의 몸 안에 남아있는 세피라의 잔재를 뽑아내는 필살의 일격인 것이다.

"다들 피해! 저걸 맞으면 안 돼!"

""""—윽!""""

시도의 말에 따르듯, 정령들은 바닥을 박차며 몸을 날리거나 혹은 그 띠를 쳐냈다. 하지만 그에 따라 발생한 한순간의 빈틈을 노리듯 수많은 『뿌리』가 시도를 덮쳤다.

"크—!"

"나리!"

"달링!"

정령들의 비명이 고막을 흔들었다.

하지만 『뿌리』가 시도에게 닿으려던 순간, 시도는 자신의 몸이 끌려가면서 그대로 공중에 붕 떠오르는 듯한 느낌을 받았다.

다음 순간, 시도는 상황을 이해했다. 시도의 머리 위쪽에 나타난 쿠루미가 그를 구해준 것이다.

“쿠루미!”

“우후후, 위험했군요.”

쿠루미는 공중에 떠오른 시도를 공주님 안기처럼 품에 안더니, 『뿌리』와 『가지』를 가볍게 피했다.

“……이 모습은 좀 부끄럽네.”

“지금은 그런 소리를 할 때가 아니랍니다. 그것보다—.”

수많은 분신들에게 방어를 맡긴 쿠루미는 시도의 눈을 응시했다.

“—방금, 재미있는 이야기를 하시더군요. 미오 양에게 다시 한 번 더 키스를 할 거라고요?”

“……응. 그럴 생각이야.”

시도의 대답에 쿠루미는 이 뜻밖의 사태를 재미있어하듯 눈웃음을 흘렸다.

“하지만 시도 씨는 이미 봉인에 실패했잖아요? 혹시 승산은 있나요?”

“……그건—.”

시도는 잠시 망설인 후, **그것**을 쿠루미에게 알려줬다.

미오와 기억을 공유한 덕분에 알게 된…….

—바로 그, **또 하나의 가능성**을 말이다.

“…….”

쿠루미는 그 말을 듣고 눈을 동그랗게 뜨더니—.

“……어머, 어머.”

약간의 짜증과 슬픔이 어린 눈을 가늘게 떴다.

"……그것이, 미오 양의 진짜 소망이라는 건가요? 너무 제멋대로라 웃음이 날 지경이군요. 그런 걸 위해 저희를 정령으로 만들었다는 건가요?"

쿠루미는 흥 하고 코웃음을 치더니, 이내 작게 한숨을 토하면서 다시 시도의 얼굴을 쳐다보았다.

"—시도 씨."

"왜— 으읍?!"

시도는 말을 잇지 못했다.

아니, 정확하게 말하자면, 입이 막히고 말았다.

—쿠루미의 부드러운 입술에 의해서 말이다.

그렇다. 쿠루미는 시도를 안은 채— 그에게, 키스를 한 것이다.

"……, ……?!"

갑작스러운 일에 시도는 머릿속이 혼란스러웠다. 하지만, 이윽고 맞닿은 입술을 통해 따뜻한 무언가가 흘러들어오는 느낌이 들자, 시도는 상황을 이해했다.

쿠루미가…….

그 최악의 정령이, 시도에게 영력을 맡긴 것이다.

"—시도 씨, 착각하지 마세요."

쿠루미는 마치 그런 시도의 생각을 읽기라도 한 것처럼 고개를 돌렸다.

"이 공간에 갇힌 이상, 도망칠 곳은 없는 거죠? 미오 씨가 미래의 정보를 지녔으니, 〈자프키엘〉로 시간 역행을 하는 것도 저지당할 가능성이 높죠. 그렇다면 그렇게 갈망하던 세피라를 품은 채 죽는 것보다, 조금이라도 생존률이 높은 가능성에 거는 편이 낫지 않겠어요?"

쿠루미의 영장이 빛을 머금더니, 그대로 공기에 녹듯 사라졌다.

하지만 쿠루미는 딱히 부끄러워하지 않으며 말을 이었다.

"제가 이렇게까지 해드렸잖아요. 꼭, 해내세요."

쿠루미는 시도를 향해 고개를 돌리고, 그의 눈을 응시하며 그렇게 말했다. 시계처럼 시간을 새기고 있던 쿠루미의 왼쪽 눈이, 어느새 평범한 눈동자로 변했다.

"―그래. 고마워, 쿠루미."

고개를 끄덕인 시도는 한 번 더 쿠루미에게 키스를 한 후, 공중으로 몸을 날렸다.

"―어머, 어머."

쿠루미는 시도의 등을 쳐다보면서 손가락으로 입술을 매만졌다.

"시도 씨도 어느새 바람둥이가 다 되었군요."

그리고 웃음을 흘리면서 작게 한숨을 내쉬었다.

"……그건 그렇고, 깔끔하게 다 가져가버린 건가요. 몇 할 정도라도 영력이 남아있다면, 폼이라도 잡을 수 있을 텐데 말이에요."

쿠루미는 아까 시도가 했던 말을 떠올렸다. 정령의 힘을 봉인하는 조건— 정령의 마음을 연 후, 키스를 한다.

그렇다면, 쿠루미가 이렇게까지 완벽하게 영력을 봉인당했다는 건—.

"—정말, 저도 참 곤란한 애라니까요."

쿠루미는 옅은 미소를 머금은 후, 다른 정령들과 마찬가지로 한정 영장을 현현시키며 다시 전투에 참가했다.

"——."

용솟음치는 힘이, 온몸을 가득 채웠다.

쿠루미의 세피라와 니아의 세피라. 지금까지 봉인한 것들까지 포함해 총 열 개의 힘을 지닌 시도는 뭐든 다 할 수 있을 것 같은 느낌에 사로잡혔다.

몸이 가벼웠다. 고통 또한 느껴지지 않았다. 피로가 거짓말처럼 사라지더니, 그 대신 머리부터 발끝까지 생명력으로 가득 차버렸다.

이제까지와는 명백하게 다른, 그야말로 초월적인 영력이었다.

지금이라면— 해낼 수 있다.

"〈라파엘〉!"

시도는 주먹을 말아 쥐고, 몸에 바람을 두르며 허공을 박찼다.

지금까지 피하느라 급급했던 『뿌리』와 『가지』의 움직임이 마치 정지되어 있는 것처럼 느릿느릿하게 느껴졌다. 시도는 자신을 향한 공격을 간단히 피하며 미오에게 접근했다.

아니— 그것은 시도가 모든 세피라를 손에 넣었기 때문만은 아닐지도 모른다.

가시덤불처럼 무성한 『뿌리』와 『가지』를 피하던 시도는 시야 구석에 존재하는 기묘한 무언가를 발견했다.

그것은 〈아인 소프〉의 줄기, 그리고 〈아인 소프 오르〉의 중심에 있는 소녀의 모습을 한 조각상의 표정이었다.

그것은 시도가 초월적인 감각을 손에 넣지 못했다면 눈치채지 못했을 미세한 차이였다.

시도의 눈에는 그 두 소녀상이 왠지 슬픔이 어린 미소를 머금고 있는 것처럼 보인 것이다.

마치, 미오를 잘 부탁한다고 말하는 것처럼…….

"—나한테 맡겨."

시도는 혼잣말을 하듯 그렇게 중얼거린 후, 허공을 박차면서 순식간에 미오에게 접근했다.

"—윽! 신—."

미오는 깜짝 놀란 것처럼 눈을 동그랗게 떴다.

하지만 시도는 다짜고짜 미오를 꼭 끌어안더니—.

"읍—."

"——."

그녀의 입술에, 자신의 입술을— 포갰다.

제4장 거짓된 낙원

"아이크— 아이크! 아이크, 괜찮나요?!"

테리터리로 웨스트코트의 몸을 안아든 채 전장을 벗어난 엘렌은 지혈과 통증 완화, 그리고 치유 촉진을 펼치면서 그의 이름을 계속 외쳤다.

웨스트코트가 입은 상처는 그야말로 치명상이었다. 하지만 그를 치료하고 있는 이가 인류 최강의 위저드라면 이야기는 달라진다. 의료용 현현장치(메디컬 리얼라이저) 수준은 아니지만, 정교하게 짜여진 엘렌의 테리터리는 어찌어찌 웨스트코트의 상처를 아물게 했다.

하지만 그것은 어디까지나 신체적인 측면에서의 이야기였다. 설령 상처가 깨끗하게 아물지라도, 의식을 잃어버린다면 두 번 다시 눈을 뜨지 못할 수도 있었다. 그렇게 되지 않도록, 엘렌은 웨스트코트에게 계속 말을 걸고 있는 것이다.

"……그래. 엘렌, 네 목소리가 잘 들려."

웨스트코트는 작지만 명확한 목소리로 그렇게 대답하더니, 희미하게 떨리는 손가락으로 자신의 피로 물든 가슴팍을 매만졌다.

"……훗, 그래. 산 채로 세피라를 뽑힌다는 건 이런 느낌이군. 귀중한 체험을 했는걸."

"지금은 농담이나 할 때가 아니에요……!"

엘렌이 울음 섞인 목소리로 그렇게 외치자, 웨스트코트는 그런 그녀를 달래려는 듯이 미소를 지어보였다. 그리고 옆에 있던 아르테미시아를 쳐다보며 물었다.

"……그건 그렇고, 상황은 어떻게 되어 가고 있지?"

"—〈데우스〉가 나타났습니다. 그리고 〈나이트메어〉의 힘을 얻은 이츠카 시도가 〈데우스〉에게 다가가고 있는 것 같군요."

"……〈게티아〉는?"

웨스트코트가 또 질문을 던졌다. 그러자 이번에는 엘렌이 그 질문에 답했다.

"……여전히 〈프락시너스〉의 옆에 있어요. 원격 조작 또한 아직 가능해요."

"……그래."

엘렌의 대답에 웨스트코트는 만족한 것처럼 고개를 끄덕였다.

"—**순조롭다**고 할 수 있겠군."

그리고 마치— 모든 것이 자신이 뜻대로 되어가고 있다는 듯이 웃음을 흘렸다.

◇

구름 위— 거대한 성처럼 천공에 위치한 공중함, 〈프락시너스 엑스 케시오르〉의 외벽.

"크……."

함장이자 사령관인 코토리가 고통이 묻어나는 신음을 흘리더니, 그대로 털썩 무릎을 꿇었다.

그와 동시에 손에 쥔 천사 〈카마엘〉과 몸에 두른 영장이 공기에 녹듯 사라졌다. 용맹한 불꽃의 정령이 군복을 걸친 어린 소녀의 모습으로 되돌아간 것이다.

"코토리!"

"괜찮은 건가요, 코토리 씨."

정령들과 마나가 걱정스러운 표정을 지으며 코토리의 곁으로 몰려들었다. 코토리는 그녀들을 안심시키려는 듯이 태연한 표정을 지으며 고개를 끄덕였다.

"응. 괜찮아. 다친 건 아냐. —그냥 시간이 다됐을 뿐이야."

코토리는 가슴에 손을 얹고 숨을 고르면서 그렇게 대답했다. 정령들과 마나는 그 말을 듣고 안도의 한숨을 내쉬었다.

코토리가 지닌 불꽃의 천사 〈카마엘〉은 절대적인 파괴력과 반칙에 가까운 회복능력을 지닌 대신, 그 힘을 발현시킨 동안 강렬한 파괴충동이 싹튼다. 그렇기 때문에 코토리는 가능한 한 영장과 천사를 현현시키지 않으려 하며, 이번처럼 어쩔 수 없는 상황에서도 전투 시간에 제한을 둔다.

하지만 한창 전투중인 상황이었다면 타임 리미트가 찾아오더라도 한정 영장을 풀지 않았을 것이다. 그런 의미에서 본다면 상황이 좋은 쪽으로 흐르고 있는 것인지도 모른다.

그렇다. 방금까지 주위에 폭풍처럼 맹위를 떨치던 미오의 공격이 완전히 중단됐다.

하지만— 그것이 솔직하게 기뻐해도 될 사태인지는 코토리도 알 수가 없었다.

왜냐하면 시도가 미오에게 다가가 키스를 한 순간, 그녀의 등 뒤와 머리 위에 떠 있던 거대한 천사들이 형태를 바꿔 시도와 미오를 감싸더니, 거대한 구체를 형성한 것이다.

"이건……."

"의아. 대체 무슨 일이 일어난 걸까요."

카구야와 유즈루의 미심쩍은 목소리가 주위로 퍼져나갔다.

하지만 이 자리에 있는 모든 이들이 야마이 자매의 그 말에 동의하고 있다 해도 과언이 아니었다.

크기는 직경 10미터 정도 될까. 빛의 세기에 따라 다양한 색을 뿜는 보석 같은 겉면을 지닌 그것은 매끈한 구형을 이루고 있었다.

그 모습은 거대한 고치— 혹은 싹이 트는 순간을 기대하고 있는 씨앗을 연상케 했다.

"코토리, 시도는 어떻게 된 거지? 무사한 것이냐?"

토카는 불안한 듯이 눈썹을 일그러뜨리며 그렇게 물었다.

코토리는 잠시 망설인 후, 힘차게 고개를 끄덕였다.

"응. 물론이야. 시도가 겨우 이 정도 일로 당할 리가 없잖아."

"으…… 음, 그래."

토카는 코토리의 대답에 고개를 끄덕였다.

그 모습은 코토리의 말을 순순히 믿는다기보다, 사령관이기에 다른 이들을 불안함에 떨 게 할 수는 없는 코토리의 입장을 헤아리고 있는 것처럼 보였다.

……자식의 성장을 지켜보는 부모는 이런 감정을 느끼는 걸까? 지금은 그런 생각을 할 때가 아니라고 생각하면서도, 코토리는 기묘한 감동을 느꼈다.

하지만, 지금은 단서가 될 만한 것이 너무 없었다. 코토리는 귀 뒤편에 착용한 통신기를 향해 말했다.

"—함교, 내 말 들려? 관측 장치로 주위의 상황을 조사해줘."

"오케이~, 잠시만 기다려, 여동생 양~."

곧 코토리의 지시에 답하는 목소리가 들려왔다.

하지만 코토리는 위화감을 느끼며 미간을 찌푸렸다. 그 목소리는 골전도 통신기를 통해서가 아니라, 직접 귀를 통해 들려온 것처럼 느껴졌기 때문이다.

그 이유는 곧 알 수 있었다. —〈프락시너스〉에 생긴 구멍을 통해, 〈라타토스크〉의 군복을 입은 니아가 고개를 쏙 내민 것이다.

"안녕하세요~. 부르면 바람처럼 나타나는 니아 양입니다~."

"니아!"

코토리의 외침에 니아는 가볍게 손을 흔들면서 프락시너스의 외벽으로 올라섰다. 다른 정령들은 영력과 신체능력을 이용해 밖으로 점프했지만, 니아는 그럴 수가 없는지 사다리를 이용해 올라온 것 같았다.

"우햐~! 무서워라아아아아! 여기는 고도 15000미터지?! 떨어지면 그대로 사망이겠네. 아~, 그래도 추위나 바람 같은 건 안 느껴져. 역시 테리터리는 참 편하네. 과학의 힘은 참 대단해~!"

니아는 시끌벅적하게 그런 말을 늘어놓으면서 지상을 쳐다보았다. 니아의 그런 모습을 본 코토리는 무심코 도끼눈을 떴다.

"니아, 왜 나온 거야? 아무리 전투가 중단됐더라도 이런 곳에 고개를 들이미는 건 위험하단 말이야."

"응? 아, 맞다. 이거 받아."

코토리의 말을 듣고 용건이 생각난 니아는 짊어지고 있던 배낭 안에서 손바닥만 한 크기의 기계 같은 것을 꺼냈다.

"으음~. 아, 마나티. 이걸 저 고치 같은 것에 연결해줄래?"

그리고 그것을 근처에 있던 마나에게 건넸다. 마나는 정체불명의 장치를 넘겨받고 영문을 모르겠다는 듯이 고개를 갸웃거렸다.

"이건 뭐죠?"

"관측 장치 단말이야. 테리터리로 둘러싸기만 해도 해석은 가능하지만, 이걸 관측 대상에게 붙이면 더 정확하게 내부 구조를 파악할 수 있대."

"호오, 그런가요. 알았어요. 그런데, 이걸 주려고 일부러 나온 거예요? 말해줬으면 우리가 함교로 가지러 갔을 건데요."

"에이~. 모든 정령이 총력전 느낌을 팍팍 내고 있는데, 나만 함교에서 농땡이를 부리는 것도 좀 그렇잖아. 진정한 동료가 아닌 것 같은 느낌이 들고 말이야."

"그, 그딴 이유로 나온 건가요……?"

마나는 이해가 안 된다는 표정을 지었지만, 더 추궁해봤자 성가시다고 생각한 건지 애매하게 대답했다.

"그래도 조심하도록 해, 마나. 공격은 하지 않지만, 저게 뭔지 아직 모르잖아."

"예, 나도 그런 건 잘 알고 있다고요."

코토리의 말에 고개를 끄덕인 마나는 다리를 약간 굽히더니, 반동을 이용해 하늘로 날아올랐다. 추진력은 등에 장착한 스러스터가 발생시키지만, 그 동력원은 이미지를 힘으로 만드는 리얼라이저다. 마나에게 있어 『재빨리 움직인다』라는 이미지가 그런 동작으로 이어지는 것이다.

마나는 고치 근처에 도달해 테리터리의 방어 속성을 상승시키면서 손을 뻗었고— 고치의 표면에 관측 장치를 붙였다.

"흐음……. 딱히 아무 일도 일어나지 않네요."

"땡큐, 마나티~. 자, 관측 결과 좀 볼까~?"

니아는 그렇게 말하며 바닥에 주저앉더니, 배낭에서 꺼낸 노트북 컴퓨터형 단말을 펼쳤다. 그러자 니아의 등 뒤로 모여든 정령들이 그 화면을 들여다보았다.

하지만 니아가 키를 두드려도, 화면은 모래폭풍이 일어난 것처럼 치직거리기만 했다.

"으음…… 안 되네. 그럼 다음에는 이 방식으로……."

바로 그때였다.

"—우후후, 전지(全知)의 정령인 분이 정말 딱하게 됐군요."

니아가 머리를 긁적이면서 키를 두드리고 있을 때, 한 소녀가 그녀의 앞에 섰다.

좌우 불균형하게 묶은 머리카락과, 시계 모양을 한 왼쪽 눈, 그리고— 고스로리풍의 드레스와 수녀복을 합친 듯한 영장이 인상적인 소녀였다.

"쿠루미!"

코토리는 무심코 그녀의 이름을 외쳤다.

그렇다. 그 사람은 바로 최악의 정령이라고 불렸던 소녀, 토키사키 쿠루미 본인이었다.

하지만 그녀는 평소와 형태가 다른 영장을 몸에 두르고 있었다. 완전하지 않은, 한정적인 영장— 그리고 전체적인 디자인 또한 평소와 달랐다.

"그 모습은……."

"고스로리에 십자가…… 잠깐만, 십자가? 큭……."

"이해. 카구야의 취향에 연속 히트했군요."

"……."

쿠루미의 모습을 본 정령들이 한 마디씩 했다. 마나는 언짢은 눈길로 쿠루미를 노려보고 있었지만, 일단 그녀와 싸울 생각은 없어 보였다.

쿠루미 또한 지금 코토리 일행과 적대할 의지는 없는 것 같았다. 게다가 쿠루미는 아까 시도에게 영력을 맡기기까지 했으니, 신뢰해도 될 것이다. 그녀의 의도는 완전히 모르지만, 시도가 미오에게 맞설 수 있었던 것은 다름 아닌 쿠루미 덕분이기도 한 것이다.

쿠루미는 복잡한 표정을 짓고 있는 코토리와 다른 정령들을 둘러보며 웃음을 흘린 후, 천천히 오른손을 내밀었다.

그리고, 읊조렸다.

바로 그— 천사의 이름을…….

"—〈라지엘〉."

"앗……?!"

쿠루미가 천사의 이름을 읊조린 순간, 니아가 눈을 치켜떴다.

니아가 그런 반응을 보이는 것도 당연했다. 쿠루미가 읊조린 것은 바로 원래 니아가 소유하고 있던 천사의 이름인 것이다.

쿠루미가 내민 손아귀에 거대한 책 한 권이 모습을 드러냈다. 그 책은 자동적으로 펼쳐지더니, 페이지에 찬란히 빛나는 글자가 표시되었다.

그것을 본 니아는 비명에 가까운 어조로 외쳤다.

"우와~! 말도 안 돼! 너무한 거 아냐?! 아니, 뭐, 그 악덕 사장한테서 내 세피라를 가로챘으니까 이렇게 되기는 하겠지만, 이중적인 의미로 내 입장이 박살난 거 아냐?! 아이덴티티 크라이시스!"

"조용히 하세요. 처음 다루는 천사이니, 집중하게 해주시면 고맙겠군요."

"으윽…… 이게 NTR이라는 거구나. 분해……."

니아는 과장스럽게 고개를 푹 숙이며 온몸을 부르르 떨었다.

코토리는 그런 니아를 못 본 척하면서 쿠루미 쪽을 쳐다보았다.

"―그나저나, 어때? 시도는 괜찮은 거야?"

"시도 씨는…… 예. 무사한 것 같군요."

""""……아!""""

쿠루미의 말에 정령들의 표정이 환해졌다. 코토리도 침착한 표정을 유지하려고 하면서도 안도의 한숨을 내쉬었다.

바로 그때였다.

"……이건……?"

〈라지엘〉의 페이지를 쳐다보던 쿠루미가 눈썹을 약간 찌푸리면서 그렇게 중얼거렸다.

◇

―처음 느낀 것은, 열기였다.

철판 위에서 익어가고 있는 듯한 착각마저 드는 열기가 느껴졌다.

그 뒤를 이어, 빛이 느껴졌다. 굳게 감은 눈꺼풀을 개의치 않으며, 강렬한 빛이 망막을 자극하고 있었다.

"으음……."

시도는 낮은 신음을 흘리면서 몸을 희미하게 움직였다. 그리고 그제야 자신이 바닥에 대자로 쓰러져 있다는 사실을 깨달았다.

혼탁한 의식 안에 위화감이 생겨났다. ―잠에서 덜 깬 걸까? 꿈? 졸린 듯한 감각 속에서 생겨난 그런 다양한 생각이 점점 명확해지더니, 수십 초나 걸린 끝에 시도의 의식이 완전히 깨어났다.

"그래. 나는―."

단절되어 있던 기억이 이어졌다.

자신은 쿠루미의 영력을 얻은 후― 미오의 힘을 봉인하기 위해, 그녀와 키스를 했다.

"……아!"

그 점을 자각한 순간, 시도는 눈을 크게 뜨면서 벌떡 일어섰다.

대체 뭐가 어떻게 된 것일까? 미오는? 쿠루미는? 다른 애들은? 왜 자신은 이런 곳에 쓰러져 있는 걸까. 여기는 어디일까. 아까까지 느껴졌던 몸을 태우는 듯한 그 열기는 뭘까. 자신이 의식을 잃은 사이에 무슨 일이 일어난 걸까―.

"……어?"

생각의 격류가 머릿속에서 해일처럼 몰아치고 있었지만, 입에서 나온 것은 그 한 마디뿐이었다.

하지만, 다른 누구라도 시도와 같은 상황에 처했다면 같은 반응을 보일 게 틀림없었다.

왜냐하면, 주위에 펼쳐진 것은— 그저 평온한 바닷가 풍경이었기 때문이다.

공중도 아니고, 〈프락시너스〉 안도, 미오가 만들어낸 흑백 공간도 아니었다. 거대한 꽃의 형태를 한 천사도, 나무 형태를 한 천사의 모습도 보이지 않았으며, 정령들 또한 없었다. 주위에 펼쳐진 것은 끝없이 펼쳐진 바다와, 하염없이 높은 하늘뿐이었다. 그리고 고막을 흔드는 것은 밀려들어왔다 빠져나가는 파도 소리와, 때때로 들리는 괭이갈매기의 울음소리뿐이었다.

"여기는……."

시도는 말을 이으려다 어떤 사실을 눈치챘다. —이 광경이 눈에 익다는 사실을 말이다.

그렇다. 이곳은 바로 시도가 레이네와 데이트를 했던 해안이었다.

하지만 기억 속의 풍경과 완전히 똑같지는 않았다. 곳곳에 약간의 차이점이 존재했다.

방파제가 아직 낡아 보이지 않았다. 방파제의 침식 방지를 위해 설치된 테트라포드 또한 숫자가 적었다. 그리고 바다 또한 맑아 보였다.

그리고 무엇보다— 계절이 달랐다.

2월의 차가운 하늘도, 왠지 날카롭게 느껴지는 차가운 공기도 존재하지 않았다. 그 대신, 초여름을 연상케 하는 햇살이 주위를 비추고 있었다.

마치—.

"……신."

"우햐아앗?!"

누군가가 갑자기 말을 거는 바람에 한창 생각에 잠겨 있던 시도는 화들짝 놀라며 어깨를 부르르 떨었다.

시도는 모래사장을 손으로 짚은 채 목소리가 들려온 방향을 쳐다보았다. 그러자 시원해 보이는 복장을 한 레이네의 모습이 눈에 들어왔다.

"레, 레이네 씨……?!"

시도는 무심코 새된 목소리로 그녀의 이름을 외쳤다.

하지만 시도가 그런 반응을 보이는 것도 무리는 아니었다. 방금까지 격렬한 공방전을 펼쳤던 상대가 느닷없이 자신에게 말을 건넨 것이다. 놀라는 게 당연하리라.

게다가— 시도가 눈을 동그랗게 뜬 이유는 하나 더 있었다.

그녀는 『미오』가 아니라, 시도네 반 부담임이자 〈라타토스크〉의 해석관이었던 『레이네』였던 것이다.

"뭐, 뭐가 어떻게 된 거예요? ……다른 애들은요? 〈프락시너스〉는요……?"

"……내 손 잡아."

레이네는 시도의 질문에 답하지 않고 그를 향해 손을 내밀었다.

"어? 아…… 고마워요."

시도는 자신이 얼이 나간 듯한 반응을 보이고 있다는 것을 자각하면서, 그 손을 잡고 일어섰다.

아마 이 불가사의한 공간은 레이네가 만든 것이겠지만— 그녀는 시도에게 해를 끼칠 생각이 없어 보였다.

아니, 그 이전에 그녀가 지금 레이네의 모습을 하고 있는 이유도 알 수 없었다. 그녀는 아까 쿠루미의 몸속에서 나온 미오와 합체해서 완전한 모습으로 되돌아갔는데—.

"—어이~! 이쪽이야, 이쪽!"

바로 그때였다.

등 뒤에서 들려온 목소리가 시도의 생각을 중단시켰다.

시도는 목소리가 들린 방향을 향해 고개를 돌렸다. 그러자 이쪽을 향해 손을 흔들고 있는 소녀와, 그 소녀의 옆에 서 있는 소년의 모습이 눈에 들어왔다.

"헉—!"

그 모습을 본 순간, 시도는 숨을 삼켰다.

—그 정도로 그 광경은 비정상적이었던 것이다.

우선, 손을 흔들고 있는 소녀는 챙이 넓은 밀짚모자를 쓰고, 새하얀 원피스를 입었으며, 열여섯 살 정도로 보이는 귀여운 여자아이였다. 긴 머리카락을 곱게 땋았으며, 손을 흔들 때마다 머리카락의 끝부분이 흔들렸다.

—미오. 그녀의 모습을 본 순간, 시도의 뇌리에 그 이름이 떠올랐다.

틀림없다. 저 소녀는 바로 시원의 정령, 타카미야 미오 본인인 것이다.

"어……."

시도는 무심코 옆에 있는 레이네를 쳐다보았다. 확연한 존재감이 느껴지는 그녀가 환영이나 망상일 리가 없었다. 동일인물인 『미오』와 『레이네』가 별개의 개체로서 존재하는 것이다.

하지만 그 점만으로는 시도도 이렇게까지 놀라지는 않았을 것이다. 그녀들이 왜 둘로 나뉘어 있는 건지는 모르겠지만, 미오와 레이네가 자신의 존재를 나눠서 분신처럼 동시에 존재할 수 있다는 점을 이미 알고 있기 때문이다.

시도가 이렇게 경악한 이유는 바로 미오의 옆에 서 있는 소년 때문이었다.

—시원해 보이는 여름옷을 입고, 중성적인 외모를 지닌 소년이었다. 미오의 옆에 선 그는 왠지 멋쩍은 표정을 지으며 시도를 쳐다보고 있었다.

시도는 그 소년의 얼굴을 보고 말문이 막혔다. 왜냐하면 그는— 시도가 이 세상에서 가장 익숙한 얼굴을 지니고 있었기 때문이다.

"나, 나잖아……?"

시도는 망연자실한 목소리로 그렇게 중얼거렸다.

그렇다. 그 소년은 바로 시도를 쏙 빼닮은— 아니, 완벽하게 『똑같은』 얼굴을 지니고 있었다.

한순간, 시도는 도플갱어를 본 듯한 착각에 사로잡혔다. 도시전설이나 괴담에 나오는, 자신과 똑같은 얼굴을 지닌 인간 말이다. 도플갱어와 마주친 자는 머지않아 목숨을 잃는다고 전해진다. ……시도는 지금까지 몇 번이나 죽음을 맞이했다. 그러니 도플갱어가 나타나도 딱히 이상할 것은 없을지도 모른다.

하지만……. 이윽고 시도는 그의 정체를 눈치챘다.

"아니…… 달라. 너는—."

시도는 눈앞에 있는 또 한 명의 자신을 차분히 쳐다보며, 상대방의 이름을 입에 담았다.

"—신. 타카미야 신지…… 맞지?"

시도의 물음에 소년은 옅은 미소를 지으며 고개를 살짝 끄덕였다.

"그래. 일단 만나서 반갑다……고 말해야겠지?"

그렇게 말한 신지는 어깨를 으쓱였다.

시도는 자기 입으로 상대방을 신지라고 말했으면서도, 상황을 제대로 파악하지 못한 탓에 당혹스럽다는 듯이 미간을 찌푸렸다.

"이게…… 대체, 어떻게 된 거야? 그리고 여기는……."

시도가 망연자실한 목소리로 그렇게 중얼거렸을 때, 레이네가 그 말에 답하듯 입을 열었다.

"……아무래도, 〈아인 소프〉로 형성된 공간 같네."

"아무래도, 라니……. 어? 이 공간은 레이네 씨가 만든 게 아니에요?"

"……아마 그럴 거야. 적어도 내 힘에서 유래된 현상인 건 틀림없어. 하지만…… 솔직히 말해, 내가 의도한 일은 아냐."

"그, 그게 무슨……."

시도의 질문에 레이네는 손가락으로 자신의 입술을 매만지며 말을 이었다.

"……그때, 너는 나한테 키스를 했지?"

"……예."

시도는 느닷없이 그런 걸 묻는 말에 놀랐지만, 그래도 고개를 끄덕였다. 그것은 명백한 사실이었다. 미오의 어깨를 잡았을 때 느낀 감촉도, 그녀의 입술이 얼마나 부드러웠는지도 선명하게 떠올릴 수 있었다.

"……그 바람에 파이프를 통해 공유된 기억이 재현된 것 같아. 그 순간, 기억에 최대한 가까운 상태를 만들기 위해, 『나』와 『미오』, 그리고 『시도』와 『신』의 의식이 분리된 게 아닐까?"

"그…… 그렇군요. 하지만, 대체 왜 그런 일이……."

시도가 당혹스러운 어조로 그렇게 물었을 때, 미오가 시도와 레이네의 손을 움켜잡았다.

"그런 건 아무래도 상관없지 않아? —그것보다, 같이 놀자. 모처럼 바다에 왔잖아."

그렇게 말한 미오는 구김 없는 미소를 지었다.

그 표정에서는 아까까지 느껴졌던 그 위태로움과 망념이 전혀 묻어나지 않았다. 마치 30년 전— 신지가 죽기 이전의 미오로 되돌아간 것만 같았다.

"어? 아니, 나는……."

시도는 허둥지둥 말을 이으려 했지만, 미오가 손을 잡아당기는 바람에 말문이 막히고 말았다.

◇

"DEM 함대, 〈데우스〉에 의해 거의 괴멸 상태!"

"각지에 나타난 〈밴더스내치〉 부대는 정령들에 의해 전부 격파!"

"〈데우스〉, 이츠카 시도를 삼킨 채 역장(力場) 형성!"

〈라타토스크〉 공중함 〈울무스〉의 함교에는 다양한 보고가 연이어 들어오고 있었다. 전장의 정세는 엄청난 속도로 변하고 있었다. 좋은 소식과 나쁜 소식이 뒤섞이며 한치 앞도 내다볼 수 없는 상황 속에서, 전부 파악할 수 없을 만큼 격렬한 정보의 폭풍이 휘몰아치고 있었다.

하지만 그런 정보는 결국 다 하나의 보고로 귀결됐다.

"—〈데우스〉 이외의 정령들은— 전원, 무사합니다!"

〈울무스〉의 승무원들은 그 보고를 듣고 안도의 한숨을 내쉬었다.

다들 몰래 한숨을 내쉬려 했지만, 함교에 있는 승무원들이 일제히 한숨을 내쉰 바람에 우드먼의 귀에 들릴 만큼 한숨 소리가 커졌다. 이에 다들 한숨을 얼버무리려는 것처럼 헛기침을 했다.

우드먼은 그런 소리를 들으며 굳은 표정을 풀었다.

"아무래도, 목숨을 건진 것 같군. 설마 〈나이트메어〉가 아이크를 해치울 줄이야."

"예. 그녀에게 감사해야겠군요."

우드먼의 등 뒤에 시립해 있던 카렌이 차분한 어조로 그렇게 말했다. 그 어조는 포장도로처럼 담담했지만, 카렌과 오랫동안 함께해 온 우드먼은 그녀가 진심으로 안도하며 기뻐하고 있다는 것을 알 수 있었다.

하지만, 방심할 수는 없다. 아직 전부 끝난 것이 아니기 때문이다.

"〈데우스〉는 어떻지?"

"현재 조사 중입니다만…… 자세한 것은 알 수 없습니다. 〈프락시너스〉로부터 정보가 들어오는 즉시 보고드리겠습니다."

우드먼의 질문에 함교 하단부에 있던 승무원이 대답했다. 우드먼은 「그래. 부탁하지」라고 말한 후, 메인 모니터에 표시된 구체를 쳐다보았다.

매끈한 표면을 지닌 고치 같은 외형의 물체였다. 〈데우스〉가 무슨 생각으로 저런 것을 형성한 것인지는 알 수 없지만, 그녀, 그리고 그녀와 함께 삼켜진 시도의 안부를 확인할 때까지는 이 전투가 끝났다고 할 수 없는 것이다.

"두 사람 다 무사히 밖으로 나오면 가장 좋겠지만…… 어떻게 되려나."

우드먼은 수염을 매만지면서 그렇게 말하더니, 곧 눈을 가늘게 떴다.

이 전장에는 〈데우스〉 이외에도 긴급한 현안사항이 하나

더 남아있는 것이다.

"그나저나 아이크— 웨스트코트는 어떻게 됐지?"

"예. 아이작 웨스트코트는 〈나이트메어〉에게 세피라를 빼앗긴 후, 엘렌 메이저스 및 아르테미시아 애시크로프트와 함께 전장을 이탈했으며, 120초 후에 반응이 소실됐습니다. 이미 도주했거나, 혹은 지상 어딘가에 잠복했을 거라고 생각합니다."

승무원이 퍼스널 모니터를 보면서 그렇게 말한 후, 고개를 들었다.

"물론 엘렌 메이저스와 아르테미시아 애시크로프트의 기습에 주의를 기울이고 있습니다만…… 세피라를 잃었을 뿐만 아니라 함대마저 괴멸된 이상, 아이작 웨스트코트는 이제 더 이상 위협적인 존재는 아니지 않을까요? 그 이전에…… 치명상을 입지 않았습니까. 어쩌면 이미 사망했을 가능성도 있습니다."

승무원의 보고에 우드먼은 흠 하고 한숨을 내쉬었다.

"그렇게 생각하나? ……하긴, 무리도 아니지. 지금 상황만 본다면 그는 완벽한 패장이지. 그의 죽음에 분노한 부하가 목숨을 걸고 돌격을 감행할 가능성은 있지만, 그가 또 뭔가 수작을 꾸밀 거라고는 도저히 생각할 수 없으니까 말이네."

하지만, 하고 우드먼은 덧붙여서 말했다.

"이대로 끝내지 않는 사람이 바로 아이작 웨스트코트라는 남자지. 불길한 예감이 사라지지를 않는다네. 그 천재가 이렇게 허무하게 이 싸움의 막을 내릴 리가 없거든."

우드먼의 말에서 느껴지는 범상치 않은 무언가를 느낀 건지, 승무원들이 일제히 숨을 삼켰다.

"아, 알겠습니다. 그럼 수색을—."

바로 그때였다.

승무원이 말을 이으려던 순간, 〈울무스〉의 함교에 격렬한 경보음이 울려 퍼졌다.

"무슨 일이죠?"

카렌이 차분한 어조로 승무원에게 물었다. 그러자 승무원은 모니터의 수치를 확인하더니, 히익 하고 숨을 삼켰다.

"이건…… 영파 반응입니다! 극도로 거대한 영파 반응이 〈프락시너스〉의 바로 옆에서 발생했습니다!"

"뭐라고요—."

그 순간, 카렌은 입을 다물었다.

"……."

하지만 우드먼은 그 이유를 잘 알았다.

그녀 또한 메이거스 중 한 명이다. 우드먼과 마찬가지로 느낀 것이리라. 그리고 떠올렸을 것이다. —이 감각이, 기억에 존재한다는 사실을 말이다.

"엘리엇, 설마 이건……."

"그래. 틀림없네. —정령술식이야."

카렌의 말에 우드먼이 표정을 굳히며 고개를 끄덕였다.

그렇다. 틀림없다. 착각할 리가 없다.

이 농밀한 마나의 격류는— 30년 전, 우드먼 일행이 시원의 정령을 탄생시켰을 때 발생한 것과 동일했다.

◇

"하아……, 하아……."

"미, 미오, 잠시만 쉬자……."

빠져들 것 같은 맑은 하늘 아래에서, 이마에 구슬땀이 맺힌 시도와 신지는 거친 숨을 내쉬며 애원하듯 그렇게 말했다.

하지만 그것도 무리는 아니었다. 시도와 신지는 아까부터 해수욕, 모래성 만들기, 갯바위낚시, 수박깨기, 그리고 비치발리볼 등, 바닷가에서 할 수 있는 놀이는 전부 다 한 것이다.

남들이 본다면 사이좋은 4인조, 혹은 고등학생 3인조와 인솔자 선생님 같아 보일 것이다.

—어쩌면, 커플 두 쌍의 더블데이트 같아 보일지도 모른다.

"아, 미안해. 너무 즐거워서……."

"……흐음. 그럼 잠시 쉴까?"

미오와 레이네는 그렇게 말한 후, 동시에 손가락을 튕겼다.

그러자 주위에 빛의 입자 같은 것이 몰려들더니, 모래사장 위에 캠핑용 테이블과 의자, 그리고 커다란 비치파라솔이 생겨났다. 또한 테이블 위에는 시원한 음료가 놓여 있었다.

마치 마법이라도 쓴 것 같은 광경이었다. 아까 그녀들이 낚싯대와 수박을 출현시키는 것을 봤는데도, 시도는 또다시 깜짝 놀랐다.

"진짜 뭐든 다 만들 수 있네요……."

"……〈아인 소프〉 안은 매우 조그마한 『인계』야. 의지의 힘이 현실에 작용하는 세계지. 위저드의 테리터리는 현상을 일으키는 게 한계지만, 여기서는 물질을 구현시키는 것도 불가능하지 않아. 신— 아니, 시도. 너도 영력을 가지고 있잖아. 익숙해지면 할 수 있을 거야."

레이네는 이름을 고쳐 부르면서 그렇게 말했다. 뭐, 이곳에는 신지가 있으니 시도를 신이라 부르면 복잡할 것이다.

"그런가요?"

"어, 그럼 나도 할 수 있어요?"

신지가 흥분한 어조로 그렇게 물었다. 하지만 레이네는 표정을 굳히며 턱에 손을 댔다.

"……글쎄. 시도는 정령들의 영력을 봉인했지만, 신은 평범한 인간이잖아. 재현이 될 때 어떤 식으로 존재가 나뉘었는지에 달려 있지 않을까?"

"그, 그런가요……."

신지는 낙심한 것처럼 고개를 푹 숙이고, 부럽다는 듯이 시도를 쳐다보았다.

"……영력을 가져서 좋겠네. ……너도 나니까, 반씩 나누지 않을래?"

"어……."

시도가 진땀을 흘리며 쓴웃음을 짓자, 신지는 애원하기 시작했다.

"부탁할게~. 〈라지엘〉, 〈자프키엘〉, 〈미카엘〉, 〈하니엘〉, 〈가브리엘〉만 줘~."

"전투에 적합한 천사 빼고 전부 가져가려는 거냐?!"

시도에게서 분리된 존재이기 때문일까, 신지도 천사에 관한 지식을 어느 정도 지닌 것 같았다. 그래서 그런지 편리하게 이용할 수 있는 천사만 선택했다. 시도가 빽 고함을 지르자, 신지는 아하하 하고 웃으며 시도를 달래듯 손바닥을 펼쳐보였다.

"농담이야, 농담. 모처럼 두 사람이 이런 걸 준비해줬으니까, 좀 쉬자고. 목도 마르네."

"응……. 그러자."

시도는 그렇게 대답한 후, 모래사장에 생겨난 의자에 앉아서 멋진 유리잔에 담긴 열대 지방 느낌이 물씬 나는 색상의 주스를 마셨다.

상큼한 과일의 단맛과 신맛이 몸 안을 적셨다. 시도는 주스를 단숨에 들이킨 후, 힘차게 숨을 내쉬었다.

""푸하아……!""

그러자 다른 사람과 목소리가 겹쳤다. 테이블 너머를 쳐다보니, 신지가 시도와 같은 표정을 지은 채 이쪽을 쳐다보고 있었다.

"후후."

"……마치 거울에 비친 것 같네."

그 모습을 본 미오와 레이네는 미소를 머금었다. 멋쩍은 느낌이 든 시도는 고개를 돌렸지만…… 신지 또한 똑같은 동작을 취했다.

……뭐, 원래 같은 인간인 것이다. 그런 세세한 동작이 비슷한 게 당연할지도 모른다.

시도가 그런 생각을 하고 있을 때, 테이블 너머에서 꼬르륵…… 하는 귀여운 소리가 들려왔다.

"아하하, 배에서 꼬르륵 소리가 났네."

미오는 그렇게 말하며 웃음을 흘렸다. 아마 주스를 마신 바람에 위가 자극을 받은 것 같았다. 실컷 놀았으니 배가 고픈 게 당연했다.

"……흠, 그럼 간단히 식사라도 할까?"

"응. 신, 시도. 혹시 먹고 싶은 거 있어?"

레이네와 미오는 그렇게 말하며 마법사처럼 검지로 허공에 원을 그리는 듯한 동작을 취했다. 그녀들이라면 그 어떤 요리라도 순식간에 재현할 수 있을 것이다.

하지만 신지는 좋은 생각이 났다는 듯이 손뼉을 치며 이렇게 말했다.

"아, 그래. 미오, 그럼 조리설비와 재료를 만들어줄 수 있어?"

"설비와 재료?"

"그래. ─시도도, 꽤 **하는 편**이지?"

그렇게 말한 신지는 눈을 반짝이면서 식칼로 채소를 써는 시늉을 했다. 시도는「흐음……?」하고 눈썹을 찌푸렸다.

"뭐야. 진짜로 하려고?"

"그래. 모처럼 밥을 먹는 건데, 완성품이 툭 튀어나오면 김새잖아? 마침 심사위원도 두 명이나 있다고. 누구의 요리가 더 맛있는지 심사해달라고 하자. 만들 요리는…… 그래! 기왕 바다에 왔으니까 야키소바가 어떨까?"

"좋았어. 어디 한 번 해보자고!"

시도는 신지의 제안에 응한다는 듯이 벌떡 일어섰다.

그 모습을 본 미오와 레이네는 서로를 쳐다보더니, 즐겁게 웃으면서 동시에 손가락을 튕겼다.

그러자 다음 순간, 모래사장 위에 멋진 조리대와 커다란 철판, 그리고 각양각색의 채소와 고기가 생겨났다. 참고로 시도와 신지는 어느새 앞치마를 입고 있었다.

"오오……!"

"하하…… 진짜 대단한걸."

시도는 신지와 함께 웃음을 터뜨린 후, 각각 조리대 앞에 서서 요리를 시작했다.

"우오오오오오오오오오!"

"하아아아아아아아아아!"

두 사람은 힘찬 기합을 지르면서 양배추와 당근을 썰었다. 딱히 고함을 지를 필요는 없겠지만, 이럴 때는 분위기가 중요하니까 말이다.

그리고 거침없는 손길로 철판에 기름을 두르더니, 채소와 고기, 면을 투입하고 소스로 간을 했다.

잠시 후, 시도와 신지의 요리가 거의 동시에 완성됐다.

두 사람은 야키소바를 접시에 담은 후, 레이네와 미오 앞에 뒀다.

"……호오."

"와아……!"

두 사람은 맛있는 소스 냄새에 탄성을 터뜨리며, 두 접시에 담긴 요리를 비교하듯 번갈아 쳐다보았다.

"……겉보기에는 거의 똑같네. 둘 다 맛있어 보여."

"응. 애초에 신과 시도는 거의 동일인물인데, 과연 맛에서 차이가 나긴 할까?"

그리고 그런 본말전도에 가까운 소리를 했다.

하지만 시도와 신지는 훗 하고 웃더니, 두 사람을 향해 손을 펼쳤다.

"과연 그럴까? 뭐, 일단 식기 전에—!"

"맛보시죠!"

시도와 신지의 말에 레이네와 미오는 손바닥을 맞대며 「잘 먹겠습니다」라고 말한 후, 두 야키소바를 차례차례 맛보기 시작했다.

"……흠. 잘 만들었는걸."

"응. 맛있어."

이윽고 두 사람은 양쪽의 야키소바를 모두 맛본 후, 시선을 교환하며 고개를 끄덕였다.

시도와 신지는 그 모습을 보고, 채점이 끝났다는 사실을 눈치챘다.

"자…… 그럼!"

"어느 쪽이 더 맛있는지 알려줘!"

시도와 신지가 약간 긴장한 어조로 그렇게 외치자, 레이네와 미오는 어느새 테이블 위에 생겨난 답안 팻말 같은 것을 쥐고 동시에 오픈했다.

―두 팻말에는 전부 『시도』라는 글자가 적혀 있었다.

"좋았어!"

"어째서야아아아아앗?!"

시도는 주먹을 말아 쥐며 기뻐했고, 옆에 있던 신지는 모래사장에 털썩 주저앉았다. 그 모습을 본 시도는 씨익 웃었다.

"―신지, 모르겠어? 너는 철판을 완벽하게 다루지 못한 거야."

"뭐, 뭐라고……?!"

신지가 고개를 퍼뜩 들었다. 시도는 뒤집개를 허공에 휘두르며 설명했다.

"네 실력도 대단했어. 만약 프라이팬으로 야키소바를 만들었다면 결과는 무승부였을지도 몰라. 하지만 철판으로 야키소바를 만든다면, 이 넓은 면적을 이용해서 면 한 올 한 올을 익힐 수 있지. 그렇게 하면 겉은 바삭하고 속은 쫄깃한 식감을 완성시킬 수 있는 거야."

"뭐……. 하, 하지만, 일상생활에서 철판을 쓸 일은 거의 없어! 너는 대체 어디서 그런 기술을 익힌 건데……?!"

신지는 경악을 금치 못하며 눈을 치켜떴다. 그러자 시도는 훗 하고 한숨을 토했다.

"―아직도 모르겠어? 내가 매일같이 몇 명의 정령들에게 밥을 만들어주는지 알기는 해?! 너와 나는 프라이팬을 휘두른 횟수부터 차이가 난다고!"

"크어어어어어어어어어억―!"

시도가 손가락을 내밀면서 그렇게 말하자, 신지는 가슴을 움켜쥐며 그대로 모래사장에 벌러덩 쓰러졌다.

그런 두 사람을 보고 있던 레이네와 미오는 의아하다는 듯이 고개를 갸웃거렸다.

"……두 사람은 안 먹을 거야?"

"음식이 식어버릴 거야."

"아, 먹어야지."

"잘 먹겠습니다."

그 말에 시도와 신지는 바로 자리에 앉아 앞치마를 벗고 야키소바를 먹기 시작했다.

"우왓! 겉은 바삭하고 안은 쫄깃해……. 확실히 맛있어."

"그렇지? 뭐, 신지가 만든 것도 충분히 맛있기는 하네."

"어이어이, 그런 소리 들어봤자 전혀 위로가 안 되거든? 젠장~, 나 자신한테 지다니……."

신지는 분하다는 듯이 몸을 배배 꼬면서 신음을 흘렸다. 그러자 미오가 그런 신지를 위로하려는 것처럼 그의 어깨를 두드렸다.

"기운 내. 나는 신의 요리가 더 좋아."

"미오……."

신지는 그 말을 듣고 눈가가 촉촉하게 젖어들었지만, 곧 「응?」 하고 신음을 흘리며 미간을 찌푸렸다.

"하지만 미오는 방금 시도 걸 선택하지 않았어?"

"응? 그야 더 맛있는 걸 고르라고 했잖아."

"……."

미오의 대답에 신지는 미소를 머금은 채 그대로 테이블에 털썩 엎드렸다.

"인정사정없네……."

순수함이란 때로는 잔혹함으로 이어진다. 시도는 어깨를 으쓱이며 쓴웃음을 지었다.

그때, 야키소바를 다 먹은 레이네가 젓가락을 내려놓으면서 「잘 먹었어」라고 말한 후, 시도를 쳐다보았다.

"……자, 그럼 이번에는 우리가 맛있는 걸 대접해줄게. 모처럼 바다에 왔잖아. 빙수 같은 건 어때?"

"아, 좋은 생각이야. 두 사람은 어떤 맛을 먹을래?"

미오가 고개를 갸웃거리며 물었다. 그러자 시도와 신지는 딱히 고민하지 않고 동시에 대답했다.

"그럼 딸기맛으로 할래."

"그럼 멜론맛으로 할래."

시도와 신지는 서로의 대답에 눈을 동그랗게 뜨고 서로를 쳐다보았다.

"아, 신지는 멜론파구나."

"뭐, 꼭 그것만 먹지는 않지만 옛날부터 멜론을 자주 먹었어. 그러는 시도는 딸기파구나?"

"코토리가 딸기맛을 좋아하거든. 그래서 자주 같이 먹다보니 자연스럽게 그렇게 됐어. 뭐, 빙수의 시럽은 색깔과 향기가 다르기는 해도 맛은 전부 같지만 말이야."

"흐음, 그렇구나. 그런데도 다른 맛으로 느껴진다는 게 재미있는걸."

바로 그때, 시도와 신지는 「응?」 하고 신음을 흘리며 고개를 갸웃거렸다.

레이네와 미오가 두 사람의 대화를 감개한 표정으로 쳐다보고 있었기 때문이다.

"……응?"

"미오, 왜 그래?"

시도와 신지의 물음에 레이네와 미오는 동시에 눈을 살짝 내리깔았다.

"으응."

"……아무것도 아냐. 그것보다, 받아."

두 사람은 그렇게 말하면서 손가락을 튕겼다.

그러자 테이블 위에 찬란히 빛나는 빙수 네 개가 출현했다.

"자."

"……먹어."

"오오!"

"잘 먹겠습니다!"

시도와 신지는 동시에 손바닥을 맞대더니, 동시에 빙수를 입에 넣었고, 동시에 두통을 느끼며 손으로 이마를 짚었다.

"크으~!"

"머리 아파아아아아~!"

그런 두 사람을 본 레이네와 미오는 웃음을 흘리면서 빙수를 먹었다. 참고로 레이네가 선택한 시럽은 딸기맛이었으며, 미오는 멜론맛을 고른 것 같았다.

"휴우……."

잠시 후, 겨우 두통이 가라앉은 시도가 작게 한숨을 내쉬었다. 그리고 빙수를 맛있게 먹고 있는 레이네와 미오를 쳐다본 후, 다시 주위의 경치를 둘러보았다.

끝없이 펼쳐져 있는 듯한 바다. 찬란히 빛나는 태양. 계절은 초여름. 아까부터 얼추 네다섯 시간은 논 것 같지만, 해는 저물 기색조차 보이지 않았다.

그렇다. 마치 신지와 미오가 이 바다에 찾아왔던 순간을 잘라서, 영원히 반복되고 있는 것 같았다.

레이네의 말에 따르면, 이 〈아인 소프〉 안은 바깥 세계와 시간의 흐름이 다른 것 같으며, 밖은 아직 몇 분밖에 지나지 않았을 것이라고 했다.

물론, 지금 놀고 있을 때가 아니라는 것은 시도도 알고 있다. 웨스트코트를 격퇴하기는 했지만, 바깥 세계에서는 정령들이 시도가 돌아오기만을 기다리고 있을 것이다. 아무리 외부의 시간이 거의 흐르지 않았을지라도, 그것이 면죄부가 될 리가 없었다.

하지만, 시도는 아직 목적을 달성하지 못했다. 게다가—.

"……."

시도는 미오의 얼굴을 힐끔 쳐다보았다.

미오는 진심으로 즐겁게 신지와 담소를 나누고 있었다. 그런 그녀의 제안을 거절할 수 없다는 것 또한, 엄연한 진실이기는 했다.

하지만— 그런 미오를 향한 감정은, 이 공간에 삼켜지기 전과 달라진 것처럼 느껴졌다.

물론 여전히 미오를 사랑스럽다고 생각하고 있으며, 좋아하고 있다.

하지만 지금 시도가 느끼는 것은, 아까까지의 저주에 가까운 연모의 정과 명백하게 달랐다.

그것만이 아니다. 신지로서의 기억도 마찬가지다. 〈아인 소프〉에 삼켜지기 전까지만 해도 시도의 행동을 지배할 것만 같을 정도로 강렬했던 신지의 마음이, 지금은 잠잠했다.

물론 아직 30년 전의 기억을 지니고 있지만— 한 마디로 말하자면, 『실감』이 나지 않는 듯한 느낌이었다.

"……신이었던 게 실감이 나지 않는 거지?"

"—윽?!"

갑작스런 레이네의 말에 시도의 어깨가 희미하게 떨렸다.

테이블 너머에서는 신지와 미오가 마주보며 웃고 있었다. 두 사람을 방해하지 않도록, 시도는 작은 목소리로 말했다.

"……이 공간에서는 마음도 읽을 수 있나요?"

"……그저 표정을 보고 추리했을 뿐이야. ……너도, 나와 같은 것 같아서 말이지."

"예……?"

레이네의 대답에 시도는 무심코 눈을 동그랗게 떴다. 레이네는 그런 시도를 보며 조용히 말을 이었다.

"……존재가 나뉘는 과정에서, 『미오』로서의 감정이 저쪽 미오에게 가버린 걸지도 몰라. 기억은 가지고 있지만…… 왠지, 불가사의한 느낌이 들어. 진짜로 『무라사메 레이네』가 되어버린 것만 같아."

"레이네 씨……."

시도는 중얼거리듯 그녀의 이름을 부른 후, 다시 신지와 미오를 쳐다보았다.

문뜩 아까 전의 요리 대결이 생각났다. 시도가 그 승부에서 승리한 것은 스스로 말했다시피, 정령들이 존재했기 때문이다.

하지만 그것뿐만이 아니다. 시도와 신지는 원래 같은 존재일지도 모르지만, 지금까지의 인생 속에서 경험한 다양한 일들이, 만났던 사람들이, 현재의 인격을 형성시켰다.

결코, 같은 인간이 아니다. 그런 당연한 사실을 다시 한 번 깨달았다.

그리고, 그것은 분명—.

"……."

시도는 입술을 꾹 깨물더니, 잠시 심호흡을 한 후— 각오를 다지듯 입을 열었다.

"……저기, 미오. 신지."

"응? 왜 그래? 시도."

"무슨 일이야? 볶음밥 대결이라도 하자는 거야? 이번에는 안 질 거라고."

미오는 고개를 갸웃거렸고, 신지는 파이팅 포즈를 취하며 그렇게 말했다.

시도는 쓴웃음을 지으며 「그게 아냐」라고 말한 후, 레이네를 힐끔 쳐다보며 말을 이었다.

"소화도 시킬 겸, 잠시…… 걷지 않을래?"

시도의 제안에 신지와 미오는 한순간 시선을 마주한 후에 고개를 끄덕였다.

—끝없이 이어질 듯한 바닷가에 네 사람의 발자국이 새겨지더니, 잠시 후 밀려온 파도에 의해 사라졌다.

그때마다 발치에서 차가운 감촉이 느껴지며, 발이 모래에 약간 빠져들었다.

햇볕이 내리쬐고 있었으며, 바닷바람이 볼을 매만졌다. 그것들이 하나가 되어, 시도에게 여름이 찾아왔다는 사실을 알렸다.

이곳에만 존재하는, 거짓된 여름의 도래를 말이다.

"으음—."

앞장서고 있던 미오가 크게 심호흡을 하며 기지개를 켰다.

“정말— 기분 좋네. 후후, 이곳에 데려와준 신에게 감사해야겠는걸.”

미오가 그렇게 말하자, 옆에서 걷고 있던 신지가 기쁨과 멋쩍음이 뒤섞인 미소를 지었다.

“마음에 들었다니 다행이야. 경치가 좋은 장소를 찾느라 꽤 고생했거든. 너무 멀면 가기 힘들고 말이야. —시도의 시대에는 스마트폰이라는 게 있지? 왠지 약았네~. 언제 어디서나 전 세계의 정보를 수집할 수 있다니, 정말 편리하잖아.”

신지는 농담 투로 그렇게 말하며 어깨를 으쓱였다. 그러자 시도는 애매한 표정을 지으며 쓴웃음을 지었다.

“……시도.”

그런 시도의 반응을 눈치챘는지, 옆에 있던 레이네가 낮은 목소리로 그에게 말을 걸었다. 시도는 살며시 고개를 끄덕인 후, 레이네에게만 들릴 듯한 목소리로 「괜찮아요」라고 말했다.

미오와 신지는 그런 두 사람의 분위기를 눈치채지 못한 건지 모래사장에 계속 자신들의 발자국을 새겼다.

“—아, 나는 말이야. 불꽃놀이를 해보고 싶었어. 바다 하면 불꽃놀이잖아? 30년 전에 왔을 때는 저녁에 돌아가 버려서 못했으니까 말이야.”

“어, 어쩔 수 없잖아. 그때 안 돌아가면 귀가가 너무 늦어졌을 거야. 마나도 걱정할 테고, 쓸데없는 의심을 할지도 모르니까…….”

“후후, 이제부터 즐기면 되잖아. 다이빙이나 바베큐도 해보고 싶네. 나중에 마을에도 가보자. 나랑 신, 레이네, 시도, 이렇게 넷이서 말이야. 응, 정말 재미있을 거야. —정말, 이 순간이 영원히 계속됐으면 좋겠어."

미오는 밝은 목소리로 그렇게 말했다.

그 모습은 정말 즐거워 보였으며— 진심으로 그것을 바라고 있는 것처럼 보였다.

그래서 시도는 잠시 뜸을 들인 후에야 그 말에 대답할 수 있었다.

"—응, 그래."

그러나 말해야만 한다. 시도는 주먹을 말아 쥐며 말을 이었다.

"하지만…… 영원히 이어지지는 않아. 미오…… 그렇지?"

"——."

그 순간…….

천천히 모래사장을 걷던 미오가 걸음을 멈췄다.

그리고 몇 초 후, 미오는 시도와 레이네를 돌아보면서 쓸쓸한 미소를 입가에 머금었다.

"—미안해. 시도에게 그 말을 꺼내게 했네."

"미오……."

미오의 옆에 있던 신지가 무거운 어조로 미오의 이름을 부르더니, 그녀의 어깨에 손을 얹으려 했다. 하지만 그는 손을 멈추고, 그대로 입술을 깨물면서 손을 내렸다.

미오와 마찬가지로, 신지도 눈치채고 있었던 것이다. 물론—레이네도 말이다.

〈아인 소프〉 안에 있는 모든 이들이 그 사실을 알고 있었지만, 입에 담지는 못했다. 지금 이 순간이 쭉 계속되면 좋겠다고— 시도마저도 생각했다.

하지만, 언젠가는 누군가가 막을 내려야만 한다.

그렇다면, 그 역을 맡아야 할 사람은 시도일 것이다.

시도는 시선을 약간 내리깐 후, 각오를 다지며 다시 입을 열었다.

"……처음에 레이네 씨와 키스를 했을 때, 파이프를 통해 미오의 기억이 나에게 흘러들어왔어. 처음에는 나도 그게 뭔지 몰랐고, 무슨 의미인지도 알지 못했지. 하지만 이제야 드디어 알게 됐어."

시도는 눈물이 나려는 것을 억지로 참으며 미오의 눈을 응시했다.

"미오, 너는 죽은 신지를 되살리기 위해서 나를 만들었어. 그렇지?"

"……응."

미오는 고개를 끄덕였다.

그렇다. 그것이 바로 미오가 30년간 마음에 품어온 소원이었다.

목숨을 잃은 사랑하는 이를, 불로불사의 생명체로 다시 되살려낸다. 그야말로 〈데우스〉라는 호칭에 걸맞은, 신의 위업이다.

"그 행동은 틀리지 않았어. 그건, 네 소원이야. 네 소망이야. 하지만…… 문제가 생겼어. 네가 만들어낸 신지는 진짜 신지가 아니잖아.”

“…….”

시도가 그렇게 말하자, 신지는 시도를 쳐다보았다. 하지만, 아무 말도 하지 않았다.

신지도 알고 있는 것이다. 자신이 시도의 기억에서 떨어져 나온, 허구의 신지라는 사실을 말이다.

그리고 미오 또한 그 점을 이해하고 있으리라.

처음에는 이해했으면서도 그런 신지에게 매달릴 수밖에 없을 정도로 궁지에 몰려 있었으리라.

설령 진짜 신지가 아닐지라도, 신지의 모습과 기억을 지닌 가짜라면 자신의 마음에 생긴 구멍을 메워줄 거라고 생각했을지도 모른다.

실제로 그 생각은 옳았다.

하지만, 레이네와 키스를 한 시도는 또 하나의 가능성에 도달했다.

왜, 미오는 시도에게, 영력 봉인 능력을— 정령의 천적이라 할 수 있는 힘을 준 것일까.

그런 의문에 도달한 것이다.

물론 그 이유는 인간의 몸에는 지나치게 강한 영력을 분할해서 양도하기 위해서이기도 할 것이다.

그러기 위해 미오는 수많은 소녀들을 희생시켰으며, 시도를 정령이나 다름없는 존재로 변화시킨 것이다.

하지만—.

“너 자신이 자각하고 있는지는 알 수 없어. 하지만, 네 기억을 제삼자의 시점에서 보고…… 깨달은 게 있어.”

『—나한테는 신뿐이었어. 신을 잃는 건, 살 이유를 잃는 거나 마찬가지야.』

미오가 한 말이 시도의 뇌리에 떠올랐다.

『—나는 인간처럼 약하지 않아. 죽음을 바라더라도, 죽을 수가 없어.』

시도는 무릎에 힘을 주며 주저앉는 것을 막은 후— 드디어 입을 열었다.

“—미오, 너는, **자신을 죽일 수 있는 존재를 만들기 위해, 나를 낳은 거야.**”

그 말에…….

“…….”

미오는 아무 말 없이— 그저 슬픔이 어린 미소를 머금었다.

◇

“—쿠루미, 시도는 대체 어떻게 된 것이냐!”

“저 안은 대체 어떤 상태인 거야? 시도는 미오와 같이 있는 거야?”

"꺄아~! 약았어요~! 왜 저는 들여보내주지 않는 거냐고요~!"

"어? 혹시 모르는 거야? 쿠루밍, 모르는 거지? 역시 익숙하지 않은 천사라 제대로 다루지 못하는 거지? 그럼 시험 삼아 라지에몽을 나한테 돌려주는 건 어때?"

"조·용·히! 해주세요!"

책의 천사 〈라지엘〉로 고치 안을 살피던 쿠루미는 주위에서 시끄럽게 떠들어대는 이들을 향해 고함을 질렀다.

그 순간, 〈프락시너스〉의 외벽에 펼쳐져 있던 그림자 안에서 수많은 분신들이 나오더니, 쿠루미의 주위에 있는 정령들을 그녀에게서 떼어냈다. 쿠루미는 머리를 거칠게 긁적이면서 한숨을 내쉬었다.

〈라타토스크〉의 정령들은 쿠루미가 조사를 시작하자마자 그녀의 주위로 모여들어 재촉과 추궁을 해대는 것으로 모자라 치마를 들추기까지 한 것이다. 그야말로 방해를 하고 있다고 느껴지는 행동들을 해댔다.

"시도 씨를 걱정하는 여러분의 마음은 이해하지만, 잠시 입 좀 다물고 계세요! 집중을 못하잖아요! 그리고 미쿠 양! 은근슬쩍 제 뒤편에서 치마를 들추지 말아주세요!"

쿠루미가 소리를 지르자, 정령들은 미안하다는 듯이 고개를 끄덕였다. 그 중 일부는 「알았어요……. 쿠루미 양이 정 원한다면 앞에서 들출게요~」 같은 소리를 했지만, 쿠루미는 분신에게 관절기로 그 정령을 제압하라는 명령을 내렸다.

"아야야야야야얏?!"

"하아……. 코토리 씨가 얼마나 고생하는지 이해가 될 것 같군요."

"거 참 고마워."

쿠루미의 말에 마나와 나츠미와 함께 약간 떨어진 곳에 있던 코토리가 메마른 미소를 머금으며 그렇게 대답했다. 나이는 어리지만, 그녀의 분위기는 늘그막에 접어든 노인을 연상케 했다. 평소에 얼마나 고생을 하는지 상상이 될 지경이었다.

쿠루미는 한 번 더 한숨을 내쉰 후, 〈라지엘〉의 페이지에 표시된 문자를 매만졌다.

그러자 불가사의한 감각이 느껴졌다. 찬란히 빛나는 문자를 손가락으로 만지자, 그 문자가 가리키는 광경이 이미지가 되어 머릿속에 재생됐다. 이런 식으로 세상에 존재하는 모든 것을 알 수 있었다. 확실히 전지의 천사라는 말에 걸맞은, 반칙에 가까운 성능이었다.

"—시도 씨, 미오 양…… 그리고, 무라사메 선생님과…… 시도 씨가 한 명 더……? 넷이서 바다— 이곳 바로 아래에 있는 해안과 비슷한 풍경 속에 있군요."

쿠루미는 머릿속에 떠오른 이미지를 단편적인 말로 설명했다. 그러자 정령들은 놀란 듯한, 혹은 미심쩍은 듯한 표정을 지었다.

"으음…… 나리가 두 명 존재한다는게냐?"

"불가사의……한 일이네요."

"어, 게다가 미오와 레이네가 따로 존재한다니…… 이 고치는 증식효과라도 있는 거야?"

"잠깐만 기다려 보세요……. 저도 아직 거기까지는 모르겠어요. 왜 그렇게 된 건지 검색—."

그렇게 쿠루미가 〈라지엘〉에서 새로운 정보를 찾아보려고 한 순간이었다.

""""—윽?!""""

〈프락시너스〉의 외벽 위에 있던 정령들, 그리고 마나가 일제히 어깨를 부르르 떨며 눈을 치켜떴다.

물론 쿠루미도 마찬가지였다. 〈라지엘〉을 매만지던 쿠루미 또한 움직임을 멈추고 주위를 둘러보았다.

그녀들이 그런 반응을 보인 이유는 단순했다. 이 〈프락시너스〉의 주위에서 엄청난 영력이 발생했기 때문이다.

참고로 대부분의 세피라를 잃은 니아만은 눈치채지 못한 것 같지만, 다른 이들의 반응을 보고 자신도 뭔가를 눈치챈 듯한 시늉을 했다.

"이게— 대체 뭐죠……?!"

"영파……?! 대체 어디서 발생한 거야?!"

"……읏! 여, 여러분, 저기를, 보세요……!"

요시노가 뭔가를 발견한 것처럼 그렇게 외쳤다. 그에 정령들이 서둘러 요시노가 가리킨 방향을 쳐다보았다.

그리고 그녀들은 일제히 숨을 삼켰다.

그곳에는 〈프락시너스〉의 옆구리를 물고 있는 것처럼 하늘에 떠 있는 소형 공중함 〈게티아〉가 있었다.

그런 〈게티아〉의 외벽이 어느새 열리더니, 농밀한 영력을 머금은 빛을 뿜고 있었다.

"저건—."

"〈게티아〉……?!"

정령들이 경악에 찬 목소리로 그렇게 외쳤다.

하지만 그것도 당연했다. 웨스트코트는 치명상을 입었고, 엘렌과 아르테미시아는 그와 함께 도망쳤다. 〈게티아〉에는 이제 아무도 타고 있지 않은 것이다.

설마 이길 수 없을 것 같으니 정령들을 길동무 삼으려고 자폭장치라도 발동시킨 것일까. 그 성격 더러운 위저드들이라면 그런 생각을 하고도 남는다. 거기까지 생각이 미친 쿠루미는 미간을 찌푸렸다.

"하앗—!"

"쳇—."

다음 순간, 그림자 두 개가 쿠루미의 시야를 가리며 지나갔다. —오리가미, 그리고 마나였다. 아무래도 그녀들은 〈게티아〉를 방치해두면 위험하다는 판단을 내린 것 같았다. 역시 전직 AST답게 믿기지 않을 만큼 빠른 판단력이었다.

"하지만—.

"큭……!"

"앗……?!"

두 사람의 공격은 〈게티아〉에 닿지 않았다. 오리가미와 마나가 〈게티아〉에게 도달하기 직전, 방해를 받은 것이다.

"—부질없는 짓이에요. 이미 술식은 발동했어요. 이제 그 누구도 막을 수 없어요."

"미안해. 아무래도— 이제 다 끝난 것 같아."

하늘 저편에서 나타난 DEM의 위저드, 엘렌 메이저스와 아르테미시아 애시크로프트가 그들을 막아섰다.

"엘렌, 아르테미시아……?!"

두 사람을 본 코토리가 경악으로 표정을 물들였다.

그리고 그에 맞춰, 또 다른 이의 목소리가 들려왔다.

"—이츠카 시도. 너라면 반드시 〈데우스〉를 막아줄 거라고 믿었어."

"……앗! 이 목소리는—."

쿠루미는 표정을 일그러뜨리면서 〈게티아〉 쪽을 노려보았다.

그러자 〈게티아〉의 뒤편에서 빛을 두른 누군가가 천천히 앞으로 나왔다.

—그는 바로, 가슴팍에 핏자국이 남아 있는 아이작 웨스트코트였다.

"웨스트코트……!"

그 말에 답하듯, 웨스트코트가 웃음을 흘렸다.

그리고 말했다. —파멸로 이어지는, 그 말을…….

"—다들 기뻐하도록. 자네들은, 이제 곧 두 번째 시원의 정령의 탄생을 목격하게 될 것이다."

제5장 그리고 그녀의 선택은

조용히—.

너무나도 조용히, 시간이 흘러갔다.

〈아인 소프〉에 의해 형성된 극소형의 인계. 신지와 미오의 추억이 어린 바다를 재현한 허구의 공간.

그런 꿈처럼 아름다운 모래사장에서, 시도와 미오는 아무 말 없이 대치하고 있었다.

미오의 옆에는 신지가, 시도의 옆에는 레이네가 서 있었지만, 그들 또한 아무 말도 하지 않았다.

두 사람도 알고 있는 것이다. 이 침묵을 깰 사람은 시도—혹은 미오여야만 한다는 것을…….

시도가 미오에게 던진 말은 너무나도 잔혹하고, 무자비하며, 파멸적이었다.

사랑하는 이와 재회하기 위해, 30년이나 되는 세월을 걸어온 소녀에게 건네서는 안 되는 폭언이었다. 만약 말이라는 것에 물리적인 형태가 존재한다면, 그것은 닿기만 해도 손가락 끝이 잘려나갈 만큼 예리한 칼날, 혹은 모든 것을 산산이 부수며 으깨는 철구가 틀림없었다.

하지만 그 말을 받아들인 미오는 눈물을 흘리지도, 분노를 터뜨리지도 않았다. 그저 조용히 미소 짓고 있을 뿐이었다.

마치, 모든 것을 받아들인 것처럼…….

시도가 입에 담은 무자비한 말이, 그저 헛소리가 아니라고 인정하는 것처럼…….

"……나를 죽일 수 있는 존재……."

파도 소리만이 울려 퍼지는 이 공간에, 미오의 목소리가 생겨났다.

"확실히…… 만약 영력이 봉인된다면, 나는 평범한 인간……은 아니겠지만, 지금과는 비교도 안 될 만큼 약한 존재로 변모할 거야. 자살도 가능하겠지."

미오는 자신의 말을 곱씹듯이 그렇게 중얼거린 후, 이윽고 한숨을 토하며 하늘을 올려다보았다.

"아아— 그 말이 맞을지도 모르겠네. 어쩌면 나는 쭉 그걸 바란 걸지도 몰라."

"미오……."

시도가 희미하게 떨리는 목소리로 그녀를 부르자, 미오는 평온하게 느껴질 만큼 차분한 어조로 말했다.

"신을 되살리려고 한 건 사실이야. 그게 나의 소망이었어.

그날 목숨을 잃었던 신과 다시 한 번 만나기 위해, 나는 30년 동안 살아왔어."

하지만, 하고 미오는 말을 이었다.

"시도가 말한 것처럼, 내가 만들어낸 존재가 진짜 신이 맞을까, 하는 의문은 쭉 내 마음속 한 구석에 존재했어. ……하지만 다른 방법이 없었어. 그래서 나는 그런 불안을 구석에 밀어놓고, 계속 못 본 척했어. 분명 새로운 신이 태어나면, 그런 마음도 없애줄 거라는 근거 없는 생각을 하면서 말이야."

미오는 난처하다는 듯이 웃음을 흘렸다.

"……그래. 나는— 쭉, 죽고 싶었던 걸지도 몰라. 신을 불로불사로 만들려고 한 것도 신이 언젠가 죽어버리는 것을 견딜 수 없어서가 아니라, 신이 죽었을 때 자신만 살아있는 것을 견딜 수 없었기 때문일지도 몰라. ……아아— 그래. 왜 이제까지 이렇게 단순한 걸 깨닫지 못한 걸까?"

그렇게 중얼거린 미오는 뒤돌아서더니, 천천히 걸음을 옮기며 모래사장에 발자국을 남겼다. 하지만 곧 파도가 그 발자국을 지웠다.

미오는 다시 걸음을 멈추고 심호흡을 했다. 그리고 다른 이들에게 등을 보이며 선 채, 질문을 던졌다.

"그럼— 거기까지 알면서 나에게 키스를 했다는 건, 시도는 나를 **죽여줄** 작정……이라고 생각해도 되는 거지?"

"……."

"—윽."

미오의 말에 레이네는 희미하게 눈썹을 찌푸렸고, 신지는 숨을 삼켰다.

하지만 그것도 무리는 아니다. 시도는 이 모든 것을 예상했으면서, 미오에게 키스를 했다. 모든 것을 알면서, 이곳에 온 것이다. 그런 생각을 하는 것도 지극히 당연했다.

"……응."

시도가 고개를 끄덕이자, 미오는 희미하게 고개를 들며 입을 열었다.

"……. 그렇구나……."

"—이라고 말할 줄 알았어?"

"……뭐?"

뒤이어 나온 시도의 말에 미오는 뜻밖이라는 듯이 눈을 동그랗게 뜨고 그를 돌아보았다.

아니, 미오만이 아니라 레이네와 신지 또한 그녀와 비슷한 표정을 지으며 시도를 쳐다보았다. 시도는 미오의 눈을 응시하면서 말했다.

"남한테 그런 당치도 않은 역할을 떠넘기지 마. 미안하지만 나는 너만큼 간이 크지 않다고. 네 죽음을 내가 짊어질 것 같아?"

시도가 딱 잘라서 그렇게 말하자, 미오는 당혹스러운 표정을 지으며 고개를 갸웃거렸다.

"……으음, 그럼 왜 여기에 온 거야?"

"뻔하잖아. 나는—."

시도는 손가락 하나를 세우더니, 그것으로 미오를 가리키면서 선언하듯이 말했다.

"—미오, 너를 신지(나)한테서 빼앗으러 온 거야."

"——."

미오는 시도의 말을 듣고 눈을 크게 떴다. 시도는 그런 미오를 향해 말을 이었다.

"나는 쿠루미 덕분에 열 개의 세피라를 지니게 됐어. 솔직히 말해 지금의 나는 정령이나 다름없을 거야. 너의 영력도 봉인할 수 있을지도 몰라. 하지만 봉인이 곧 죽음은 아냐. 네가 스스로 죽음을 선택하지 않는다면 말이지. —그러니까 말이야, 헤헷, 옛 남자는 잊고 나로 갈아타라고, 미오."

시도는 음흉한 표정을 짓더니, 손가락을 꼼지락거리면서 그런 말을 했다.

그에 미오는 잠시 얼이 나간 것처럼 멍하니 있었지만, 곧—.

"—후, 후후, 아하하하하하—."

재미있다는 듯이 웃음을 터뜨렸다.

"뭐하는 거야, 시도. 하나도 안 어울리거든? 그리고 방금 그 말, 진심이야?"

"어울려도 기쁘지는 않을 것 같지만, 아무튼…… 진심이야! 나는 진심으로, 신지한테서 너를 빼앗을 거라고!"

"후후…… 그렇구나."

미오는 눈가의 눈물을 닦는 시늉을 한 후, 자신의 옆에 서 있는 신지를 바라보았다.

"……시도가 저렇게 말하는데, 신은 어떻게 할래?"

그렇게 물은 미오는 재미있다는 듯이 미소를 머금었다. 신지는 훗 하고 웃음을 흘리더니, 고개를 내저으며 어깨를 으쓱였다.

“내가 한 마디 해도 되는 거야? 확실히 나는 나 자신을 타카미야 신지라고 생각하지만, 어차피 시도의 기억에서 떨어져 나온 존재…… 즉, 가짜의 가짜거든?”

“하지만 네가 지닌 기억은 신의 것이 틀림없잖아? 그러니까 말해줘. 네 생각은 진짜 신의 생각과 동일할 거야. —안 그러면, 나를 시도에게 빼앗길지도 모르거든?”

미오가 장난기 어린 어조로 그렇게 말하자, 신지의 눈썹이 희미하게 흔들렸다.

“그래? 그럼 한 마디 하자면—.”

신지는 숨을 들이마시며 시도를 향해 돌아서더니, 눈을 치켜뜨면서 외쳤다.

“—헛소리하지 마, 이 자식아! 내가 잠자코 있다고 멋대로 떠들어대지 말라고! 아무리 시도(나)라도 용서 못해! 미오는 저어어어어얼대로 못 넘겨줘!”

“오, 오오……?!”

무시무시한 기세로 신지가 그렇게 소리를 지르자, 시도는 무심코 뒷걸음질 쳤다.

시도 또한 생전의 신지가 미오를 얼마나 소중히 여겼는지는 충분히 알고 있지만, 이렇게 직접 두 눈으로 보니 놀랍기 그지없었다.

하지만, 신지는 한차례 고함을 지른 후, 휴우 하고 한숨을 내쉬며 눈을 내리깔았다.

"……뭐, 이게 생전의 내 심정이야. 미오를 나한테서 빼앗아? 그딴 걸 허락할 리가 없잖아. —하지만 말이야."

신지는 천천히 눈을 뜨고, 어딘시 쓸쓸해 보이는— 그러면서도 자애로운 시선으로 미오를 바라보았다.

"……나는 이제, 존재하지 않잖아?"

"……."

신지의 말에 미오는 입을 다물었다. 신지는 그런 미오를 향해 다가가면서 말을 이었다.

"미오가 나 말고 다른 사람을 선택하는 건, 설령 그 상대가 시도라도 용납 못해. 솔직히 말해 가슴이 찢어질 것만 같아. 하지만, 그렇다고 미오가 자살을 선택하는 것도 싫어. 이 세상에는 미오에게 보여주고 싶은 게 잔뜩 있어. 미오를 데려가고 싶은 장소도 엄청 많아. 미오에게 체험시켜 주고 싶은 일도, 산더미처럼 있다고."

신지는 천천히 손을 들어 올려 미오의 머리를 쓰다듬었다.

"……이 바다는 아름다워. 미오를 이곳에 데려와서 정말 다행이야. ……하지만 슬슬 다른 장소에도 가봐야 하지 않겠어? —미안해, 미오. 내가 널 30년 동안이나 옭아매고 말았어."

"……."

미오는, 아무 말도 하지 않았다.

그런 미오를 대신하듯, 신지가 시도를 쳐다보았다. 그리고 그는 고개를 끄덕였다.

시도는 신지의 의도를 손에 잡힐 듯이 알 수 있었다. 흐릿해졌다고는 해도, 시도에게는 아직 신지의 기억이 남아있는 것이다.

그래서— 시도는 미오를 향해 손을 내밀었다.

"미오……!"

"……시도, 나는—."

미오가 살며시 고개를 들고 뭔가 말을 하려 했다.

하지만, 바로 그 순간—.

평온하던 바닷가 풍경에 갑자기 노이즈 같은 것이 생기더니, 이 세계 전체가 땅울림 같은 소리를 내며 진동하기 시작했다.

"……윽!? 뭐, 뭐야?!"

"우왓—?!"

갑작스러운 사태에 시도는 숨을 삼키며 주위를 둘러보았다. 신지 또한 비슷한 반응을 취하며 주위를 둘러보고 있었다.

방금까지 낙원 같은 경치를 유지하고 있던 이 세계가 갑자기 흔들리기 시작했다. 하지만 그것은 날씨가 나빠지기 시작했다거나, 지진 같은 천재지변이 일어난 것과는 달랐다. 예를 들자면— 게임 화면에 버그가 발생한 듯한 광경이었다.

하지만 그런 이상 사태가 발생한 가운데, 미오와 레이네는 지극히 차분하게 상황을 살피면서 서로를 쳐다보았다.

"레이네, 이건……."

"……그래. 아마 틀림없을 거야."

"대, 대체 무슨 일이 일어난 거죠……?"

시도가 묻자, 레이네는 노이즈가 발생한 하늘을 올려다보며 대답했다.

"……외부의 간섭이야. 이건— 정령술식이 분명해."

"정령술식……?"

신지가 당혹스러운 어조로 되물었다. 그러자 미오가 고개를 살며시 끄덕이며 입을 열었다.

"응. 30년 전, 나를— 이 세계에 『정령』이라는 존재를 만들어낸 술식이야. 세계에 편재되어 있는 마나를 모아서 초현실적인 생명체를 탄생시키는 마술의 비기지. 이걸 쓸 수 있는 건…… 내가 알기로는 웨스트코트 일행뿐이야. 아무래도 아직 살아있는 것 같네."

"뭐……?!"

시도는 미오의 말을 듣고 경악했다.

"정령을…… 만들어? 잠깐만. 그럼 지금 밖에서 새로운 정령이 탄생하려고 하는 거야……?! 게다가, 미오와 마찬가지로 시원의 정령이……?!"

시도가 비명에 가까운 목소리로 그렇게 묻자, 미오와 레이네는 동시에 고개를 끄덕였다.

"……아마 그럴 거야. 게다가— 마나의 흐름의 중심에 있는 건 웨스트코트 같아. 아무래도, 자기 자신을 핵(核)으로 삼아서 술식을 펼치려는 모양이야."

"웨스트코트가 정령으로……?!"

시도는 그 최악의 시나리오를 듣고 인상을 찡그렸다. 시도의 뇌리에 미래에서 웨스트코트가 밝혔던 그의 목적이 떠올랐다.

—시원의 정령이 지닌 힘을 손에 넣어서, 이 세상을 뜯어고친다.

솔직히 말해, 그 말을 들은 당시에는 이해가 되지 않았다. 하지만, 지금이라면— 미오가 만든 이 공간을 체험한 지금이라면, 이해가 된다.

만약 이 공간을 형성한 힘을 웨스트코트가 지닌다면, 그리고 그 공간이 지구 전체를 뒤덮는다면— 세상을 뜯어고친다는 표현에 걸맞은 사태가 벌어질 것이다.

웨스트코트가 대체 어떤 세계를 만들 생각인지는 모른다. 하지만, 그는 말했다. 인류에게 복수를 하겠다고 말이다. 그렇다면, 이 세계에서 메이거스 이외의 인간이 어떻게 될지는 충분히 상상이 됐다.

새로운 세계를 만든다고 표현하면 듣기 좋지만, 결국 대량학살을 저지르겠다는 소리나 다름없다. 그런 짓은 절대 허락할 수 없다.

바로 그때, 신지가 미간을 찌푸리며 고개를 갸웃거렸다.

"잠깐만 있어 봐요. 그런 게 가능하다면 왜 이제까지 하지 않은 거예요? 자기 자신을 정령으로 만들 수 있다면, 일부러 다른 정령의 세피라를 모을 필요는 없잖아요?"

확실히 그 말대로다. 미오를 탄생시킨 술식을 한 번 더 펼칠 수 있다면, 그러는 편이 여러모로 손쉬울 것이다.

레이네는 그 말을 듣고 자신의 가슴에 손을 대며 대답했다.

"……그럴 수는 없었던 거야. 술식을 성공시키기 위해 필요한 무언가가 부족했거든."

"무언가가 부족……?"

"……그래. 30년 전, 웨스트코트 일행은 술식을 펼칠 장소로 유라시아 대륙 중앙부를 선택했어. 그건 그 장소에 마나의 흐름의 요충지— 마술과 선술에서 흔히 말하는 영맥(靈脈)이 존재했기 때문이야."

미오가 레이네의 뒤를 이어 말을 이었다.

"정령술식에 의해 나는 탄생했어. 하지만 이 세상에 축적해뒀던 마나와 함께, 영맥의 기능마저 내가 통째로 흡수해버린 거야."

"……맞아. 그러니 나에 버금가는 정령을 창조하기 위해서는 이 세상에 다시 거대한 영맥이 형성될 때까지 기다릴 수밖에 없어. —수백 년, 혹은 수천 년이 걸릴지도 모르지만 말이야."

"그렇다면, 왜 지금—."

말을 이으려던 시도는 어깨를 부르르 떨며 숨을 삼켰다.

그 반응을 보고 눈치를 챈 것인지, 레이네는 살며시 고개를 끄덕였다.

"……그래. 이 자리에는 『나』라는 영맥이 있어. —웨스트코트는 나를 이용해서 마나를 모으려는 것 같아."

"응. 〈게티아〉에 술식용 장치가 실려 있는 것 같네. 30년 전과는 비교도 안 될 만큼 정교한 술식이야. 뭐, 지금은 리얼라이저가 존재하니까 당연한 걸지도 몰라."

"뭐…… 하지만, 그건……."

"……응. 물론 그건 내가 이곳에 출현한다는 것을 모르면 일어날 수 없는 사태야. 하지만 지금— 바로 그 일어날 수 없는 사태가 일어나려 해."

시도는 레이네의 말을 듣고 어금니를 깨물었다.

그 원인은 짐작이 됐다. —시도의 시간 역행 때문이었다.

정령들을 구하기 위해 시도가 취한 행동이 이 세계를 궁지에 몰아넣었다. 그 현실을 깨달은 순간, 시도는 심장이 옥죄어드는 듯한 느낌을 받았다.

하지만 그런 시도의 생각을 눈치챘는지 레이네가 이렇게 말했다.

"……너는, 나한테서 그 아이들을 지키려고 했을 뿐이야. 그러니 네가 죄책감을 느낄 필요는 없어. 이 모든 일의 원인은 바로 나야. 게다가 지금은 후회에 시간을 할애할 때가 아니잖아?"

레이네의 말에 미오는 고개를 끄덕이며 시도를 쳐다보았다.

"맞아. 저딴 녀석한테 이용당하다니, 싫어. 그리고 신과의 추억이 어린 세계가 뜯어고쳐지는 건 더 싫어."

미오는 복잡한 표정을 지으며 잠시 침묵한 후, 이내 뭔가를 떨쳐낸 것처럼 미소를 지으면서 말을 이었다.

"……시도, 힘을 빌려줄래? 미래에서 그 아이들을 죽인 내가 이런 소리를 하는 것도 이상하지만—."

미오는 그렇게 말하며 시도의 눈을 응시했다.

"—정령들을, 구하러 가자."

"……응! 좋아……!"

시도는 힘차게 고개를 끄덕이며 그 말에 대답했다.

확실히 절망적인 상황이다. 웨스트코트가 시원의 정령의 힘을 얻는 것은 상상조차 하기 싫을 만큼 최악의 전개다.

하지만, 미오가 정령들을 구하겠다고 말했다. 시도는 그 사실이 너무나도 기뻤다.

미오는 미소를 머금더니, 신지를 향해 한 걸음 다가갔다.

"신."

"응."

신지는 그 부름만으로 미오의 의도를 눈치챈 것 같았다. 그는 양팔을 펼치고 미오를 꼭 안아줬다.

"……다녀올게."

"……응. 조심해."

신지는 그렇게 말한 후, 시도 쪽을 바라보았다.

"시도. —미오를 잘 부탁해."

"—알았어."

신지의 말에 시도는 고개를 끄덕였다.

그 모습을 본 레이네 또한 신지처럼 양팔을 펼쳤다.

"……시도."

"어? 으음……."

시도는 잠시 허둥댔지만, 레이네가 「이리 온」이라고 말하듯 손가락 끝을 까딱거렸다.

"으음…… 그럼, 실례할게요."

"……응."

시도가 머뭇거리면서 다가가자, 레이네는 그런 그를 상냥히 안아줬다.

"……최고의 데이트를 선물해줘서 고마워. —너라면, 분명 괜찮을 거야."

"레이네 씨……."

시도는 중얼거리듯 그렇게 말한 후, 레이네의 몸을 마주 안았다.

잠시 동안, 그들은 서로의 체온과 심장 박동을 확인하듯 눈을 감고 가만히 있었다.

그것만으로, 시도는 자신의 몸 안에서 기력이 샘솟는 듯한 느낌이 들었다.

"—그럼 갈까? 시도."

이번에는 미오가 시도를 향해 손을 내밀었다.

"—그래!"

시도는 한 번 더 고개를 끄덕인 후, 그 손을 힘차게 맞잡았다.

◇

—석양마저 가라앉아 어둑어둑한 하늘을, 눈부신 빛이 가

득 채우고 있었다.

밤하늘의 별을 아로새긴 것처럼 빛이 소용돌이치더니, 한 곳을 향해 모여들었다. 마치 꿈이라도 꾸고 있는 듯한 느낌이 들 정도로 몽환적인 광경이었다. 아무것도 모르는 이가 이 광경을 봤다면, 신이나 천사가 나타났다고 생각할 것이 틀림없었다.

하지만, 〈프락시너스〉의 외벽 위에서 그 광경을 보고 있는 정령들의 표정에 떠오른 감정은 경외나 숭배가 아니라— 전율과 초조함이었다.

저 빛의 중심에 존재하는 것은 신이 아니라, 정령들의 철천지원수인 메이거스, 아이작 레이 펠럼 웨스트코트인 것이다.

"후— 하하, 하하하하하하! 하하하하하하하하하핫!"

웨스트코트의 웃음소리가 밤하늘에 울려 퍼졌다.

"크……!"

토카는 어금니를 깨물면서 대검 〈산달폰〉의 칼자루를 움켜쥐더니, 웨스트코트를 향해 칼날을 휘둘렀다.

엄청난 굉음과 함께 충격파가 밤하늘을 찢듯 날아갔다.

하지만 견고한 철벽조차 갈가리 찢는 그 공격은 웨스트코트를 감싼 빛에 닿은 순간, 공기에 녹아들듯 흩어졌다.

혼신의 힘을 다한 일격이 통하지 않았다. 마치 영장을 현현시킨 미오에게 공격을 펼칠 때처럼 무력감이 느껴졌다. 토카는 분하다는 듯이 표정을 일그러뜨리고 낮은 신음을 흘렸다.

"—부질없는 짓이야. 내 몸은 이미 영력을 두르고 있지. 게

다가 너희 같은 파편이 아니라, 〈데우스〉와 마찬가지로 근원의 힘을 지녔어."

웨스트코트가 연극배우처럼 과장스럽게 두 손을 펼치며 그렇게 말한 순간, 그의 몸이 공중으로 떠올랐다.

"이제 누구도 나를 막을 수 없어. 거기서 얌전히 보고 있도록. ―내가 완전한 정령이 되는 광경을…… 이 세계가 뜯어고쳐지는 광경을 말이야!"

"헛소리― 하지 마아아앗!"

토카는 포기하지 않고 〈산달폰〉을 휘둘렀다. 필살의 위력이 담긴 공격이 대기를 갈랐다.

물론 토카만 그런 것은 아니었다. 야마이 자매와 요시노도 웨스트코트를 향해 풍압 탄환과 냉기를 날렸다. 무쿠로는 공간에 구멍을 만들어 웨스트코트의 힘을 봉인하려 했고, 미쿠와 나츠미는 〈가브리엘〉과 〈하니엘〉의 연주로 아군의 힘을 상승시켰다.

하지만, 그렇게까지 했는데도 웨스트코트에게는 생채기조차 입힐 수 없었다. 웨스트코트는 고개를 절레절레 젓더니 어깨를 으쓱이며 입을 열었다.

"말귀를 못 알아듣는 관객들이군. ―엘렌, 아르테미시아."

웨스트코트가 그렇게 말하며 손을 들어 올리자, 그의 몸에 둘러진 빛의 일부가 유성처럼 하늘을 가르며 날아갔다. 그리고 오리가미, 마나와 근접전을 펼치고 있는 엘렌과 아르테미시아의 가슴으로 빨려 들어갔다.

다음 순간, 엘렌과 아르테미시아의 몸이 어렴풋한 빛에 휩싸였다.

"아! 이건—."

"우와, 엄청나. 힘이……."

엘렌과 아르테미시아는 놀라움에 눈을 동그랗게 떴다. 순간, 그녀들과 대치하고 있던 오리가미와 마나는 뭔가를 느낀 것처럼 뒤편으로 물러났다.

"……윽!"

"칫—."

하지만 오리가미와 마나가 그런 판단을 내린 것도 충분히 납득이 됐다. 만약 토카가 그녀들과 같은 입장이었더라도 비슷한 행동을 취했으리라.

지금의 엘렌과 아르테미시아에게는 그 정도로 불길한 분위기가 감돌고 있었다. 방금까지와는 명백하게 다른, 농밀한 힘이었다. —마치, 웨스트코트의 힘을 나눠가진 것만 같았다.

웨스트코트는 그런 두 사람을 쳐다보면서 만족한 듯이 입가를 일그러뜨렸다.

"이 세계의 종언을 확인할 수 있도록 눈과 귀만 남겨둬. 그녀들도 정령이다. 손발이 잘려나간다고 죽지는 않을 거야."

"—예."

"와아, 아프겠다. 그래도 정령이니까— 어쩔 수 없네."

웨스트코트의 명령을 받은 엘렌과 아르테미시아가 허공을 갈랐다.

"—윽?!"

"앗……!"

그 순간, 오리가미와 마나가 고통에 찬 신음을 흘리면서 그대로 뒤편으로 튕겨져 날아갔다. 눈에 보이지 않을 만큼 빠른 공격이었다. 두 사람 다 겨우겨우 방어 태세를 취했지만, 각자의 병기와 팔뚝의 장갑이 깨끗하게 잘려나갔다.

"오리가미! 마나!"

"—이 상황에서 남 걱정을 하는 거야? 여유가 넘치네."

토카가 두 사람의 이름을 외친 순간, 그런 목소리가 들렸다. 그와 동시에 아르테미시아가 토카의 코앞까지 접근했다.

"큭—?!"

토카는 허둥지둥 〈산달폰〉을 휘둘러서 레이저 블레이드를 막았다. 하지만 방어를 했는데도 불구하고, 어마어마한 충격이 토카의 온몸에 전해졌다. 자세가 무너진 토카는 그대로 외벽 위를 구르듯 튕겨져 날아갔다.

"하앗—!"

아르테미시아가 그 틈을 놓칠 리가 없었다. 그녀는 허공을 박차면서 토카에게 다시 공격을 가하려 했다.

"큭……!"

토카는 곧 느껴질 충격과 고통에 대비해 마음을 단단히 먹었다.

힘의 차이는 그야말로 역력했다. 하지만 무슨 수를 써서라도 웨스트코트를 막아야만 했다. 웨스트코트를 막지 못한다면, 소중한 이들과 만난 이 세계가 그의 뜻대로 뜯어고쳐지고 말 것이다. 그런 일은 절대 용납할 수 없다. 다행히, 상대는 정령들을 죽일 생각이 없는 것 같았다. 그렇다면, 손이나 발을 하나 잃더라도 반격은 할 수 있다―!

"……윽?!"

하지만 토카가 각오를 다진 순간, 그녀의 코앞까지 다가온 아르테미시아가 눈썹을 찌푸리며 뒤편으로 몸을 날렸다.

"음―?"

토카는 그런 갑작스러운 상황에 미간을 찌푸렸지만― 이내 곧 눈치챘다.

〈프락시너스〉의 옆에 떠 있던 거대한 고치의 표면에 금이 가더니, 그 안에서 눈부신 빛이 새어나오고 있었던 것이다. 아마 아르테미시아가 물러선 것은 그 때문이리라.

"저건―."

토카가 그렇게 말한 순간, 고치가 단숨에 펼쳐지면서 그 안에서 두 사람이 튀어나왔다.

―시도, 그리고 미오였다.

"시도!"

"시도 씨……!"

"오오! 무사했느냐!"

정령들이 환한 표정으로 그의 이름을 외쳤다.

"응! 다들, 기다리게 해서 미안해."

시도는 약간 멋쩍은 듯이 미소를 지으며 〈산달폰〉을 현현시키더니, 웨스트코트를 향해 그것을 거머쥐었다.

"—여어, 아이작 웨스트코트. 우리가 없는 동안 꽤나 제멋대로 날뛰었나 보네."

〈아인 소프〉의 고치 안에서 나온 시도는 〈산달폰〉으로 웨스트코트를 겨누며 날카로운 시선을 머금었다.

웨스트코트의 몸을 중심으로 농밀한 영력이 소용돌이치고 있는 것이 느껴졌다. 마치 미오와 대치하고 있을 때처럼, 압도적인 위압감이 느껴졌다. 그저 마주 서 있을 뿐인데도 피부가 따끔거릴 정도였다.

웨스트코트는 유유자적하게 미소를 짓더니, 과장스럽게 두 손을 펼치면서 대꾸했다.

"—자네 덕분이지. 이츠카 시도, 자네에게는 진심으로 감사하고 있어. 내가 술식을 발동시킬 때까지 〈데우스〉를 막아줘서 고맙다. 귀중한 세피라를 제공한 보람이 있는걸."

"뭐……?"

웨스트코트의 말에 시도는 미간을 찌푸렸다.

확실히 웨스트코트가 가지고 있던 니아의 세피라는 쿠루미에게 넘어간 후, 지금은 시도의 몸 안에 존재하고 있다. 하지만 그것조차 이 미래를 내다본 웨스트코트의 책략이었던 건가.

물론 심리적 우위에 선 웨스트코트가 허세를 부린 걸지도 모르지만, 시도는 그 말이 사실일 거라고 판단했다. 그리고—

후회는 하지 않으며, 지금 이 상황을 타개하기 위해 전력을 다하기로 결심했다.

시도의 표정과 몸놀림을 보고 그것을 눈치챘는지 웨스트코트는 즐거워 죽겠다는 듯이 진한 미소를 흘렸다.

"멋진 기백이군. 뭐, 열 개나 되는 세피라를 지닌 데다 곁에 〈데우스〉까지 있으니, 그것도 무리는 아니겠지. 하지만—."

그렇게 말한 웨스트코트가 고개를 약간 치켜든 순간, 그의 몸이 한층 더 강한 빛에 휩싸이더니— 그 빛은 칠흑의 어둠으로 변모했다.

"—한발, 늦은 것 같군."

"아니……!"

시도는 무심코 숨을 삼키며 몸을 긴장시켰다.

하늘에 떠오른 웨스트코트의 등 뒤에, 거대한 『나무』가 모습을 드러낸 것이다.

그것은 하늘을 거머쥘 듯한 가지, 그리고 땅을 뒤엎을 듯한 뿌리를 지닌 칠흑빛 나무였다. 고목(枯木) 같이 말라버린 표피로 감싸인 나무는 흉흉한 독기가 넘쳐흘렀다.

보는 이들에게 절망을 흩뿌리는 듯한, 악몽의 마왕이 현현했다.

"윽, 저건……!"

"〈아인 소프〉? 아냐……."

"마, 왕—."

정령들은 망연자실한 어조로 그렇게 말하며 하늘을 올려다보았다.

웨스트코트는 오케스트라의 지휘자처럼 두 손을 휘두르더니, 황홀한 표정으로 말했다.

"자, 세계를 만들어 볼까. 〈영겁장옥(永劫瘴獄)(벨리알)〉."

그 순간, 칠흑빛 나무가 태동하듯 꿈틀거리더니, 가지가 하늘로, 뿌리가 땅을 향해 뻗어나가기 시작했다. 그와 동시에 나무를 중심으로 하늘에 전혀 다른 경관이 펼쳐지기 시작했다.

"……윽!"

그 광경은 전에도 본 적이 있었다. 〈아인 소프〉가 흑백 공간을 생성할 때와 마찬가지로—『인계』가 세계를 침식하고 있는 것이다.

—『저것』을 방치해둬선 안 된다. 그런 직감이 시도와 마나, 정령들의 뇌리를 일제히 스치고 지나갔다.

바로 그때, 마치 그 생각에 동조한다는 듯이 누군가의 외침이 주위에 울려 퍼졌다.

"—〈아인 소프〉!"

그 순간, 미오의 등 뒤에 떠 있던 고치가 펼쳐지더니, 빛을 뿜는 거대한 나무 〈아인 소프〉로 변모했다.

〈아인 소프〉는 그 가지와 뿌리를 사방으로 뻗으며 〈벨리알〉을 방해하려는 듯이 뒤엉켰다.

〈아인 소프〉와 〈벨리알〉이 복잡하게 엉키며 주위 일대를 거대한 새장처럼 감쌌다. 서로가 자아내려 하는 세계가 충돌하면서, 주위를 노이즈로 물들였다.

"……읏! 미오!"

"〈아인 소프〉로 〈벨리알〉을 억눌렀어……. 하지만 오래는 버틸 수 없어. 다들, 부탁해. 힘을 빌려줘. 신과 내가 만난 이 세계를— 함께 지키자."

""""……읏!""""

미오의 말에 정령들은 깜짝 놀란 것처럼 눈을 동그랗게 떴다.

그럴 만도 했다. 방금까지 목숨을 걸고 싸웠던 상대가 그런 말을 한 것이다.

하지만 그녀는 정령들을 따뜻한 눈길로 지켜봐 왔던 상냥한 해석관이기도 했다. 그리고 정령들은 그녀를 쓰러뜨리려 한 것이 아니라, 그녀의 마음을 열려고 했다.

경악은 오랫동안 이어지지 않았다. 정령들은 왠지 기뻐하는 표정을 지으며 고개를 끄덕이더니, 각자의 천사를 고쳐 쥐었다.

"음……! 함께 싸우게 되어 기쁘다, 미오!"

"응. 저 안에서 무슨 일이 있었는지는 나중에 자세하게 캐물을 거지만 말이야!"

"흥— 저는 탐탁지 않군요."

쿠루미는 마음에 들지 않는다는 듯이 코웃음을 쳤지만, 웨스트코트를 막아야 한다는 점에 있어서는 이의가 없는 것 같았다. 그녀는 언짢은 표정을 지으면서도 〈라지엘〉을 없앤 후 〈자프키엘〉을 꺼내들었다.

그때, 나츠미가 식은땀을 흘리면서 입을 열었다.

"……그런데, 우리가 대체 뭘 하면 되는데? 우리 공격은 전혀 통하지 않는데…….”

미오는 그 말에 고개를 살며시 숙이며 기도를 드리듯 두 손으로 깍지를 꼈다.

“—그렇지 않아. 너희가 지닌 천사의 힘은 원래 그 정도가 아니잖아?”

그 순간, 미오의 영장에서 빛을 머금은 띠 같은 것이 무수히 뻗어 나오더니, 정령들과 마나, 그리고 시도의 가슴을 꿰뚫었다.

“앗……?!”

미래에서 본 것과 똑같은 광경이 눈앞에서 펼쳐지자, 시도는 무심코 숨을 삼켰다.

하지만— 그때와는 달랐다. 미오에게 가슴을 꿰뚫린 정령들은 숨이 끊기는 게 아니라, 온몸으로 영력을 내뿜으며 눈부신 빛에 휩싸였다.

“오오……?!”

“이건—.”

정령들이 경악에 찬 목소리를 토한 순간, 빛이 물질로 변했다.

그렇다. 정령들을 지키는 절대적인 갑옷이자, 성(城). —완전한 형태의 영장이 현현된 것이다.

마나와 시도는 영장을 걸치지 않았지만, 엘렌이나 아르테미시아처럼 어마어마한 힘을 몸에 두르고 있었다. 그리고—.

“—우왓?! 미오찌는 이런 것도 가능해?!”

뒤편에서 그런 목소리가 들렸다. 고개를 돌려보니, 적의 공격을 피하기 위해 몸을 웅크린 채 함교로 돌아가고 있던 니아의 몸도 수녀복을 연상케 하는 영장에 감싸여 있었다.

"—미세한 양이지만, 니아의 몸에도 세피라가 남아 있었잖아? 그것을 통해 내 영력을 주입했어."

"이야~! 서비스 한 번 끝내주네! 좋았어, DEM! 내가 상대해주마!"

방금까지 포복 전진으로 도망치던 니아가 벌떡 일어서더니, 힘찬 목소리로 그렇게 외쳤다. 그런 그녀를 본 시도는 무심코 쓴웃음을 흘렸다.

그때, 미오가 다른 이들에게 주의를 주듯 말을 이었다.

"하지만 상대 또한 정령이야. 완전히 해치우기 위해서는 너희가 지닌 모든 천사의 힘을 하나로 모은 일격을 날려야만 해."

"모든 천사를…… 말인가요?"

"어……, 엘렌 같은 애들이 있는 상황에서 전원 합체 공격은 완전 무리 아냐……?"

나츠미가 그렇게 말하자, 미오는 시도를 힐끔 쳐다보며 대답했다.

"아냐. 너희는 웨스트코트에게 접근할 수 있는 길을 열어주기만 하면 돼. —이 자리에는 모든 천사의 힘을 쓸 수 있는 사람이 있으니까 말이야."

미오의 말에 모든 이들의 시선이 시도를 향했다.

"어—?"

시도는 한순간 어리둥절한 표정을 지었지만, 곧 그 말의 의미를 이해하고 그녀들의 시선에 답하듯 힘차게 고개를 끄덕였다.

예전의 시도라면, 공포에 사로잡혀 당혹스러워했을 것이다.

하지만, 지금은 천사가 있다. 그리고 무엇보다, 정령들이 곁에 있다.

그리고 그녀들은 시도에게 있어, 믿음직한 동료 이상의 의미를 지녔다.

—그렇다. 남자라면, 여자아이에게 한심한 꼴을 보일 수는 없다.

강적과 싸우기에는 너무나도 경박한 이유와 동기였다. 하지만 시도는 그것이 더할 나위 없는 이유처럼 느껴졌다.

시도는 미소를 지으며 선언을 하듯 힘차게 외쳤다.

"다들— 세계를 구하러 가자!"

""""오!""""

시도의 호령에 정령들이 한 목소리로 답하더니, 전원 〈프락시너스〉를 박차고 웨스트코트를 향해 돌진했다.

그런 그녀들의 모습은 그야말로 유성 같았다. 밤하늘에 눈부신 궤적을 남기며, 그녀들의 실루엣이 하늘에서 춤췄다.

하지만, 웨스트코트도 그저 지켜보고만 있지는 않았다. 〈벨리알〉의 가지를 조종해서 정령들을 어마어마한 속도로 쳐내려 했다.

게다가—.

"당신들 뜻대로 되게— 둘 것 같나요!"

"보내줄 수는 없어……!"

웨스트코트에게서 힘을 부여받은 엘렌과 아르테미시아가 정령들을 막아섰다. 레이저 블레이드에 농밀한 마력을 두른 그녀들이 눈에 보이지 않는 속도로 공격을 펼쳤다.

하지만 미오 덕분에 모든 힘을 되찾은 정령들이 그녀들에게 쉬이 당할 리가 없었다. 오리가미와 마나가 엘렌과 아르테미시아를 막아섰고, 그 틈에 〈벨리알〉의 가지를 피한 정령들이 웨스트코트에게 공격을 퍼부었다.

"하앗—!"

〈자프키엘〉【<ruby>첫 번째 탄환<rt>알레프</rt></ruby>】과 〈가브리엘〉에 의해 강화된 토카가 〈산달폰〉【<ruby>최후의 검<rt>할반 헤레브</rt></ruby>】으로 공격을 펼쳤고, 요시노와 함께 〈자드키엘〉에 올라탄 나츠미가 〈하니엘〉로 〈자드키엘〉을 더욱 거대하고 공격적으로 변화시키더니, 〈라파엘〉의 바람을 두른 채 돌격을 감행했다.

그리고 〈미카엘〉【<ruby>방(放)<rt>시플뢰르</rt></ruby>】으로 힘을 해방시킨 코토리가 〈카마엘〉을 통해 혼신의 힘을 다한【<ruby>포(砲)<rt>메기도</rt></ruby>】를 날려서 하늘을 붉은 색으로 물들였다.

온갖 천사의 힘을 합쳐, 처절하기 그지없는 일제 공격을 펼친 것이다.

웨스트코트는 〈벨리알〉, 그리고 몸에 두른 영력의 벽으로 그것들을 막아냈지만, 아까처럼 멀쩡하지는 않은 것 같았다. 점점 대미지가 축적되고 있는 것이 눈에 보였다.

하지만 웨스트코트는 초조해하거나 당황하지 않았다. 그저 유쾌하다는 듯이 웃음을 흘렸다.

"흠. 꽤 하는걸. 그럼— 이건 어떨까?"

그리고 그렇게 말하면서 한 손을 하늘 높이 치켜들었다.

그러자 웨스트코트의 머리 위에 거대한 구체가 현현됐다.

"……윽! 저건—."

그것을 본 시도는 무심코 목소리를 쥐어짜냈다.

하지만 그것도 당연했다. 그것은 미오가 현현시켰던 죽음의 천사 〈아인 소프 오르〉와 똑같이 생긴 것이다.

아티엘
"—〈극사제단(極死祭壇)〉."

웨스트코트가 그렇게 말한 순간, 구체의 표면이 물결치며 봉오리가 피어나듯 펼쳐졌다.

그리고 그 중심에서, 정령들을 향해 어둠의 입자가 흩뿌려졌다.

—몇 분 전의 일이다.

〈프락시너스〉 외벽 위에 있던 니아는 현현시킨 천사 〈라지엘〉을 한 손에 쥔 채, 공중으로 몸을 날리는 정령들을 응시했다.

『—니아, 뭘 하고 있는 거죠?』

그때, 통신기를 통해 〈프락시너스〉의 AI인 마리아의 목소리가 들려왔다. 니아는 움찔하더니, 멋쩍은 듯이 머리를 긁적이면서 쓴웃음을 흘렸다.

"아니…… 그게 말이야~. 잘 생각해 보니 나나 〈라지엘〉은 전투에 적합하지 않잖아~. 게다가 쭉 비(非) 전투원 포지션이었거든? 〈밴더스내치〉나 졸개 위저드라면 몰라도, 첫 전투가 이런 보스전인 건 허들이 너무 높지 않아……?"

『하아…….』

니아가 어리광을 부리는 듯한 어조로 그렇게 말하자, 마리아는 한숨을 크게 내쉬었다.

『아까 기세등등하게 그런 소리를 해놓고 이제 와서 이러는 건가요. 너무 한심해서 눈물이 다 날 것 같군요.』

"윽……. 어, 어쩔 수 없잖아! 내가 괜히 나섰다가 다른 애들 발목을 잡기라도 하면 진짜 한심할 거란 말이야……."

니아는 양손의 손가락을 맞대면서 그렇게 중얼거렸다.

마리아는 그 말을 듣고 또다시 한숨을 내쉰 후, 말을 이었다.

『—어쩔 수 없군요. 이런 사람이라도 정령은 정령이니까요. 그리고 지금은 고양이 손이라도 빌리고 싶은 상황이죠. 이제부터 제가 하는 말을 잘 들으세요. 현재 기여도가 짚신벌레 이하인 니아를 물벼룩 수준으로 만들어 드릴게요.』

"뭐?"

마리아의 말에 니아는 눈을 동그랗게 뜨고 어리둥절한 표정을 지었다.

—하늘에서, 절망이 흩뿌려졌다.

검은색을 띤 거대한 꽃 〈아티엘〉에서 흩뿌려진 어둠의 입자가 정령들을 노리고 꽃가루처럼 사방으로 흩날렸다.

"다들! 저 입자에 닿으면 안 돼……!"

시도가 목청껏 그렇게 외쳤다. 저 어둠의 입자는 『죽음』의 구현 그 자체다. 닿기만 해도 목숨을 빼앗기고 마는 불합리한 살육자인 것이다.

정령들도 저 입자가 얼마나 무시무시한지 알고 있는 것 같았다. 그래서 그것을 쳐내거나 막지 않고, 그 자리에서 물러섰다.

하지만 모든 정령이 벗어난 것은 아니었다. 엘렌, 아르테미시아와 대치하고 있던 오리가미와 마나는 그 두 사람의 방해로 미처 물러나지 못했다.

"큭……!"

"방해, 하지 마요……!"

웨스트코트의 영력을 부여받은 엘렌과 아르테미시아는 어둠의 입자가 몸에 닿더라도 죽지 않을 것이다. 하지만 미오의 영력을 얻었을지라도, 오리가미와 마나가 저 입자에 닿았을 때 어떻게 될지는 아무도 알지 못했다.

"오리가미! 마나—!"

"큭— 〈아인 소프 오르〉……!"

미오가 〈아티엘〉의 힘을 상쇄시키려는 건지, 〈아인 소프 오르〉를 현현시켰다.

하지만, 이미 늦었다. 〈아티엘〉에서 뿜어진 어둠의 입자가 눈가루처럼 오리가미와 마나에게 흩뿌려졌다.

하지만— 바로 그때였다.

"어……?"

새하얀 그림자가 시야를 가르며 지나가자, 시도는 눈을 깜빡였다.

한순간 환각을 봤다고 생각했지만, 그렇지 않았다.

갑자기 똑같은 얼굴을 지닌 소녀들이 생겨나더니, 자신의 몸을 바쳐 오리가미와 마나를 어둠의 입자로부터 지킨 것이다.

"아니—?!"

물론 그 어둠의 입자는 『죽음』 그 자체이기에, 그것에 닿은 소녀들은 순식간에 목숨을 잃었다.

그러나 소녀들의 시체는 수많은 종이로 변하며 소멸했다.

"설마, 저건……."

시도는 눈을 치켜뜨며 미간을 찌푸렸다. 이유는 단순했다. 이런 기묘한 광경을 전에도 본 적이 있는 것이다.

바로 그때, 시도가 놀라기만을 기다렸다는 듯이 뒤편에서 목소리가 들려왔다.

"이야~ 아슬아슬했네~, 소년! 그래도 이제 걱정하지 마! 이 니아 님이 나섰으니 안심해도 돼~!"

"어째서 이 타이밍에 그렇게 큰 소리를 칠 수 있는 건지 이해가 안 되는군요."

그 목소리에 시도가 부리나케 고개를 돌려보니, 그곳에는 정령이 있었다.

"니아! 그리고—."

시도는 말을 잇지 못했다. 니아의 곁에는 눈에 익지 않은 소녀가 있었기 때문이다.

색소가 빠진 듯한 머리카락과 흰색 간이 영장. 귀엽지만 어딘가 건방져 보이는 외모는 유사 정령 〈니벨코르〉를 닮은 것 같았다.

하지만 방금 들린 목소리와 어조는 시도의 기억 속에 존재했다. 그는 혹시나 하고서 말을 이었다.

"설마, 마리아……야?"

"예. 딩동댕~이에요. 그렇게 고대하던 리얼 보디를 손에 넣은, 퍼펙트 마리아예요."

마리아는 그렇게 말하면서 옛날 아이돌들이 할 법한 포즈를 취했다. 그녀가 이 상황에 어울리지 않게 밝은 목소리로 그렇게 말하자, 시도는 무심코 쓴웃음을 흘렸다.

"그런데, 대체 뭐가 어떻게 된 거야? 방금 오리가미와 마나를 구한 것도 마리아…… 맞지? 그…… 〈니벨코르〉 같은 걸로 말이야."

시도의 물음에 마리아는 고개를 끄덕이며 대답했다.

"시도의 생각이 맞아요. 〈니벨코르〉는 〈벨제붑〉의 권능과 DEM의 리얼라이저로 만들어진 유사 정령이었어요. 그렇다면— 〈라지엘〉만 있다면, 〈라타토스크〉도 얼마든지 똑같은 걸 만들 수 있죠."

마리아는 그렇게 말하며 손을 들어올렸다. 그러자 니아가 지닌 〈라지엘〉에서 종이가 흘러나오더니, 그 안에서 마리아와

똑같이 생긴 소녀들이 모습을 드러냈다.

"물론 〈아티엘〉의 힘에 닿은 개체는 소생할 수 없어요."

"하지만 이 몸으로 잠시 동안 여러분을 지켜드릴 수 있어요."

"뭐, 제가 몰살당하더라도 니아의 영력이 바닥날 뿐이죠."

"원래 있으나 마나한 거니까, 딱히 손해는 아니에요."

수많은 마리아들이 농담을 하듯 그렇게 말하더니, 하늘을 가르며 〈아티엘〉을 향해 날아갔다.

그러자 그에 맞춰 니아가 검지로 〈아티엘〉을 가리켰다.

"가라~, 마리아! 너로 정했다!"

"마리아는 명령을 따르지 않았다."

"아얏~?!"

옆에 남아있던 마리아에게 옆구리를 두들겨 맞은 니아가 몸을 기역자로 굽혔다.

마리아는 언짢은 듯이 한숨을 내쉰 후, 마음을 다잡으려는 듯이 시도를 쳐다보았다.

"자, 〈아티엘〉은 저에게 맡기고 시도는 빨리 가보세요. 그리고 결판을 내는 거예요."

마리아는 시도의 등을 밀어주듯 그렇게 말했다.

"……그래!"

시도는 힘차게 고개를 끄덕인 후, 하늘을 박차며 혼돈의 중심— 웨스트코트를 향해 날아갔다.

물론 시도의 움직임을 눈치챈 엘렌과 아르테미시아가 그를 저지하려 했고, 〈벨리알〉의 가지가 촉수처럼 꿈틀거리며 쇄도

했다.

하지만—.

"하아아아아아아앗—!"

"〈자드키엘〉……!"

"시도 씨를 방해하게— 두지 않겠어요!"

주위에 있던 정령들이 위저드들의 레이저 블레이드를 막아내고, 가지를 쳐내며, 시도가 나아갈 길을 만들어줬다.

그 덕분에, 정말 찰나의 순간이지만 웨스트코트의 곁에 다다를 길이 생겼다.

그리고 지금의 시도에게는 그 찰나면 충분했다.

"하앗—!"

〈라파엘〉의 바람을 두른 시도가 탄환처럼 하늘을 갈랐다.

격렬한 전투를 벌이고 있는 정령들과 위저드들 사이를 가르면서, 시도는 자신이 이상할 정도로 침착하다는 것을 자각했다.

마치, 이 찰나가 무한히 늘어나고 있는 듯한 느낌이 들었다.

그런 와중에, 시도는 자신의 몸에 깃든 세피라를— 천사를 하나하나 이어나갔다.

〈메타트론〉.

〈라지엘〉.

〈자프키엘〉.

〈자드키엘〉.

〈카마엘〉.

〈미카엘〉.

〈하니엘〉.

〈라파엘〉.

〈가브리엘〉.

그리고— 〈산달폰〉.

시원의 마왕을 해치우기 위해서는 눈곱만큼의 오차도 존재해선 안 된다. 이 몸에 깃든 열 개의 천사, 그 모든 것을 결집시키는 이미지를 떠올렸다.

이윽고 그것은 하나의 빛이 되더니, 시도의 오른손을 감쌌다.

"이츠카 시도—."

웨스트코트가 눈을 치켜떴다.

그것은 경악이나 전율처럼 보였으며— 어딘가 환희와 흥분의 색을 띠고 있는 것처럼 보이기도 했다.

하지만, 그 어느 쪽이든 간에 시도가 할 일은 동일했다.

시도는 혼신의 힘이 담긴 주먹으로—.

"우오오오오오오오오오오오오오오오오오오오오오오오—!"

시원의 메이거스를, 후려쳤다.

"……읏!"

—진동이, 미오의 온몸을 뒤흔들었다.

하지만 〈아인 소프〉가 〈벨리알〉에게 밀리고 있지도, 적에게 공격을 당한 것도 아니었다.

하늘의 중심. 두 마왕을 거느린 채 떠 있는 웨스트코트를,

시도가 천사의 힘으로 두들겨 팬 것이다.

그 엄청난 충격은 공기를 타고 퍼져 나가더니, 〈아인 소프〉와 〈벨리알〉이 형성한 새장 안에서 휘몰아쳤다. 주위에 있던 정령들도 숨을 삼키며 시도를 쳐다보았다.

"——커—, 억—!"

웨스트코트가 고통스러워한 순간, 그의 등 뒤에 존재하던 나무가, 그리고 머리 위에 떠 있던 꽃이 으스러지기 시작했다. 〈아인 소프〉와 힘겨루기를 하고 있던 공간이 일그러지더니, 서서히 무너지기 시작했다.

—낙엽. 절대적 존재인 마왕의 곳곳에 금이 가기 시작했다.

하지만 그것도 당연했다. 열 개의 천사, 그리고 미오의 힘이 담긴 일격을 맞은 것이다. 아무리 웨스트코트가 시원의 정령의 힘을 얻었더라도, 버텨낼 수는 없으리라.

"——."

시도는 피가 맺힌 주먹을 고쳐 쥐더니, 승리를 확신한 것처럼 하늘을 향해 치켜들었다.

"오오……!"

"시도!"

"꺄아아아아! 달리이이이잉!"

"……휴우."

주위에서 정령들의 목소리가 들려왔다. 미오 또한 〈아인 소프〉에 가해지던 압박이 약해진 것을 느끼고 작게 한숨을 내쉬었다.

하지만—.

“후…… 하하——, 하, 하하—, 대단하군— 이츠카 시도.

하지만— 힘이 아주 약간 모자랐던 것 같은걸.”

“뭐—?!”

전방에서 들려오는 웨스트코트의 목소리에 시도는 화들짝 놀라며 어깨를 떨었다.

온몸에 충격이 가해진 탓에 입과 코에서 피가 터져 나온 웨스트코트는 마치 자기 자신조차 잊은 듯한 어조로, 그 이름을 입에 담았다.

“—〈■■■(케메티엘)〉—.”

“——윽.”

그 순간—.

미오의 온몸에 오한이 흘렀다.

그럴 만도 했다. 저 마왕의 권능을, 그리고 그것이 얼마나 무시무시한지 가장 잘 알고 있는 사람은 다름 아닌 미오인 것이다.

게다가 웨스트코트가 그 이름을 외친 순간, 그의 몸 주위에 폭풍처럼 마나의 격류가 소용돌이쳤다. 몸에 심각한 대미지를 입은 상태에서 최후의 마왕을 현현시켰기에 임계 상태가 된 것이다. 저런 상태에서는 웨스트코트 본인조차도 마왕을 완전히 제어하기는 힘들 것이다.

미오는 찰나에 가까운 시간 동안 생각했다. 자신이 지닌 권능, 시도의 천사, 정령들의 조력, 어떤 것을 어떻게 쓰면 이 상황을 타파할 수 있을지 말이다. 어떻게 하면 시도를 무사히 돌려보낼 수 있을지 생각하고 또 생각했다.

이제 와서 생각해 보니, 미오는 정말 오랜만에 이런 감각을 느끼고 있었다. 30년 전, 신지가 죽었을 때에 버금가는 사고 속도였다.

하지만 그때와 지금은 명백하게 달랐다. 당시의 미오는 절망에만 사로잡혀 있었다. 하지만, 지금은— 아직, 시도가 살아있다. 아직 손을 쓸 방법이 있을지도 모른다. 하지만 대체 뭘 어떻게 하면 좋을까. 대체—.

바로 그때, 시도의 등을 본 미오는 생각이 뇌를 물들이는 듯한 감각을 느꼈다.

그와 동시에 파이프를 통해 공유했던, 시도가 미래에서 본 기억이 머릿속을 스쳤다.

시도가 시간 역행을 하기 전의 역사. 미오가 거의 목적을 달성할 뻔했던 세계.

미오는 미래의 자기 자신을, 시도의 기억을 통해 본 것이다.

하지만 신지를 되찾기 직전인데도 불구하고, 그 미오는— 만족한 것처럼 보이지 않았다.

"———."

아아, 그렇다.

답은— 애초부터 정해져 있었던 걸지도 모른다.

"아니……."

시도는 공중에서 눈을 치켜떴다.

엄청난 오한이 온몸을 통과하며 지나갔다. 주위의 온도가 순식간에 내려가는 착각마저 들었다.

그 감각은 전에도 느껴본 적이 있었다. 미래의 기억. 자신의 힘을 빼앗은 토카에게 밀린 미오가 꺼낸 마지막 천사. ―모든 것을 제로로 되돌리는 무(無)의 천사.

시도의 예상을 긍정하듯, 웨스트코트의 앞에 어둠이 모여들더니, 식물의 씨앗 같은 형태를 형성했다.

미오가 그것을 현현시켰을 때는 빛에 감싸여 있어서 정확한 형태를 알 수 없었지만, 아무래도 그것은 조그마한 씨앗 같은 형태를 지니고 있었던 것 같았다. 그것을 알게 되자, 불가사의하게도 감개한 느낌이 시도의 폐부를 가득 채웠다.

그것을 인식한 순간, 시도는 그곳에서 벗어나려 했다. 하지만― 마치 그 조그마한 씨앗에 속박을 당한 것처럼 몸이 꼼짝도 하지 않았다.

"아―."

시도는 죽음을 직감했다. 설령 물러설지라도, 이 공간째 소멸될 거라는 예지에 가까운 감각이 엄습했다.

"――!"

"……!"

뒤편에 있던 정령들이 큰 소리로 외치고 있다는 것을 알 수 있었다. 하지만, 그 내용은 인식할 수 없었다.

그러는 사이, 검은 씨앗은 싹을 틔우듯이 이 공간에 어둠을 퍼뜨리고 있었다.

"아—."

시도는 그런 목소리를 남기며, 어둠에 삼켜지고—.

"—안 돼, 시도. 너를 기다리는 아이들을 위해서라도, 그러면 안 돼."

다음 순간, 그런 목소리와 함께 몸이 뒤편으로 끌려갔다.

"……윽!"

한 박자 지나고서야, 시도는 후방에서 뻗어 나온 〈아인 소프〉의 가지가 자신의 복부를 휘감고 있다는 사실을 이해했다.

그리고 그런 시도와 자리를 바꾸듯, 한 정령이 웨스트코트에게 다가갔다.

—미오였다.

"미오……?! 뭐하는 거야?!"

시도는 목숨을 부지했다는 것에 안도하기에 앞서 미오를 향해 소리를 쳤다.

그러자 미오는 시도를 쳐다보며 입을 열었다.

"—영력이 폭주하고 있어. 웨스트코트를 저대로 뒀다간, 주위 일대가 소멸하고 말 거야. 여파만으로도 유라시아 대공재 이상의 피해가 발생하고도 남아. —하지만, 〈아인〉으로 상쇄시켜서 대소멸을 일으킨다면—.”

“뭐—.”

미오의 말에 시도는 심장이 으스러지는 듯한 느낌을 받았다.

미오의 목소리, 그리고 표정을 통해, 그것이 무엇을 의미하는지 눈치챈 것이다.

“그게 무슨 소리야……! 그런 짓을 했다간, 너는—!”

“…….”

미오는 아무 말도 하지 않았다. 하지만 시도는 개의치 않으며 비명에 가까운 어조로 외쳤다.

“웃기지 마…… 이유가 뭐야?! 신지도 말했잖아! 미오에게 더 넓은 세계를 보여주고 싶었다고—! 그런데, 왜……!”

시도는 고함을 지르면서 미오를 막으려는 듯이 손을 내밀었다. 그 손은 미오의 몸에 닿지는 않았지만, 그녀의 영장 끝자락을 겨우 움켜쥐었다.

하지만 그 순간, 시도가 움켜쥔 부분이 빛을 뿜으며 공기에 녹아들듯 사라졌다.

마치, 영력이 봉인된 것처럼…….

“—윽!”

시도가 숨을 삼키자, 미오는 훗 하고 미소를 머금었다.

“—시도. 너는 정말 멋진 애야. 나는, 너를 정말 좋아해.”

그리고 장난기 섞인 윙크를 하며 말을 이었다.

"—어디까지나, 신 다음으로 말이야."

미오는 상냥한 미소를 머금더니, 그대로 웨스트코트를 향해 날아갔다.

그 순간, 시도의 몸은 〈아인 소프〉의 가지에 의해 반강제적으로 그곳을 벗어났다.

아니, 시도만이 아니었다. 다른 정령들과 마나도 수많은 가지에 의해 끌려 나가고 있었다.

그리고 그들을 자신 쪽으로 데려온 〈아인 소프〉는 그대로 그 모습을 변모시키더니, 아까 미오와 시도를 삼켰을 때처럼 〈프락시너스〉를 포함해 시도 일행을 감쌌다.

아마— 천사와 마왕의 격돌에 의해 발생한 여파로부터, 그들을 지키기 위해서…….

"—미오오오오오오오오오오오오오오오오오오오——!"

시도는 〈아인 소프〉 너머의 밤하늘을 향해, 목청껏, 그 이름을 외쳤다.

◇

격류처럼 소용돌이치고 있는 마나의 중심에서— 정령, 미오와 마술사, 아이작 웨스트코트가 대치했다.

웨스트코트는 미오를 보고, 입가에 피를 닦지도 않은 채 미소를 지었다.

"……〈데우스〉인가. 내 저승길 길동무가 자네라니, 정말 영광인걸. 개인적으로는 이츠카 시도를 이 세상에서 지워버리고 싶었는데 말이야."

미오는 고개를 숙인 채 그 말을 듣더니, 불쑥 입을 열었다.

"분명, 앞으로의 세계에는 너도, 나도, 존재해선 안 돼. 그러니 차라리 잘 된 것 아닐까? 성가신 것들을 한꺼번에 처리할 수 있게 됐으니까 말이야."

"하, 하, 하—."

웨스트코트는 과장스럽게 웃음을 터뜨린 후, 손으로 이마를 짚으면서 하늘을 우러러 보았다.

"—대체 나는 어디서 실수를 범한 거지? 마술의 비기를 익히고 정령술식에 이르렀는데, 리얼라이저를 완성했는데— 이렇게, 시원의 정령의 힘마저 손에 넣었는데……."

웨스트코트가 그렇게 말하자, 미오는 눈을 가늘게 뜨며 대꾸했다.

"……애초에 정령(나) 같은 걸 창조하지 말았어야 했어. 리얼라이저도 마찬가지야. 그런 힘은 인간에게 과분해.

하지만 뭐— 그래. 만약 그것 말고도 너한테 불운이었던 점을 꼽자면—."

미오는 흐음 하고 작게 신음을 흘리며 턱에 손을 댄 후, 입을 열었다.

“—너는, 내 취향이 아니었어.”

“——.”

미오가 그 말을 입에 담은 순간, 웨스트코트는 얼이 나간 것처럼 눈을 동그랗게 뜨더니—.

“……하, 하하, 하하하하하하하하하하하하하하하하하—!”

이윽고, 웃겨 죽겠다는 듯이 웃어대기 시작했다.

“그래, 그래. ……그렇다면 어쩔 수 없지.”

웨스트코트는 웃다 지친 것처럼 비틀거린 후, 천천히 오른 손을 앞으로 내밀었다.

“—〈■■■(케메티엘)〉—.”

그 말에 반응하듯, 그의 눈앞에 출현한 칠흑빛 씨앗에서 어둠이 배어나왔다.

미오 또한 웨스트코트와 마찬가지로 손을 앞으로 내밀더니, 마지막 천사의 이름을 읊조렸다.

“—〈(아인)〉.”

다음 순간— 『무(無)』와 『무(無)』의 힘이, 격돌했다.

—몸이, 세계에 녹아들어간다.

그런 불가사의한 감각이, 미오를 감싸고 있었다.

고통은 느껴지지 않았다. 공포도 느껴지지 않았다. 그저 평온하게 졸음에 빠져들어 가는 듯한 느낌이 들었다.

최강이자 최후의 천사, 그리고 그에 버금가는 힘을 지닌 마왕과 맞부딪친 것이다. 당사자들이 무사할 리가 없었다.

하지만— 후회는 들지 않았다.

만약 미오가 〈아인〉을 발동시키지 않았다면, 웨스트코트가 사용한 힘의 폭주에 휘말린 시도와 주위에 있던 정령들은 죽고 말았으리라.

아니— 그뿐만 아니라 유라시아 대공재 이상의 폭발이 지구에서 발생해도 이상할 것이 없었다.

거기까지 생각이 미친 미오는 자신의 동기를 떠올리자 웃음이 날 것만 같았다.

자신의 욕망을 위해 세계를, 소녀들을 희생시켜 왔던 자신이, 설마 이런 이유로 최후를 맞이하게 될 줄이야.

하지만, 견딜 자신이 없었다.

—자신의 눈앞에서 죽어가는 신을, 또다시 이 두 눈으로 똑똑히 보는 것을…….

게다가—.

'……시도—.'

〈아인 소프〉 안에서 나눴던 대화, 그리고 그가 했던 말이 뇌리에 떠올랐다.

그 순간, 미오는 깨닫고 말았다. —자신이 마음속에 품고 있는, 또 하나의 소망을 말이다.

그 어떤 짓을 하더라도, 원래 신은 돌아오지 않는다.

그렇다면 하다못해 신처럼 죽음을 맞이하는 것이— 미오의 소망이었다.

'—다들, 미안해—.'

미오는 의식이 흐릿해져가는 가운데, 그렇게 중얼거렸다.

수많은 인간을 죽였다.

수많은 인간을 불행하게 만들었다.

용서받을 생각은 없으며, 용서받을 수 있을 거라고도 생각하지 않는다.

인류사에 있어 최대 최악의 재앙이자, 궁극의 절대악— 그것이 바로 자신이다.

하지만— 그 마음만은, 거짓이 아니었다.

마지막으로 남은 미오의 의식이, 그렇게 녹아—.

—미오.

'……아!'

바로 그때였다.

어딘가에서 들려온 목소리에 미오는 반쯤 감았던 눈을 떴다.

누군가가 자신의 이름을 불렀기 때문만은 아니었다.

그것은— 미오가 30년 동안 쭉, 애타게 그리던 목소리였던 것이다.

'신—.'

—응. 미안해, 미오. 내가 너무 오랫동안 기다리게 했지?

미오가 그 이름을 입에 담자, 빛 속에서 흐릿한 실루엣이 떠올랐다.

'아, 아아——.'

미오는 치켜뜬 자신의 눈에서 눈물이 흘러내리는 것을 느꼈다.

사라져가는 미오의 뇌가 보여주는 환각일지도 모른다. 극한 상태에서 들리는 환청일지도 모른다.

하지만, 그것은 분명— 미오가 수도 없이 그리워했던, 사랑하는 이의 모습이었다.

'신—, 신……!'

미오는 필사적으로 손을 내밀어서 신을 끌어안았다.

따뜻한 온기가 느껴졌다. 미오는 신의 가슴에 얼굴을 묻은 채, 소리 없는 고함을 질렀다.

—30년.

그동안, 쭉 그를 찾으며 방황했다.

그와의 추억에 의지해, 이제까지 걸어왔다.

그는 항상— 이렇게 가까운 곳에 있었는데……!

—미오. 정말, 정말 보고 싶었어.

신이, 미오를 꼭 끌어안았다.
'나도— 정말, 보고 싶었어—.'
미오 또한 신 못지않게, 그를 껴안은 손에 힘을 줬다.
이제 절대 떨어지지 않겠다는 듯이…….
이제 절대— 놔주지 않겠다는 듯이…….

—이제부터는, 쭉 함께 하는 거야.

'응……!'

미오는, 눈물에 젖은 미소를 지으며— 이 세상에서, 사라졌다.

종장 내민 손

인간에게 있어 생사의 경계란 매우 애매하며, 무엇을 통해 그 인간이 죽었다고 판단할지는 각자의 판단에 따라 달라진다.

심폐기능이 정지되면 사망으로 보는 사람도 있는가 하면, 뇌의 정지야말로 인간의 종언이라고 여기는 자도 있다. 의식만 남아있다면 그것이 들어있는 게 살아있는 육체가 아니라도 괜찮다고 여기는 자도 있으며, 누군가의 마음에 그 사람이 존재하는 한 살아있는 것이다, 라고 여기는 자 또한 이 세상에는 존재한다고 한다. 뭐, 마지막의 그건 생사의 정의라기보다 지나치게 감상적인 생각이나 현실도피에 가까울지도 모르지만 말이다.

아이작 웨스트코트는 흐릿한 시야로 허공을 쳐다보면서 멍하니 그런 생각을 했다. 그렇다면, 자신은 지금 과연 살아있다고 할 수 있을까.

적어도 심폐는 기능하고 있지 않다. 몸의 대부분이 소실되었으니 당연하겠지만 말이다. 그런 생각을 하는 의식은 존재하지만, 뇌가 형태를 유지하고 있는지 명확하지 않았다. 그저 지면에 드러누워 하늘을 쳐다보며, 의식이 끊기기를 기다리고 있다—.

거기까지 생각이 미친 웨스트코트는 무심코 웃음을 터뜨렸다. 『인간의 생사』라는 기준으로 본다면, 자신은 이미 죽었다는 사실을 알아챘기 때문이다.

그렇다. 인간, 아이작 웨스트코트는 이미 죽었다. 이곳에 존재하는 건 영력에 의해 존재를 유지하고 있을 뿐인, 정령의 잔재에 지나지 않는다. 이런 상태에서도 의식을 유지하고 있다는 것이 명백한 증거이리라.

천사와 마왕의 대소멸에 휘말리고 말았으니, 이 결과는 당연하다 할 수 있을지도 모른다. 이미 〈데우스〉의 기운은 존재하지 않는다. 웨스트코트보다 먼저 소멸된 것 같았다.

저승길 길동무까지 거절하다니, 정말 미움을 받은 것 같았다. 웨스트코트는 그런 생각을 하면서 한 번 더 웃었다. 자신의 얼굴이 미소를 짓고 있는지도 이제 알 수 없지만 말이다.

하지만 웨스트코트의 소멸도 시간 문제였다. 아무리 정령일지라도 오래 버티지는 못하리라. 아까부터 저승사자가 손을 잡아끄는 것처럼, 의식이 멀어지고 있었다.

하지만—.

"—아이크!"

바로 그때, 웨스트코트의 의식을 깨우듯, 그런 목소리가 들렸다.

고개를 돌려보니, 엘렌이 새파랗게 질린 얼굴로 뛰어오고 있었다. 아무래도 그녀는 무사했던 것 같았다.

"여어…… 엘렌."

"아아, 아이크— 당신이 이렇게 되다니……! 빨리 메디컬 리얼라이저를—."

거기까지 말한 엘렌은 말을 멈췄다. 웨스트코트를 이송하기 위해 테리터리로 그의 몸을 감싼 순간, 이미 손을 쓰기 늦었다는 사실을 이해하고 만 것이리라.

"아, 아아……."

엘렌이 무너지듯 그 자리에서 주저앉았다.

바로 그때, 마치 그녀가 주저앉기를 기다린 것처럼—.

"……아이크."

다른 누군가가 웨스트코트의 이름을 불렀다.

그것은 남성의 낮은 목소리였다. 하지만 웨스트코트는 그 사람이 누구인지 금세 눈치챘다. —웨스트코트를 그 애칭으로 부르는 사람은 엘렌을 제외하면 단 한 명뿐인 것이다.

"……그래, 엘리엇인가."

웨스트코트가 대답을 한 순간, 휠체어에 탄 남성, 그리고 엘렌과 닮은 여성이 그 휠체어를 밀며 그의 시야 한편에 나타났다.

엘리엇 우드먼과 카렌 메이저스였다. 웨스트코트와 엘렌의 옛 동포이자, 〈라타토스크〉의 창시자들이었다.

"……아!"

엘렌은 고개를 치켜들더니, 우드먼과 카렌을 노려보았다. 무리도 아니다. 엘렌은 다른 길을 선택한 우드먼을 증오했다. 자신의 손으로 죽이고 싶어 할 정도로 말이다.

하지만 엘렌은 우드먼에게 달려들지도, 저주를 퍼붓지도 않았다. 그녀는 어금니를 깨물면서 애원하듯 이렇게 말했다.

"부탁이야— 엘리엇. 아이크를…… 아이크를 구해줘. 너라면 할 수 있지? 내가 할 수 있는 일이라면 뭐든지 하겠어……. 네가 시키는 대로 다 할 테니까— 부탁이야……."

"……."

엘렌이 울면서 애원하자, 우드먼은 조용히 고개를 숙였다.

그 부탁을 거절하는 것도 아니며, 심술을 부리는 것도 아니었다. 그저— 이 세상의 그 누구도, 죽어가는 웨스트코트를 되살릴 수는 없는 것이다.

"아, 아……."

엘렌은 눈물을 흘리면서 떨리는 목소리로 신음을 토했다. 그런 언니를 본 카렌은 마음이 아픈지 어렴풋이 안타까운 표정을 지었다.

"후, 후……. 엘리엇, 무슨 일로 온 거지? 나를 비웃어주려고 일부러 온 건가?"

"……죽어가는 친구를 만나러 온 게 그렇게 웃긴가? 아이크."

웨스트코트가 희미한 목소리로 그렇게 묻자, 우드먼은 차분한 어조로 대꾸했다.

"아…… 그래. 괜한 질문을 했군. 다른 길을 선택하기는 했지만, 자네는 내 친구지. 게다가—"

웨스트코트는 농담을 하듯 입가를 일그러뜨렸다.

"—같은 여자에게 차인 동지이기도 하고 말이야."

"——."

웨스트코트의 말에 한순간 눈을 동그랗게 뜬 우드먼이 훗 하고 웃음을 흘렸다.

"하하……. 맞는 말이군."

"후— 후……."

웨스트코트는 미소를 머금더니, 흐릿해진 시야에 펼쳐진 세계를 둘러보았다.

엘렌, 카렌, 우드먼.

수십 년 전, 고향을 잃고 복수를 맹세한 맹우들. 웨스트코트의 가장 오래된 동료들. 그런 그들이 한자리에 모여 웨스트코트를 응시하면서, 비애에 찬 표정을 짓고 있었다.

'—아아—.'

웨스트코트는 불가사의한 감각에 사로잡혔다.

어릴 적의 기억이 떠올랐다. 관 속에 누워 매장된 어머니— 그런 어머니의 시점에서 장례식에 와준 이들을 둘러보고 있는 듯한 느낌이 들었다.

흐느끼고 있는 엘렌, 고개를 숙인 카렌, 조용히 자신을 응시하고 있는 우드먼…….

형태는 다를지라도, 이 자리는 슬픔과 애도, 그리고 절망으로 가득 차 있었다.

친구들의 그런 표정이, 그리고 그들이 그런 표정을 짓게 한 게 자신이라는 점이, 그리고— 절망의 중심에 자신이 있다는 사실이…….

—웨스트코트는 너무나도 기분 좋게 느껴졌다.

'……뭐……야. 이렇게 간단한…… 것이었나…….'

마술사 아이작 웨스트코트는 가슴 뛰는 황홀감을 느끼며, 천천히 눈을 감았다.

◇

"—시도! 괜찮으냐, 시도!"

"으……, 어……?"

시도는 누군가가 자신의 몸을 격렬하게 흔드는 것을 느끼며 천천히 눈을 떴다.

아무래도 정신을 잃었던 것 같았다. 몽롱하던 의식이 점점 깨어나더니, 주위의 광경과 자신의 상황이 점점 또렷해졌다.

우선, 시도의 몸을 흔들고 있는 이는 토카였다. 그녀는 걱정스러운 표정으로 시도의 이름을 몇 번이나 부르고 있었다.

아니, 그녀뿐만이 아니었다. 여러 정령들이 시도의 주위에 모여 있었다.

오리가미, 코토리, 요시노, 카구야, 유즈루, 미쿠, 나츠미,

니아, 무쿠로— 그리고, 쿠루미도 있었다. 뒤편을 보니, 마나와 마리아의 모습이 눈에 들어왔다.

시도가 누워 있는 곳은 한밤중인 해안이었다. 하늘에서는 별이 반짝이고 있었으며, 주위에서는 파도 소리가 희미하게 들렸다. 꽤 로맨틱한 장소다. 자신은 대체 왜 여기서 이러고—.

"——."

거기까지 인식하자마자, 시도는 용수철처럼 벌떡 일어섰다. 그리고 몸에서 느껴지는 통증을 무시하며 다른 이들을 둘러보았다.

"아! 시도!"

"으음…… 정신이 든 게냐. 걱정했느니라."

"안심. 카구야는 너무 걱정한 나머지 시도의 가슴에 매달려 엉엉 울었어요."

"그러지는 않았거든?!"

시도가 눈을 뜨자, 정령들은 일제히 안도의 한숨을 내쉬었다.

하지만 시도에게는 그런 그녀들에게 말을 건넬 여유가 없었다. 그는 매달리는 듯한 심정으로 토카의 어깨에 손을 얹으며 물었다.

"토카. 미오는—."

"……윽."

토카는 시도의 물음에 숨을 삼켰다.

그 침묵은 말보다 많은 것을 알려줬다. 그 침묵만으로— 무슨 일이 일어난 것인지 충분히 알 수 있었다.

"그……래—."

시도는 힘없는 어조로 그렇게 말하며 토카의 어깨에 올려둔 손을 내렸다.

끝없는 무력감이 시도의 온몸을 휘감았다. 깊은 절망이 그의 폐부를 가득 채웠다.

할 수 있는 모든 수단을 다 동원했다. 다들 목숨을 걸고 그런 시도를 도와줬다.

하지만, 그렇게 거머쥔 새로운 미래에— 미오는, 존재하지 않았다.

그 사실이 시도의 마음을 옥죄어들고 있었다.

하지만, 시도는 흘러나올 것만 같은 눈물을 참고 작게 한숨을 내쉬었다.

"아아…… 차였어. 나보다 신이 좋다네."

시도가 그렇게 말하자, 정령들은 한순간 놀란 표정을 지은 후— 이내 쓴웃음을 머금었다.

"그랬구나……. 그럼 어쩔 수 없지. 희대의 플레이보이도 순애 커플은 못 당한 거네?"

눈이 빨개진 코토리가 가벼운 어조로 그렇게 말했다. 시도는 그 말에 어깨를 으쓱였다.

—바로 그때였다.

완전히 어두워진 하늘에서, 조그마한 빛이 하늘거리며 내려왔다.

"어—?"

시도는 눈을 동그랗게 뜨고 고개를 들었다.

그러자 그 빛은 마치 시도의 곁으로 가려는 것처럼, 천천히 그들을 향해 내려왔다.

"이건……."

그것을 본 시도는 깜짝 놀랐다.

정령들 또한 시도와 비슷한 반응을 보였다. 다들 그 빛의 정체를 확인하더니, 경악한 것처럼 눈을 치켜떴다.

하지만 그것도 무리는 아니었다. 공중에 떠 있는 그것은 바로 여러 색깔의 빛을 뿜고 있는 보석 같은 물체— 세피라와…….

—그 위에 놓여 있는, 상처투성이 곰 인형이었던 것이다.

시도가 그 물체를 눈으로 확인한 순간, 세피라 위에 놓여있던 봉제인형이 떨어졌다. 시도는 반사적으로 손을 뻗어서 그것을 움켜잡았다.

틀림없다. 이것은 레이네가 항상 지니고 다니던 봉제인형이다.

아니— 이 봉제인형이 지닌 의미는 그것이 전부가 아니다. 이 봉제인형은 30년 전에 신지가 미오에게 준 선물이기도 했다.

30년 동안 미오의 마음을 지탱해 온 숨은 공로자. 분명 미오는 이 봉제인형이 자신과 함께 사라지는 게 싫어서 시도에게 보낸 것이리라.

세월의 흐름 때문에 봉제인형은 꽤 낡았다. 곳곳에 꿰맨 자국이 있으며, 손상이 심한 곳에는 다른 천을 덧대기까지 했다.

미오의 힘이라면 봉제인형을 새것처럼 만드는 것도 얼마든지 가능했을 테지만, 일부러 손수 수선을 한 것 같았다.

아마— 견딜 수 없었던 것이리라. 아무리 깨끗하게 재생하더라도, 신지에게 받은 봉제인형이 다른 무언가가 되어버리는 느낌이 들어서—.

"—아——."

거기까지 생각이 미친 순간, 시도의 눈에서 눈물이 왈칵 쏟아졌다.

"아……, 아……."

다른 이들에게 더는 걱정을 끼치고 싶지 않아 꾹 참고 있던 감정이, 단숨에 터져 나왔다. 시도는 몸을 웅크리며 봉제인형을 꼭 안더니, 떨리는 목소리로 중얼거렸다.

"……미오……, 미오……!"

상냥하고— 애처로운, 소녀였다.

잘못된 방법으로 창조되어 영문도 모른 채 다툼에 휘말린 후— 속죄할 수 없을 정도의 죄를 범했다.

그 생애는 결코 평온하지 않았을 테지만—.

"너는…… 신을, 만났겠지……?"

시도는 갈라진 목소리로 그렇게 말한 후, 눈물에 젖은 얼굴을 다시 들었다.

그러자, 마치 그 물음에 대답하듯 무지갯빛을 내뿜는 세피라가 희미하게 진동하더니— 공기에 녹아들며 사라져갔다.

"미오……."

하지만— 바로 그때였다.

"―――어?"

시도는 얼이 나간 듯한 소리를 냈다.

소멸되어 가던 미오의 세피라.

그것을, 누군가가 손을 뻗어서 움켜쥔 것이다.

그 뜻밖의 사태를 목격한 시도는 숨을 삼키면서 그 누군가를 쳐다보았다.

"아니―."

그리고, 순간 말문이 막혔다.

미오의 세피라를 움켜쥔 자의 정체가, 너무나도 뜻밖이었기 때문이다.

"토, 카―?"

그렇다.

모두가 경악하는 가운데, 세피라를 움켜쥔 자는 바로― 토카였던 것이다.

"―미안하지만, 이건 내가 가지겠다."

토카는 그렇게 말하더니, 세피라를 자신의 가슴에 댔다.

그러자 쿠루미가 니아의 세피라를 흡수했을 때와 마찬가지로, 토카의 가슴으로 미오의 세피라가 빨려들어 갔다.

"토카, 뭐하는―."

시도가 입을 열려던 순간―.

—세계가, 빛에 휩싸였다.

■작가 후기

오랜만에 인사드립니다. 타치바나 코우시입니다.

『데이트 어 라이브 19 미오 트루엔드』를 여러분께 전해드립니다. 어떠셨는지요. 마음에 드셨기를 진심으로 바랍니다. 17권, 18권과 마찬가지로 제가 쓰고 싶었던 장면이 계속 이어져서 쓰면서도 정말 즐거웠습니다.

일상 파트를 쓰다 보면, 미쿠와 나츠미, 니아, 무쿠로 같은 후반부 등장 캐릭터들의 존재감이 얼마나 큰지 다시 인식하게 됩니다. 이야기를 적절히 헝클어줄 뿐만 아니라, 초기 캐릭터들도 그녀들과 얽히면서 더욱 빛나죠. 이제 그녀들이 없는 일상은 상상도 할 수 없습니다.

그래서 문득 이런 생각을 하게 됩니다. 만약 미오가 평범한 정령으로서 등장했다면, 다른 정령들과 어떤 일상을 보냈을까요. 심성이 순수한 아이인 만큼, 무쿠로나 토카와 잘 어울릴지도 모릅니다. 미쿠에게 속지 않도록 정신 바짝 차려야 할 것이며, 뭐든 잘 하니 니아가 무리한 부탁을 할 것 같군요. 물론 시도에 대한 정보수집에 관해서는 코토리와 오리가미도 미오를 인정할 겁니다. 아, 슬슬 제가 지닌 또 하나의 인격인 눈물샘 약해맨이 모습을 드러낼 것 같으니 이쯤에서 그만하도록 할까요.

이번 권은 히가시데 유이치로 씨의 『데이트 어 불릿 4권』와 동시 발매이기에, 이 작품도 즐겨주시면 감사하겠습니다. 여름이다! 바다다! 전쟁이다! 권수가 늘어날수록 히비P가 더욱 찬란히 빛나는 느낌이 드네요. 이 아이는 정말 어떻게 되어먹은 걸까요. 진짜 엄청납니다.

그리고 애니메이션 신 시리즈도 착착 준비 중이니 기대해주시면 감사하겠습니다!

자, 이번에도 많은 분들께서 도와주신 덕분에 이 책을 발간할 수 있었습니다. 츠나코 씨, 담당 편집자님, 디자인을 맡아주시는 쿠사노 씨, 편집, 영업, 유통, 판매 등에 관여해 주신 모든 분들, 그리고 이 책을 읽어주신 독자 여러분께 진심으로 감사드립니다.

『데이트 어 라이브』라는 이야기는 어찌 보면 타카미야 미오의 러브 스토리였습니다.

하지만 그것만으로 끝나지는 않습니다. 잠시만 더 함께해주시면 감사하겠습니다.

그럼, 다음 권을 통해 다시 뵙겠습니다.

2018년 7월 타치바나 코우시

■역자 후기

안녕하십니까. 근로청년 번역가 이승원입니다.

『데이트 어 라이브 19 미오 트루엔드』를 구매해주셔서 진심으로 감사드립니다.

2018년도 벌써 10월에 접어들었습니다.

올해도 참 많은 일이 있었습니다만, 가장 놀라웠던 일은 역시 『데이트 어 라이브』의 작가이신 타치바나 코우시 선생님과 일러스트를 맡고 계신 츠나코 선생님을 직접 뵌 것이 아닐까 싶습니다.

두 분을 한 자리에서 만나 뵈었을 뿐만 아니라, 소장 중인 데어라 게임 소프트 네 개를 전부 들고 가서 사인을 받은 건 평생 추억이 되지 않을까 싶습니다.

최선을 다해 번역을 하는 것이 두 선생님께 보답하는 것이라 생각하며 앞으로도 열심히 번역을 할 생각입니다!

그럼 『데이트 어 라이브 19 미오 트루엔드』에 대해 조금 이야기해볼까 합니다.

스포일러가 포함되어 있을 수도 있으니 본편을 안 읽으신

분은 유의해주시길!

16권부터 이어져온 DEM과의 결전에 드디어 종지부가 찍혔습니다.

시도의 쿠루미 재공략으로 시작된 이야기는 쿠루미의 안타까운 과거와 목적에 대해 다뤘습니다. 그리고 이 『데이트 어 라이브』의 핵심이라 할 수 있는 미오가 본격적으로 나서기 시작하면서 이야기는 크게 요동치기 시작했죠.

시도와 정령들의 필사적인 노력, 그리고 기적이 합쳐진 끝에 그들은 미래를 거머쥐었습니다. 그리고 크나큰 대가 또한 치러야 했죠…….

미오라는 캐릭터는 정말 많은 면을 지녔으며, 그런 만큼 독자 여러분의 미오에 대한 의견도 꽤 갈릴 거라 생각합니다. 그런 만큼, 저도 이 부분에 대해서는 더 이상 언급하지 않을까 합니다.

언젠가 독자 여러분과 미오라는 캐릭터에 대해 이야기를 나눠볼 기회가 생겼으면 좋겠다는 생각이 드네요.^^

그럼 이만 줄이겠습니다.

『데이트 어 라이브』를 맡겨주신 L노벨 편집부 여러분. 작가 선생님들을 만날 기회를 저에게 주셔서 정말 감사합니다. 앞으로도 잘 부탁드립니다!

특촬 마니아인 악우여. 명작 특촬들을 소개해줘서 고맙긴

하거든? 그런데 그거 때문에 수면 부족 사태가 발생하고 있거든? 그러니까…… 또 재미있는 작품 발견하면 추천 부탁드립니다!(넙죽)

마지막으로 언제나 제게 버팀목이 되어주시는 어머니와 『데이트 어 라이브』를 읽어주신 모든 분들에게 진심으로 감사드립니다.

토카의 뜻밖의 행동에서 이어질 20권의 역자 후기에서 다시 뵙겠습니다!

2018년 10월 초
역자 이승원 올림

데이트 어 라이브 19

1판 1쇄 발행 2018년 11월 10일
1판 4쇄 발행 2022년 4월 8일

지은이_ Koushi Tachibana
일러스트_ Tsunako
옮긴이_ 이승원

발행인_ 신현호
편집장_ 김승신
편집진행_ 권세라 · 최혁수 · 김경민 · 최정민
편집디자인_ 양우연
관리 · 영업_ 김민원

펴낸곳_ (주)디앤씨미디어
등록_ 2002년 4월 25일 제20-260호
주소_ 서울시 구로구 디지털로 26길 111 JnK디지털타워 503호
전화_ 02-333-2513(대표)
팩시밀리_ 02-333-2514
이메일_ lnovellove@naver.com
L노벨 공식 카페_ http://cafe.naver.com/lnovel11

ISBN 979-11-278-4731-9 04830
ISBN 979-11-278-4271-0 (세트)

값 7,000원